Karl Mayer

Gedichte

I0592418

Karl Mayer

Gedichte

ISBN/EAN: 9783741167508

Hergestellt in Europa, USA, Kanada, Australien, Japan

Cover: Foto ©Andreas Hilbeck / pixelio.de

Manufactured and distributed by brebook publishing software
(www.brebook.com)

Karl Mayer

Gedichte

Gedichte

von

Karl Mayer.

Dritte, verbesserte und vermehrte Ausgabe.

——— –

Stuttgart.

Verlag der J. G. Cotta'schen Buchhandlung.

1864.

Sparsam muß man auf einmal
Blumen sich zum Strauße fassen,
Etwas auch dem Blumenthal
Für das Wiederkommen lassen.

Gar zu reich erfaßte Zahl
Fällt aus überdrüß'gen Händen
Und ich gebe dies zumal
Auch dem Leser anzuwenden.

———

Inhalt.

1831 und 1832.

1849.

XXVII

1807 und 1808.

An meine Freunde

Ludwig Uhland und Justinus Kerner.

Man sagt uns viel von Amors Pfeilen
Und Mancher hat ihr Werk zu heilen;
Doch auch die Freundschaft kann uns drängen,
Das Herz uns schwellen mit Gesängen
Und mit den süßesten der Schmerzen.
So, Freunde, geht es meinem Herzen.
Es ist nicht Frühling, ist nicht Liebe,
Was mich erfüllt mit Liedertriebe;
Ihr, Freunde, seid es! eurer Lust
Erbebt im Wiederhall die Brust;
Ihr wecket mich aus tiefem Schlummer,
Erregt mir süßen Jugendkummer;
Wie, Freunde, soll ich je gesunden,
Wenn ihr auch schlaget Liebeswunden?

In Ludwig Uhlands Stammbuch.

Tief in mich, du enges Leben,
Hast du meinen Sinn gepreßt,
Willst die Worte frei nicht geben,
Bannst im Innern sie mir fest.

Manchem kann ich mich ergießen
Ohne Scheu in's Angesicht;
Dort nur muß ich mich verschließen,
Wo das Herz am wärmsten spricht.

Bin ich ferne, strömt die Rede,
Nah' ich, ist die Rede fern!
Taglicht macht den Himmel öde,
Nächtlich glühet Stern an Stern.

Anklänge.

Oft wie Wohllaut hör' ich's gleiten
Durch des Himmels blaue Weiten;
Wie von ferne hör' ich Klänge
Heilig holder Festgesänge.

Doch das Wort vorüberrauscht,
Unvernommen, unerlauscht;
Keine Rede tritt hervor
Und das Lied verschwimmt dem Ohr.

Wanderers Regenlied.

Laß schütten, als sinke
Der Himmel herein!
Kein Regen kann löschen,
Der Lieblichen Schein!

Es zaubert aus Tropfen
Und Thränen ihr Bild
Den farbigen Bogen
Der Hoffnung so mild.

Traum und Wirklichkeit.

Näher, je weiter getrennt von der Heimath Fluren ich einsam
Wandre durch Berg und Thal, ist dir mein liebendes
Herz.
Traum nur dünket es mir, daß dich mir die Ferne genommen,
Ach, und leider ist nur, daß ich dir nah bin, ein Traum!

Frage.

Blick' ich dir tief in das Aug', so strahlt mit feurigen
Zügen
Mir aus dem seligen Raum, Süße, mein Bild nur
zurück.
Blick' ich dir aber hinab in die Tiefe des Herzens, o sage,
Säh' ich im seligern Raum einzig mein Bildniß auch dort?

Aufgabe.

Horche der Frage, mein Kind! Was scheint dir ein schönres
Empfinden:
Geben in herzlicher Lieb' oder empfangen den Kuß?
Lächelnd schweigest du still? Ich selbst entscheide mich un-
gern:
Gib und empfange zugleich! Seliger finden wir nichts!

Dichtergarten.

Hebt sich aus weicherem Land nur Eine der Blumen, so
sieht sich
Bald eine duftige Schaar neben der ersten erblühn.
Einsam auch bleibt nicht das Lied; es treiben sich neben
ihm Lieder;
Eh' sich der Dichter versieht, ist er von ihnen umringt.

An die Reben.

Schon lacht die Flur im Blumenkleide,
Die Waldung prangt in jungem Grün;
Nur ihr verschiebt die Lenzesfreude,
O Reben, zögert, mitzublühn.

Doch schön! wann ernster schon erdunkelt
Der hellen Farben Jugendglanz,
Ergrünt ihr erst und fröhlich funkelt
Vom düstern Fels der frische Kranz.

Entzieht nicht so den Kinderjahren
Sich eures Weines Seligkeit,
Um spät dem Manne zu bewahren
Ein Schimmern süßer Freudenzeit?

1825 bis 1827.

Naturglück.

1. Morgenschönheit.

Im Thau der Blumen nah und ferne
Erblinken tausend Morgensterne;
Gesundheit treibt die frischen Säfte
Durch's Laub; es wacht zum Lustgeschäfte
Ein jedes Thierchen wieder auf.
Wie sputet sich sein reger Lauf!

Was wird es heut' beginnen müssen,
Sein Daseyn gründlich zu versüßen?
Der Jugend und der Kraft Gesetzen
Gehorchend, will sich jedes letzen
Und trachtet, wie's in holder Hast
Sein Theil am neuen Glücke faßt.

Inmitten dieser Blüthenlüfte,
In diesem Strom von Waldgedüfte,
Im Glanz und Jubel aller Wesen
Wird es ein Leichtes, zu genesen.
Es schlürft in sich die kranke Brust
Ersehnte Heilung, neue Lust.

2. Lustweg.

Soll mein Blick am Himmel weilen,
In dem endlos tiefen Blau?
Soll er froh hinuntereilen
Mit dem Bächlein durch die Au?

Soll er Wies' und Busch umfangen
Und der süßen Blumen Schein?
Wo er möge hinverlangen,
Selig soll und wird er seyn.

---

3. An das Herz.

Schienst du nicht des Frostes Raub;
War ein Knöspchen noch zu hoffen?
Herz, nun treibst du junges Laub,
Ja, des Liebes Blüt' ist offen!

---

4. Entsagung.

Wenn ich der Blüten Füll' erschau;
Der Lichtgewölle stolzen Bau,
Des Stromes silberblaue Wellen
Und sanfter Wiesen Wonnestellen
Nebst all der Wälder grünem Prangen,
So faßt mich wohl ein innres Bangen,
Daß mir dies Glück zu schnell zerrinne;
Ja, daß ich etwas nur gewinne

Von all dem Zauber, all der Pracht,
Wird bald ein kleines Lied erdacht,
Bald sucht der Griffel die Gestalten
In leichter Zeichnung festzuhalten.
Doch ach! wie eitel ist dies Streben!
So tausendfach umfängt mich Leben
Und jener Sylben matte Flüge
Und jenes Griffels schwache Züge,
Wie stillten sie den Drang der Brust,
Sich zu erobern diese Lust?
Hinweg denn, kleinlich eitles Schaffen!
Mir bleibt nichts übrig. Ohne Waffen,
Die, was die Augenblicke gönnten,
Mir als Besitz erstreiten könnten,
Muß ich nur blühn und grünen lassen
Und nichts kann ich für mich erfassen!

5. An ein Waldvögelein.

Aus den tiefsten Waldesklingen,
Wo ich mich an Astwerk halte
Ob dem Rand der Felsenspalte,
Schallt ein zauberisches Singen.
Einsam dich hinabzuschwingen,
Eiltest du, Waldvögelein!
Einsam, bildest du dir ein,
Schalle dir des Liedes Freude;
Wie beglückend für uns Beide,
Wird dir wohl verborgen seyn.

6. Zur Beherzigung.

Sollt' ich einmal verloren gehn
Und Treue wollte nach mir sehn,
So lasse sie von Stadt und Welt,
Wo's frischem Herzen nicht gefällt!

Sie dring' in grüne Wildniß ein
Und such' in dem verschlungnen Hain,
Ob man in Wald und Farrenkraut
Wohl nichts von dem Vermißten schaut.

7. Zueignung.

Achte niemand dieser Lieder;
Du, Natur, doch flüsterst wieder,
Ließ ich eines kaum erklingen,
Sanften Gegenlaut mir zu:
Darum laß mich dir nur singen,
Die mir Liebe schenkt und Ruh'!

Blätter der Liebe.

1. Die Ruhebank.

Zwei Linden, eine Ruhebank!
Stehn dort auf grüner Höh'
Und diesem süßen Ort verdank'
Ich all mein Herzensweh.

Noch glaubt' ich hold sie angelehnt
Im Sonnenhute dort;
Ich hab' umsonst ihr nachgesehnt,
Veröbet bleibt der Ort.

Dem Wanderer, der Pilgerin
Wird Ruhe von der Bank,
Von mir nur will sie künftighin
Nicht mehr der Ruhe Dank.

2. An die Lerche.

O Lerche, könnt' ich mit dir dringen
In jenes lichte Blau,
So froh wie du, so innig singen
Zur blütenvollen Au!

Vom Sänger wäre nichts zu schauen,
Man horchte seinem Lied,
Als ob's unsichtbar diesen Auen
Der Himmel selbst beschied.

So rein kann ach! ein Lied nicht klingen,
Beschwert von stillem Schmerz,
Zur lichten Höhe sich nicht schwingen
Ein liebekrankes Herz!

3. Stille, Bach!

Stille, Bach, mit deinem Rauschen
Klang die Stimme nicht der Lieben?
Und du hinderst mich, zu lauschen. —
Ach! die Luft hat Scherz getrieben!
Rauscht, ihr Wasser, ungestört!
Und mein Ach! sey ungehört!

4. Im Gebüsche.

Welch ein reizend Buschgehege,
Lacht uns, Liebste, hier am Wege,
Wo wir ganz uns nach Verlangen
Liebreich sehen eingefangen!
Ja, hier winkt uns Kusses Glück.
Wie? noch hielten wir zurück?
Küssend laß das Glück uns segnen
Für sein gastliches Begegnen!

5. Antwort auf ihre Nachschrift.

Du beklagst des Briefchens Eile,
Daß die Fehler nicht der Feile
Beßrem Fleiß gewichen sind.
Laß dich nur ein Andres lehren:
Zwischen schwere goldne Aehren
Wehte fremdes Kraut der Wind
Zum Verdruß der Sachverständ'gen;

Doch dein unkrautſtreuend Händchen
Schuf in mir kein Aergerniß
Und du glaubſt es mir gewiß:
Wie mir rothe Aderſchnallen,
Blaue Nelken dort gefallen
Zwiſchen blondem Saatengolde,
So dein ſüßes Fehlen, Holde,
Bei ſo treuem Wortesſinn
Iſt mir lieblicher Gewinn.

6. Nächtlicher Gruß.

Fülle der Geliebten Zimmer,
Sanfter, goldner Mondenſchein,
Und mit ſeinem blauen Schimmer
Sendet, Blumen, ihr hinein
Euer nächtlich ſüßes Düften!
Spend' ihr, theure Nachtigall,
Fern aus wonnetrunknen Lüften
Deiner Sehnſucht vollen Schall!
Wird die Holde lauſchen müſſen
Solchen Erd- und Himmelsgrüßen,
Nah' ihr doch auf weichem Pfühle
Noch willkommner der Erguß
Meiner treuen Herzgefühle,
Dieſer nächtlich ferne Gruß!

Klagen.

1. Das laute Lied.

O hätt' ich eines Vogels Kehle,
Daß sie, von Klagen aufgeschwellt,
Verkündete der grünen Welt,
Was mich von innern Schmerzen quäle!
Die Stille sollte dann vernehmen
Ein lautes Lied von meinem Grämen!

2. Bittre Lust.

Irrend durch des Waldes Pfade,
An des Baches Felsgestade,
Find' und such' ich kein Geleit.
Selbst nicht Lichtesstrahlen bringen,
Wo sich Aeste dicht verschlingen,
Zu mir in die Einsamkeit.

Hallt es durch die Wildniß wieder,
Ach! so sind es nur die Lieder
Meiner leiderfüllten Brust;
Echo nur des eignen Schmerzens
Tönt der Stimme meines Herzens
Immer neu in bittrer Lust.

3. Unter den Tannen.

Niederfink'! entfallne Nadeln
Leih'n ein Bett hier, nicht zu tadeln.
Denke, lagernd unter Stichen,
Aller Lust, die dir erblichen!

Mische hier dein innres Brausen
In der Aeste freies Sausen!
Hier, hier magst du klagend träumen
Unter dunkeln Tannenbäumen!

4. Vorrecht.

„Sieh am Berg der Wohnung Schimmer
Unter jenes Wäldchens Hut;
Hinter jener Scheiben Flimmer
Wird bei Guten dir es gut."

Nein, o nein, es sucht die Weite,
Flieht die Dächer meine Pein;
Sie zu fassen, dünkt die Breite
Alles Feldes mir zu klein.

Süß beschränkt im trauten Schooße
Stillen Glückes durft' ich ruhn:
Doch das Freie, Endenlose
Sey des Schmerzes Vorrecht nun!

5. Der Fischende.

Aller Lieb' und Lust ermangelnd,
Saß ich einsam draußend angelnd,
Wo das Bächlein eilt hervor;
Und, mit hingesenktem Blicke,
Denkend an mein Mißgeschicke,
Schauend, wie durch dunkeln Flor,
Fischt' ich — doch nur Schmerz auf Schmerzen,
Aus geheim bewegtem Herzen
Düstre Lieder mir empor.

Herzenstrost.

1.

Ward dein Herze krank und wund,
Kummer deiner Liebe Sold,
Schaue draußen dich gesund!
Glaube, daß im Sonnengold,
In der Landschaft frischen Farben
Viele schon der Sorgen starben.

2.

Sei dein Sinn auch schwer und bang,
Bei der Vögel frohem Sang
Wandle nur die Wies' entlang;
Unter jedem Grabensprung
Fühlt dein Herz Erleichterung:
Heimwärts gehst du frisch und jung!

In einer Mondnacht.

Wann hoch aus mildern Bläuen
Das volle Mondlicht winkt,
Im Thal, um Bergesreihen
Ein goldnes Meer erblinkt;

Wann über mir die Sterne
Gedämpften Strahles ziehn,
Das Aug' in Glanz und Ferne
Auf Nebeln schweift dahin;

Wann mild das Grün der Bäume
In Zauberschimmern bleicht
Und in die tiefsten Räume
Die Schattennacht entweicht;

O daß dann ewig währte
So goldner Jugendtraum!
Welch Glück mir wiederkehrte,
Zeigt eine Thräne kaum.

Bachesrauschen.

Trifft sich's, lieblichster der Bäche,
Daß ich abermals dich spreche
Hier auf grüner Wiesenflur?
Und es gilt dein liebes Rauschen
Wieder, wie mein Redetauschen,
Unsrer heiligen Natur?

Frühlingszweifel.

Welch ein selig Schimmern, Tönen,
Die uns Wald und Flur verschönen
In des Frühlings lindem Strahl?
Darf dich hier ein Gram beschleichen?
Findest du auch nur ein Zeichen
Irgendwo verborgner Qual?

Klingt der Tag doch von Gesange!
Nirgend klagt und seufzt es bange,
Ueberblüht ist jedes Leid.
Und doch wäre dieses Ganze,
Das uns grüßt mit Edens Glanze,
Tausendfachem Schmerz geweiht?

Freiheit und Ferne.

1. Ferne Ruhe.

Blaue, kühle Bergesschatten
Winken allzuferne dort;
Hier um mich gönnt ach! kein Ort
Ruheflüsternd sich dem Matten.

2. Beweglichkeit.

Ja, sproßt' ich wie ein Baum
Im stillen Waldesraum,

Wie wurzelt' ich so gerne,
Uneingedenk der Ferne.
Ich triebe Blatt und Blüten
Und würd' in Freude hüten
Den angewies'nen Ort.

Mich aber schiebt es fort,
Und ohne Ruh' und Stille
Treibt mich des Herzens Wille
Hinaus in weite Ferne,
Wohl bis in's Reich der Sterne.
Du wurzelfroher Baum,
Wie träumst du lieben Traum!

---

3. Bei blauer Luft.

Wohl gerne hinunter
Lustwandl' ich, wo bunter
Die Wiese schon mait
Und Vogelgesang mich aus Blüten erfreut.

Doch haben sich oben
Goldwölkchen gewoben,
So schwebt' ich vom Thal
Wohl lieber hinauf in den himmlischen Saal.

Mich zieht dann ein Sehnen,
Wie's Wölkchen in jenen
Azurenen Höh'n
In's Göttliche, Lichte noch heut zu vergehn.

Wald und Wiese.

Wie sind wir beide, Wald und Wiese,
Zu so vertrautem Grün gesellt!
Wie froh ich schattig sie umschließe,
Wie leicht und sanft ihr Plan sich schwellt!

Ach! so in unsern Einsamkeiten
Genießen wir ein glücklich Seyn;
Es kehren nur die Jahreszeiten
In sanftem Wechsel bei uns ein.

Die ändern öfters unsre Farben,
Doch unser schönes Bündniß nicht,
Und wenn wir winterlich erstarben,
So weckt uns bald des Frühlings Licht.

Dann lächelt sie, die Freundin Wiese,
Mit ihren Blumen neu mich an:
Und meinem Bächlein sag' ich: gieße
Dich wieder frei durch ihren Plan!

Und all die muntern Sänger schweben
Als unsre Boten hin und her,
Und unser träumend Liebeleben
Läßt keinen Raum für Wünsche mehr.

Nur sehn wir gern als traute Gäste
Den Dichter und ein treues Paar.
Still sey ihr Loos und so das beste,
Wie es von jeher unsres war!

Der Gefällige.

Still schweift' ich im Gefild;
Doch, läſtiger Gefährte,
Du kamſt mir auf die Fährte,
Der Jäger ſeinem Wild.

Was hilft die innre Luſt?
Durch des Verfolgers Nähe
Ergießt ſich Angſt und Wehe
In meine heitre Bruſt.

Schon winkt mir dort ſein Gruß!
Natur, o rette, rette!
O gib mir freie Stätte
Vor ſeiner Lieb' Erguß!

O wär' ich jedes Strahls
Beraubt in Waldesſchatten;
O käme mir zu Statten
Ein Spuck, wie Rübezahls!

Wo, wo aus dieſem Bann
Erblick' ich einen Retter?
Ich rufe Gott und Götter:
Umſonſt! hier iſt der Mann!

Aufruf.

Wanderer! im Thal voll Blüte
Stehst du still mit reger Liebe.
Ist denn nichts, das zum Gemüthe
Des Begegnenden dich triebe?

Lichte Landschaft muß dir taugen,
Deine Freuden zu erhöhen,
Nur in Herzen, nur in Augen
Säumt dein Kaltsinn einzugehen?

Schläfst du mit den bessern Sinnen?
Nur auf Außendinge schauend,
Siehst du nicht das Glück, sich innen
In dem Nachbar dir erbauend?

Wußtest du, vorübergehend,
Ob dein Schritt nicht eine Seele,
Brüderlich und mitverstehend,
Schnöd und ungekannt verfehle?

Laß denn nieder dich am Quelle
Ueppig reiner Menschengüte;
Nimm, o nimm dir deine Stelle
Im gefundenen Gemüthe!

Ach, kein Thal in milden Reizen
Gleicht so trauten Herzensstätten.
Mußtest du mit Schritten geizen,
Die dich dort geborgen hätten?

Im Waldesdickicht.

Faßt mich ein Furchtgefühl,
O Wald, in deinem Kühl,
Weil süßes goldnes Licht
Mir Einsamem gebricht?
Was sagt so hehr, so düster
Unendliches Geflüster?

Ist's neuer Ton und Ruf,
Der mir dies Zagen schuf?
Was zieht, was schreckt mich bald,
Was kommt herangewallt?
Woher ihr fremden Hauche,
Entwehend Wald und Strauche?

Zu Sinn mir etwa fuhr
Die Größe der Natur?
Ha! oder Gottes Geist,
Der sich mir näher weist?
Und die herein nun brechen
In dich, o Herz voll Schwächen?

Höchste Bitte.

O Bitte aller Bitten:
Zukomm' uns Gottes Reich!
Das Andre gelte gleich,
Was wir gelebt, gelitten!

Wanderlieder.

1. Vom Grüßen.

Guten Morgen! gute Nacht!
Wer hat diesen Gruß erdacht?
Wohl gewiß zuerst ein Wandrer.
Glaubt es mir, es war kein Andrer!
Er nur im Vorüberwallen
Will so wohl den Menschen allen.

2. Wanderklage.

Schnell von hinnen!
Ruh' gewinnen
Darf ich nicht in Stadt und Land!
Der Erkennung
Beut die Trennung
Traurig schon die Abschiedshand.

Heimisch weilen,
Mit sich theilen
Wollte gern das volle Herz;
Ungesundet,
Neu verwundet,
Weiß es doppelt nun von Schmerz.

3. Nächtlicher Ausgang.

O du weite, weite Stadt,
Die mir keine Heimath hat!
Deiner Thürm' und Kirchen Schwärze
Blickt mir fremd und kalt in's Herze.

Nächtlich schweif' ich hin und her,
So allein mein Herz und schwer.
Nach den Stübchen ebner Erde
Blick' ich, suche Heimathsheerde,

Und da glänzt bei Kerzenlicht
Alter, Junger lieb Gesicht,
Alles traulich! doch verlassen
Wandl' ich selber durch die Gassen.

In den Mantel eingehüllt,
Still für mich, mein Aug' gefüllt
Und erhoben nach den Sternen,
Denk' ich nur geliebter Fernen.

4. In der Ferne.

Wo blieb der Lüfte klares Blau?
Nur grau in Grau
Und braun in Braun
Läßt Land und Himmel sich erschaun.

Wo blieb der rosenhelle Muth,
Womit ich Hut
Und Stock ergriff .
Und manche Noth durchsang und pfiff?

Wo bleibt mir heut das frische Herz?
Ein schlimmer Scherz
Ist Fernesehn!
Wie fiel es je dem Herzen ein?

Weil nur ob diesem düstern Grau
Lacht Himmelblau;
In Herz und Muth
Wird nur daheim es wieder gut!

5. Rückkunft.

Nach der Heimath fort und fort!
Ueber goldnen Aehren dort
Seh' ich meine Thürme ragen.
Herz, du pochst und machst mich zagen,
Ob mir wohl am trauten Ort
Wieder klingt der Liebe Wort?

Reiseblätter.

1. Am Reisemorgen.

Fern ist noch das Marktgewühl.
Vogelzwitschern, Pferdestampfen,
Morgenwehn und Nebeldampfen!
O willkommnes Reisgefühl!

2. Reiselust.

Wie blaulich, wie wonnig,
Erquickend und sonnig
Lacht Himmel und Land!
Wie hält das Entfalten
So neuer Gestalten
Die Seele gespannt!

O Heimath, verzeihe,
Nun ist an der Reihe
Die liebliche Welt;
Nun ladet zu schreiten
In fernste Weiten,
Das Himmelsgezelt!

---

3. In einer Moorgegend.

Hier sproßt nicht Busch, nicht Blumenflor,
Der ganze Grund ist schwarzes Moor.
Doch hast du, reise nur zu Fuß,
Für jede Gegend ihren Gruß.

O fühle, wie die Federkraft
Des weichen Grundes in dir schafft:
Ein jeder Fußtritt ist ein Schwung,
Die Beine werden frisch und jung,

Der Schwung erbebt herauf in's Herz,
Das ihn empfängt als muntern Scherz.
Kein Wunder, ist ein Grund geliebt,
Der jedem Schritt zu tanzen giebt.

---

4. Auf nächtlicher Wanderung.

Blicke mich nur diese Gegend
Fremd und nächtlich an;
Dennoch kann ich Liebe hegend
Und vertrauend nahn.

Bietet doch ihr deutschen Lande
Milden Sinns so viel,
Ueberall willkommne Bande,
Trautes Heimathsziel!

Darum bei dem Schein der Kerzen
Drüben durch die Nacht
Sey voraus euch deutschen Herzen
Dort mein Gruß gebracht!

5. Nächtlicher Elbdruck.

Schwarzes Wald- und Berggeschiebe
Thürmt sich um den Wiesenplan;
Wasser donnern; doch die Liebe
Glänzt mir aus dem Mond voran.

6. Am Wasserfalle.

Nenn' ich Jubel, nenn' ich Grausen
Der Gewässer Donnern, Brausen?
Sturm und Streit des Wasserfalles,
Ihr erstickt in mir Alles,
Athem, Sinn und Stimmeschall!

Eines nur, ein Angedenken,
Das an Sie, kann nicht versenken,
Nicht erschüttern all der Schwall.
Wenn's noch lauter um mich zankt,
Alles in mir, vor mir schwankt,
Eine trauliche Gestalt
Hat doch ihren sichern Halt.

7. Auf dem Gebirge.

Wie frei ist's mir um Herz und Kopf
In dieser hohen Himmelsnähe,
Wo kaum ein niedrer Tannenschopf
In's Oede vorragt, das ich sehe,
Mich Quellen, leise murmelnd, laben
Und Heerden ruhn um Hirtenknaben.

Bin ich denn hier derselbe noch
Im Hauch der frischen Freiheitslüfte?
Was wollt ihr kleinen Blümchen doch?
Ihr himmlisch reinen Kräuterdüfte? —
Nur du dort mahnst mich, heim zu denken,
Den Blick in's ferne Blau zu senken?

Ja, kleines Bergvergißmeinnicht,
Dies kann ich nimmer dir versagen!
Der Lieben nein, vergeß' ich nicht,
Ob Wolken mich gen Himmel tragen.
Sie stehn in gottbeseelter Weite
Hier oben auch an meiner Seite.

An einem Spätjahrsmorgen.

Noch klang die Morgenglocke nicht:
Noch nirgend sonst gewahr ich Licht:
Nur aus der Esse sprüht's in Menge
Von Funken, schallen Hammerklänge.

Ja, hämmre, Meister, rüstig froh!
Dein Feuer blinke licht und loh!
Wem doch, wie dir, ein einfach Streben,
Genügte durch dies Menschenleben!

Am Sonntagsmorgen auf einem Berge. [1]

Mißton aus des Kirchleins Enge
Trifft wohl dort im Thal mein Ohr;
Doch es schallen die Gesänge
Wohllautsvoll zur Höh' empor.
Auf kryftallner Lüfte Leiter
Steigen sie verklärt heran;
Horchend fühl' ich weit und weiter,
Mir das Herz in süßem Wahn!

Will euch Guten nicht gelingen
Reiner Klang in Thales Schooß,
Hier doch mit befreiten Schwingen,
Ward er jeder Schwere los.

[1] Erinnerung an die Burg Streitberg in Franken, von der ich im Jahr 1810 dem Kirchengesang in dem unten liegenden Städtchen zuhörte.

So zu dem erhabnen Wesen
Findet wohl die Absicht Bahn
Und der Mängel schon genesen,
Nimmt der Höchste mild euch an!

Beim Schall der Frühlingspfeife.

Aus deiner Gänschen gelber Schaar,
Mit jungen Stimmchen, zart und klar,
O Knabe, pfeifft du künstlerstolz,
Dein Lied mir vor aus grünem Holz!
So wohl der lecke Schall dir thut,
So ahnst du doch in stolzem Muth
Nicht seine Kraft und wie die Töne
Mich zaubern in der Kindheit Schöne.

Frühlingsklänge.

1. Erster Frühling.

Aus des Raines wärmster Strecke
Schlüpfen Blättchen aus der Hecke;
Wonnig gießt in laue Luft
Sich ein erster Veilchenduft.

Draußen auch in Waldesmoos
Wand sich erstes Leben los,
Schlüsselblümchen, Anemonen,
Die mit zarten Blumenkronen
Selbst den letzten Schnee umwohnen.

Der du dich noch halb versteckst,
Doch nun bald die Welt bedeckst,
Frühling, Frühling, lang erahnt,
Ach! dir ist der Weg gebahnt!

---

2. Frühlingsrührung.

Schon seit frühen Knabenjahren
Bin, Natur, ich liebend dein;
All mein Leben wird bewahren
Unsern freundlichen Verein.

Mein ist all dein süßes Blühen
Und dein Wellen ist für mich;
Deine Freuden, deine Mühen
Machen mir zu eigen sich.

Heute, heute muß ich wähnen,
Sanft du ganz in meine Brust
Und in warmen Frühlingsthränen
Quillt aus mir nur deine Lust.

---

3. Dorf und Thal.

Du lächelst wieder,
Dir unbewußt,
O Dörfchen nieder
In meine Brust.

Die rothen Dächer
Aus grünem Saum,
Des Wehres Fächer
Im Wellenschaum!

Die blanken Häuser
Am Berg, im Thal
Und grüne Reiser
Allüberall!

Der Wiesen Matten
Im Sonnenschmelz
Und kühler Schatten
Am Laubgehölz

Der Blüten Düfte,
Das laue Wehn
Der Frühlingslüfte
Um Busch und Höh'n

Und Vogelsingen
Im Baumversteck,
Schalmeienklingen
Und Heerdgeblöck;

Ach Worte, Worte,
Wie seid ihr arm
An einem Orte,
So frühlingswarm!

4. An den Kukuk.

Wieder ohne Rast und Ruh'
Rufst du drüben dein Kuku!
Wie so kräftig ziehest du
Mich hinaus mit diesen Klängen,
Die zum grünen Wald mich drängen!

Welchen Sinn ich unterschiebe:
Frühling, Waldlust, Freiheit, Liebe,
Und je mehr ich horche zu,
Nimmt dein Ruf, du Ohneruh',
Meiner Seele Rast und Ruh!

5. Eintönigkeit.

Stets ein lieblich Einerlei
Singst du, Vöglein, frank und frei;
Table niemand deine Weise,
Rosen nur von seinem Reise
Kann der Rosenstock verleihn;
Ruhig läßt er Andres blühen,
Jenen Busch von Nelken glühen,
Diesen voller Lilien seyn.

Treib' in dieser Frühlingszeit
Jeder nur, was ihn erfreut!
Frühling wird vom frühen Morgen
Schon für alles Andre sorgen.

Gib nur, Frühlingssänger, dich!
Andre werden sich uns geben
Und ein süßverbreitet Leben
Rührt dann tausendfältig sich.

Mittags.

Laub und Schatten, deckt mich hold!
Senget, warme Mittagsstrahlen!
Laßt im Grünen hier mich zahlen
Der Natur den Schlummersold,
Den sie lange schon gewollt! —
Ach, was war dies? Weckt der Ort
Traum auf Traum? Was zieht sich fort
Durch die Lüfte für ein Schwirren?
Süße Töne, die mich irren
Mit der Liebe trautem Wort!

Mein Schiffchen.

Sängerschiff, an deinen Borden
Segeln Hohe nur gesellt;
Nur aus kleinem Nachen fällt
Ruderschlag mir in Accorden.

Segler, dir auf deinem Gleise
Folgt nicht meines Schiffleins Art;
Trautumgrünte Uferfahrt
Ist nur seine Lust und Weise.

Gruß der Zukunft.

Wenn mein Herz hat ausgeschlagen,
Sollen zu verwandten Seelen
Winde meine Lieder tragen.
Nimmer soll sich's dann verhehlen,
Ob sich milder Freundessinn
Zu dem Todten wendet hin.

Auf ein Mädchen.

Zu ihr zieht die Lieblichkeit
Reiner Herzensinnigkeit,
Wie die kleinen, weißen Glocken
Mich zum Maienwalde locken,
Wo sie in beglückte Lüfte
Senden der Erfrischung Düfte.

Das warme Herz.

1. Entfesselung.

Ach, wie hat ein süß Verlangen
Lang uns oft das Herz geschwellt!
Doch man bleibt nicht stets befangen
Und die lose Fessel fällt.

Wie die Bande von sich drückend,
Frei der Schmetterling sich hebt,
Und, sich kaum der Nacht entrückend,
Zur ersehnten Blume schwebt;

So entfaltet auch die Liebe
Schüchtern den verschwiegnen Schmerz
Und sie sinkt in holdem Triebe
Schon an's nächste gute Herz.

---

2. Weg der Gedanken.

Welches Regen, welches Streben
Treibt sein unermüdet Spiel!
Wind und Schiff und Vogel schweben
Und der Wandrer eilt zum Ziel.

Um beglückte, sichre Reise
Fleht man scheidend himmelan;
Doch wer hält in sichrem Gleise
Sich auf der Gedanken Bahn?

Daß nur sie sich nicht verlieren!
Zwischen Hoffnung, zwischen Scheu
Fleh' ich, daß die mein' und ihren
Sich begegnen immer treu!

3. In Regenwetter.

Eingeregnet hat's mich Armen
In dies giebelreiche Städtchen;
Müssig harr' ich; zeigt Erbarmen,
Ihr, des Ortes liebe Mädchen!

Ach, verschmähet ihr so lange
Meines schönsten Eifers Kräfte?
Wehrt ihr nicht dem Müssiggange?
Keine gibt mir Herzgeschäfte?

—

Aus dem Teinacher Gesundbrunnen.

1. Nach Mondesaufgang.

Die Sonn' ist längst hinabgegangen,
Verdunkelt ruht der Tannenwald;
Das Thal, die Wiesen sind umhangen
Von leichter Nebel Duftgestalt.

Das Auge ruht. Entfernte, Gute
Noch hatt' ich eurer nicht gedacht,
Bis nun der Mond in stillem Muthe
Mir eure Grüße mitgebracht.

———

2. Betrachtung.

Hier zur Linken rauscht der Bach,
Und hier rechts, noch heute wach,

Ragt die alte Wart' empor,
Streben kühne Trümmer vor.

Hochumschloßnes Tannenthal,
Zeit auf Zeiten zähl' einmal,
Die dein Wiesenbach durchschoß,
Die durchragte dieses Schloß!

Und des Dörfchens Glockenton,
Ha, wie oft erklangst du schon!
Wohl! verbringt die stille Zeit!
Meiner harrt die Ewigkeit!

———————

3. Beklemmung.

Es ruht der Weg in tiefer Stille;
Die Luft ist grau, kein Wanderwille
Zeigt heute sich im dunkeln Thal;
Der Bach nur will von seinem Leben
In Sehnsuchtslauten Kunde geben,
Ein Fest begeht hier stille Qual.

Ihr Sorgen seyd hier losgebunden,
Bemächtigt euch der schwülen Stunden,
Ihr findet keinen Widerstand!
Gedanken, strömt das Thal hinunter,
Das öde, rinnt, ihr Thränen, munter,
Bis Herz und Herz sich wiederfand!

———————

4. Hinabschauend.

Tiefer Tannenwiesengrund,
Grüne fort, so still, gesund!
Dir und deinem Silberbach
Blickt mein Herz gar heimlich nach.
Wenn's ein Waldesvogel wär',
Schwebt' es hier nur hin und her.

5. Die Felsecke.

Stillumwohnte Tannenwiesen
Und des Baches rauschend Fließen,
Sanftes Bild und süßer Ton,
Eurem heimlichen Beglücken
Soll mich dieser Fels entrücken.
Nun. Noch eins! — ihr seyd entflohn!

Ländliche Gedichte.

1. Die Lust von Dauer.

Die Lust macht manchen Satten.
Am stillen Stundenflug
Um Dorf, Gebüsch und Matten
Bekomm' ich nie genug.

2. Der Nachen.

Durch des Flusses stille Räume,
Um des Hügels Schattenbäume
Treibt ein Vater seinen Nachen;
Bei der kleinen Kinder Lachen
Schöpft die Mutter aus dem Flusse
Laues Naß; mit sanftem Gusse
Badet sie das Haupt der Kleinen
Und das letzte Sonnenscheinen
Faßt das Bild, auf blauen Fluten
Still umgrünt, in goldne Gluten.
O du reich gefüllter Nachen,
Drin die trauten Kinder lachen
Zu der Eltern Herzenswonne,
Bild voll Liebe, Bild voll Sonne,
O du süßes Menschenleben,
Von der Erde Schmuck umgeben,
Störe nichts dein sanftes Gleiten
In der Zukunft frohe Weiten!

3. Im Mondlichte.

Selbst nicht weiß ich, wie's geschah,
Daß ich auf einsamem Gange
Unter walb'gem Ueberhange
Jüngst dies Bild der Wonne sah:

Mondenstrahlen am Gestad'
Und im Wasser sah ich scherzen
Und mit unschuldsvollen Herzen
Spielt' ein Mädchenchor im Bad.

Doch, wie kaum sie unbewußt
Meinem Blick geschimmert hatten,
Sucht' ich mir des Waldes Schatten,
Still sie lassend ihrer Luft.

Nur den Wunsch versagt mir nicht,
Dacht' ich im Vorüberscheiden,
Strahl' auf eure Lebensfreuden
Stets so reines Himmelslicht!

Der neue Schmuck.

Mit Sommerfäden zu umstricken
Sucht sich das weite Herbstgebild
Und lächelt dann der Freunde Blicken
Ein sonnig zartes Glanzgebild.

Der Schönen gleich kannst du nicht enden,
Natur, mit immer neuer Zier;
Wie hold nach so viel Bilderspenden
Läßt nun dies Festgewebe dir!

1828 bis 1830.

Im Freien.

1. Die beiden Glücklichen.

Du Knabe ziehst das Thal entlang,
Hell singend, deinen Weg;
Verborgen lausch' ich dir schon lang
In Wald und Buschgeheg.

Der blaue Himmel hier umfaßt
Zwei Glückliche zumal;
Ihm dankt hier oben stille Rast
Und Wanderglück im Thal.

---

2. Am grünen Ufer.

Wie breite Kräuterblätter!
Wie zartes Weidenlaub!
O Fluß! o Frühlingswetter!
O süßer Stundenraub!
Natur, ist stiller Liebeshang
Für deine Bilder Müssiggang?

---

3. Beschwichtigung.

Ach wohl, die Zeit entflieht;
Doch still von ihrem Drange!
Im grünen Lustgebiet
Folg' ich der Anmuth Zwange.

---

4. Im Verwellen.

Die Wellen wissen, was sie sollen,
Sie ziehn dahin mit frohem Rauschen;
Mir aber hemmen sie mein Wollen,
Denn ich muß stehn und ihnen lauschen.

---

5. Am Quellenrande.

Quell, sey nur Rede! ich bin Ohr,
Die eins das andre sich erlor.

---

6. Der Mond am Tage.

Milde Träume, ruft sie wach
Dein Geplätscher, Wiesenbach?
Ziehn sie bei mir aus dem Hain
Mit dem Laubgeflüster ein?

Ach, des Mondes weiß Gesicht
Lächelt dort bei Tageslicht!
Borgt vom nächtlichen der Tag,
Was er in mich träumen mag?

---

7. An die Bäume.

Für aller Augen steht ihr da,
Ihr Bäume meiner Flur;
Doch Freunde seyd ihr, weiß ich ja,
Für euren Dichter nur!

Poetik.

Was Bäume hin- und wiedersäuseln,
Wie Bäche leis' um Steine kräuseln,
Was Wind und Schilf zusammenspricht,
Das ist wohl alles kein Gedicht.
Und dennoch mein' ich, hier zu lernen,
Auch wagt es meine Muse nicht,
Von der Natur sich zu entfernen,
Die in so holden Zungen spricht.

Verzichtleistung.

Als ich in mein Thal getreten,
Um mich einsam zu ergehn,
Sah ich einen Mann dort wandeln,
Traurig wieder stille stehn.

Und ich selber stand verweilend,
Und zu wissen, lag mir an:
Ob nicht Frag' und sanfte Rede
Seine Trauer mildern kann?

Doch von ferne nachgeschritten,
Hielt ich meinen Tritt zurück,
Dacht' im Wenden: Nein, du Guter,
Stille dünkt dem Leibe Glück.

Darum gönn' ich, mit dir fühlend,
Meine Einsamkeit nun dir,
Rufe, von der theuern scheidend:
Nimm auch meinen Trost in ihr!

Das schöne Land.

Alles ist mit Ruh' umfangen,
Wälder, Hügel, Berg und Thal;
Nur noch Herzen müssen bangen,
Wissen noch von Sorgenqual.

Ach! wo sind die schönen Lande,
Die ein Himmel überblaut,
Der bis zu dem fernsten Rande
Nur in frohe Herzen schaut?

Waldesstille.

Nimm mich auf in deinen Frieden,
Wiese duftiger Orchiden,
Labyrinthisch Waldesdüster,
Blauen Seees Rohrgeflüster,
Rückt mir aus dem Herzen weit
Mich, mein Selbst, die Welt, die Zeit!

Schön ist's, wenn ich mich entraffe,
Nehme frohen Muth zur Waffe;
Wenn sich gern die Geister lösten,
Kann doch nur die Stille trösten,
Die das Treiben all verwischt,
Mit dem All die Seele mischt.

Heute nenn' ich Trost und Leben,
Der Natur mich zu verweben;
Eine Welt von Eigenwillen
Tauche sie in ihre Stillen;
Bin ich einst zurückerwacht,
Sey des Walds noch oft gedacht!

Einseitige Liebe.

Wenn ich liebend mich versenke
In das weite Schöpfungsall,
Forschend, ob einst meiner denke
Jener ferne Glockenschall,
Den ich so voll Andacht hörte,
Und die bunte Blumenau,
Ach, wohin ich wiederkehrte
Zu so gern erneuter Schau;
Wenn ich frage: seufzt im Winde
Oder ein Accord im Bach,
Falls ich sterbend nun entschwinde,
Dem verblichnen Freunde nach?
O so fühl' ich: deine Treue,

Blütenbunte, holde Welt,
Der ich mich so zärtlich freue,
Ist auf schwachen Grund gestellt!
Ja, noch heute kann ich scheiden,
Welkt darob ein Blümchen hin?
Und von so viel tausend Freuden
Hält nur Eine draußen inn'?

Herzenswidmung.

Was nimmt mir so den stillen Sinn
Von einem Tag zum andern hin?
Ein Liederdienst, wie Minnesang!
Doch geht sein Hang
Und Minnen nur
Auf dich, Natur!

Unwissenheit.

Du irrst hernieder, Fall an Fall,
Mit holdem Murmeln, frischem Schall,
Du trauter Bach, im Ueberhang
Der Büsche, voller Lebensdrang.
Wohin? wohin?
Ich weiß es wohl in meinem Sinn.

Ich steige nieder meinen Pfad,
Ich wandre, wandre, früh und spat,

Umherzuschauen immer reg,
Auf rauh' und mildem Lebensweg.
Wohin? wohin?
Ich weiß es nicht in meinem Sinn.

Die Kinder des Lichts.

Wenn alle Blumen aufgericht't,
Mit unverwandtem Angesicht,
Die rothen, gelben, blauen,
In's Licht der Sonne schauen,
So gönne Kindern reinen Lichts
Ihr Glück und fühle: dir gebricht's!

Verklärung.

O welche Sprache, leis metallen,
Spricht aus den fernen Glockenhallen!
Ihr blauen Lüfte, gebt Belehrung:
Woher dies Ahnen der Verklärung?

Aenderung.

Ja, es waren schöne Zeiten,
Als es in des Landes Weiten
Ging an's Pflügen, Wälderlichten,
Häuserbauen, Thurmerrichten.

Die Natur, ein wilder Traum,
Gab dem Menschenglücke Raum.

Schwanden so der Wildniß Spuren,
Schau' ich nur gefurchte Fluren;
Würd' ich nun umsonst mich quälen,
Jeden Thurm im Gau zu zählen,
Ach, so fehlt es für den Traum
Freier Urwelt nun an Raum!

Die Abendglocken.

Wie schwammen die Augen in frieblichem Glück
Und hallt' es dem Ohre so frieblich zurück!
Die Abendglocken erhoben ihr Lied,
Das der Himmel mir so zu verstehen beschied:

Wohl bebt in metallenen Schwingungen dies:
Wie lag ich in Banden im Erdenverließ!
In die Lüfte des Himmels wie schall' ich nun frei
Und winke die ewigen Sterne herbei!

Entfernter Geläute durchklang nun den Raum
Melobisch; ich horchte, doch sonderte kaum,
Was aus der Töne milbwechselndem Chor
Von sanfter Bedeutung sich zu mir verlor.

Du, Stimme dort, grüßst mir zurück in die Zeit,
Tief schöpfend aus grauer Vergangenheit!
Fromm bebten die Herzen der Väter dir schon,
Nun mahnst du, die Zeugin der Tobten, den Sohn!

Dann traulich in anbrer, milblautenber Art,
Galt Schwefter-Begrüßung der Gegenwart
Unb hallte ben Lebenden, Emfigen zu:
O löfet bie Sorgen in feierabe Ruh'!

Doch, jeber noch weiter vernommene Klang
Entfchwindet ber Sprache mittheilenbem Drang.
Gerückt aus ber Zeit, aus ber Erbe Bereich
Erhob fich ber Geift in bas künftige Reich.

Dem fehnenden Herzen Unenbliches fchon
Befagte ber Glocken verhallenber Ton
Unb fchließlich ertheilten fich alle Befcheib:
Gelobet fey Gott uns in Ewigfeit!

In einem alten Kirchenchor.

Geflüchtet aus bes Sommers Hitze
Zum kühlen Schooß bes Alterthumes,
Auf eines Chorherrn braunem Sitze
Dem Werk erlofchnen Bilbnerruhmes,
Im Anblick glühenb bunter Scheiben,
Bei bilbervollen Zeitvertreiben
In fromme Vorzeit ganz verfunken,
Wie träumt' ich fort, von Anbacht trunken,
Bis mir, wo bort bas Sonnenlicht
Durch ein zertrümmert Fenfter bricht,
Im Blauen fchaukelnb feine Laft,
Ein blumenvoller Rofenaft
In biefes Jetzt zurückgetrunken!

Kindheitsmahnung.

1.

Kindheit macht die Blumenwiese
Sich zum kleinen Paradiese.
Zu der Kindheit Paradiese
Ruft mich heim die Blumenwiese.

2.

Ihr besonders Bachranunkeln,
Blinkt ihr nur so gelb im Dunkeln,
Um an spätern Lebensgrenzen
Kindheit in mir wach zu glänzen?

Im Sturme.

Durch all dies stürmische Gestöhne
Vernehm' ich ferne Glockentöne.
Vom Winde nicht hiehergeführt,
Hätt' all ihr Laut mich nie berührt.

O sanft verschwimmendes Getöne,
Voll nie geahnter Himmelsschöne!
Dank dir, der es vom fernen Thurm
Hieher geleitet, wilder Sturm!

Waldfreude.

Ein Kukuk aus dem Wald heraus
Hat sich genähert Dorf und Haus;

Heut sieht er sich hier außen um,
Doch lobt er nur sein Wälderthum
Und ruft durch Wiesen, Thal und Feld
Sein Waldvergnügen in die Welt.

Wer fand sich eine Waldesklauf'
Und rühmte nicht sein grünes Haus?
Ich ahne, wie's dem Vogel thut;
In mir ist auch ein solcher Muth,
Und selber frag' ich Jung und Alt:
Was übertrifft den grünen Wald?

Der Regenbogen.

Sonnengrün blinkt das Gebüsch
Und das Thurmdach roth und frisch.
Strahlen dringen, neu erwachte,
Durch die blaue Regenschwärze,
Wie wenn selig Lust mit Schmerze
Oder Leid mit Lust sich neckte.
Himmel, Herz und Erde ganz
Baden sich im Irisglanz.

Letzte Lust.

Wie ein letztes goldnes Licht
Durch das Laubgewebe bricht!
Scheideblick von tausend Wonnen,
Ewig bleibst du nun zerronnen?

Im Frühlinge.

1. Im Frühlingshauche.

Manch zarter Waldeswipfel schwankt
In süßem Westehauch,
Und so in seinen Höhen wankt
Mein stiller Ernst nun auch.

2. In der Morgenfrühe.

O Wandrer, schau
Im Wiesenthau,
Am überbüschten Bache hin
Den lichten Morgennebel ziehn!

Doch, kaum begrüßt,
Schon aufgeküßt,
Hat der Beglückte nur gewährt,
Bis Sonnenliebe ihn verzehrt.

3. Frühlingspflicht.

Herz, was sollst du thun und lassen,
Dieses Frühlingsglück zu fassen?
Nur die Sorgen sollst du meiden,
Doch der Freuden Andrang leiden,
Von den blütenvollen Tagen
Jede Schmeichelei ertragen
Und nur fühlen aller Wunden
Stilles Heilen und Gesunden.

Ländliche Anmuth.

1.

Scherzende Mädchen auf Wiesengrund,
Hüpfende Wellchen, krystallgesund,
Waldige Berge, dem Bilde zum Rahmen,
Weißt du was Holderes? nenn' es mit Namen!

2.

Fällt Arbeit auch gewöhnlich nicht
Als Lieblichkeit uns zu Gesicht,
So lehren doch die Mäßberinnen
Auf dem umbuschten Wiesenplan,
Wie sie als Grazie gewinnen,
Uns Aug' und Herz bezaubern kann.

Herbstbilder.

Aus den Nebeln Sonnenküsse
Auf den buntverfärbten Baum,
Auf die blau' und goldne Traube,
Halbversteckt in grünem Laube!
Frühling! ach, du hast wohl kaum
Bilder solcher Wunderfüße!

Die Felsenwand.

Mag sich um diese Felsenwand
Bald stürmisch wolliges Gewand,

Bald warmer Sonnenschimmer legen,
Sie steht in Ruh der Zeit entgegen
Und zeuget hoch und fest und stet
Seit je von Gottes Majestät,
Die heut zumal im Sonnigblauen
So still, so herrlich ist zu schauen.

Nachglanz.

Aus seinem Nachglanz läßt sich lesen,
Wie licht der Sonnentag gewesen.
Die nun erstehn in Abendblühte,
Die gottbeseligten Gefühle,
Soll ich den Tiefen ohne Schranken
Der Seele sie, des Himmels danken?

Waldlust.

1. Verlegenheit.

Auf des Waldes Scheidewegen
Bin ich darum wohl verlegen,
Weil mich's nach den grünen Hallen
Allen, allen
Treibt, zu wallen.

2. Auf dem Waldgebirge.

Waldhöhen auf und Gipfel an!
Nun lichtet sich ein Blick:
Lacht Sonne doch die Landschaft an,
Als wie mit goldnem Glück.

Doch glänzt, ihr Städt' und Dörfer, nur
Mit eurem Glück herauf!
Nach andern Glückes stiller Spur,
Waldtiefer geht mein Lauf.

3. Geständniß.

Etwas von der Wildnatur
Ist in mir, gesteh' ich's nur,
Daß ich mich nur weiden will,
Wo es grün und menschenstill.

4. Waldfriede.

Im Kreis von Wald und Binsen
Bedeckt mit Wasserlinsen,
Wie ruht der kleine See!
Zu den geheimsten Stellen,
Umgaukelt von Libellen,
Tritt hier ein badend Reh.

O sey nicht scheu und blöde!
Bei mir ist keine Rede
Von Jagd, Verletzung, Tod;
Mir thut's um Waldesfrieden,
Den Gott auch dir beschieden,
Ja selber einzig Noth.

---

5. Sonnenlust.

Schmetterling auf Waldeswegen
Spiegle bunt der Sonn' entgegen!
Alle Welt mit Thal und Hügeln
Will ihr heut' entgegenspiegeln.

---

6. In der Wildniß.

Ich und das Abendsonnenlicht
Sind still hier eingekehrt.
Entlegner Wildniß Angesicht
Zu schau'n, ist uns bescheert.

Kaum werden wir des Sehens satt,
Wir zögern, still umlaubt.
Was unser Blick genossen hat,
Von wem wird es geglaubt?

---

7. Waldende.

Glattes Grün, wie kann es trösten!
Und wie lacht der Wiesenplan
Den von Waldespracht Erlösten
Mit der Ruhe Grüßen an!
Welch ersehntes Augenraften
Nach des Tages Wonnelaften!

Sommersmitte.

Mohn und Malven rings umprangen
Mich in Farbenherrlichkeit;
Doch Gedächtniß, Sinn, Verlangen
Blieb mir in der Rosenzeit!

Zeitwechsel.

O Sommerwald, wie dunkelgrün!
O Ernte gelb und hell!
Dem Blick, noch voll von Lenzesblühn,
Wie herbstet es so schnell!

Stimmen der Liebe.

1. Abgeschiedenheit.

Was seh' ich, ob dem Felsengrund,
Gibt dort sich eine Wohnung kund! —

Wer mochte so in Einsamkeiten
Der Wildniß sich ein Dach bereiten?
Gefiel dem finstern Menschenhaß
So waldig steiniges Gelaß?
Er mochte wohl, ein Feind vom Schall
Der Rede, sich am Wasserfall,
Wo nur empörte Wellen tönen,
Des Sinns für Menschenwort entwöhnen?
Wie oder wacht an diesem Ort
Die Liebe bei verborgnem Hort?
Ein Liebespaar, will es allein
Sich hier die Welt und Alles seyn? —
Ha, wie die Beiden glücklich wären,
Der Welt im Walde zu entbehren!

2. Auf der Felshöhe.

Wie blickt der Fluß so strahlend
Aus Berg und Wald herauf!
Wie gerne zeigt' ich malend
Dir seinen Schlangenlauf!

Doch die Gedankenmenge,
Gedacht ob diesem Grund,
Die innern Liebesklänge,
Gibt kein Gemälde kund.

Gesellt sich doch zum Bilde,
Zur Wonne dieses Blicks,
Gefühl der Liebesmilde
Und seligen Geschicks!

Ist so von innerm Leben
Die Außenwelt bestrahlt,
Wo mag die Kunst sich heben,
Die dir das Ganze malt?

3. Liebesglück.

Eigne Lust in deinem Blick gesellt
Sich dem Wiederglanz der Wonnewelt.
Einmal bist du selbst die Liebste mir,
Wieder herz' ich dann die Welt in dir!

4. Nach Sonnenuntergang.

Gold ward zum Roth und Violette;
Noch küssen wir an grüner Stätte,
Indem es oben schwärzlich blaut
Und neues Gold aus Sternen thaut.
Sprich, Liebste, was wir wünschen sollten,
Nach solchem Abend, dreifach golden?

Wanderreime.

1. Wanderlust.

Wer geht dort sonnig über den Steg
Auf Schattengrund, am Waldgeheg?
Wie lustig nimmt sich Wandern aus,
Wie trüb und eng ist es zu Haus!

2. Die Ruhe am Bache.

An dem kühlen Bächlein sitzt
In der Weiden grünem Schatten,
Der noch kaum auf weiten Matten
Sich mit Wandern abgehitzt.

Sorgen, sagt er, gute Nacht!
Seid den Wellen aufgeladen,
Diesen selbstbewegten Pfaden,
Die noch nichts zurückgebracht!

3. Während der Ueberfahrt.

Des Weidenlaubes Silberseite
Schwankt hin im Regenwind.
Gewitter stürmt; o Schiffer, leite
Den Nachen doch geschwind!
Jenseits, beim Wirthe, laß mich trinken,
Dort, wenn es Noth thut, untersinken!

4. Unter Fremden.

Wie ist mir das Wort gehemmt,
Sind die Menschen mir so fremd!
Andre Sprache fernt mich ihnen,
Doch der Blumenbach, die Bienen
Und die trauten Vögel fragen:
Alter Freund, was ist dein Klagen?

Schweizerland.

Doppelt fühlt sich Sommerreiz,
Wo die blaubeseete Schweiz
Alpengrün und farbig lacht
Um krystallne Winterpracht.

Die Wintergäste.

Vögelchen, ihr bettelt sittig
Vor den schneeumhäuften Scheiben:
Da, da habt ihr! Doch nun bitt' ich,
Ueberlaßt mich meinem Treiben!
Tragt mir die Gedankenreihen,
Kaum in Winterernst versunken,
Nicht sobald zu Feld und Maien
Von der Arbeit frischen Funken!

Winterruhe.

Schnee bedecket alle Keime.
Schlaft denn auch, ihr kleinen Reime,
Bis man welche, wenn es thaut,
Mit den Blumen wieder schaut!

1831 und 1832.

Frühlingsreime.

1. Aufbruch.

Das Insect, wie frühlingsfertig,
Golden schillernd, schwebt dahin!
Wer der Lenzeslust gewärtig,
Lichte selbst den trüben Sinn!
Auch die Blütenzeit hat Flügel,
Darum auf! durch Thal und Hügel!

2. Der Frühlingsschüler.

Frühling nimm mich an der Hand
Und durch mildes Unterweisen
Lehre mich, mit allem Land
Neuentzückt den Höchsten preisen!

3. Liebeswärme.

Die Lerchen hängen ob der Flur,
Als wenn sie drüber brüten sollten,

Als ob sich alle Blüten nur
Bei ihrem Sang erschließen wollten.
Gesang und Sonne brütet fort,
Bald blühet dann jedweder Ort!

4. Frühlingsgebärde.

Wer denkt des Winters nicht:
Im Frühling wird dir's leicht?
Doch wo ist ein Gewicht,
Das dem der Wonne gleicht?
Macht mir der Lenz nicht bang,
Mit seinem Freudendrang?
Und bin ich, so entzückt,
Nicht heute zu beglückt?

5. Erfüllung.

Ist dies der Hoffnung junges Grün,
Wo Blumen aller Enden blühn?
Bei aufgeschloßnen Blütensternen
Soll ich nun erst zu hoffen lernen?

Ach! dies ist mehr, als Hoffnungsglanz!
Der Lenz ist schon die Freude ganz:
Schon des Genusses vollsten Segen
Strömt er uns zu auf allen Wegen.

6. Gewißheit.

Wenn schweigend ich an deiner Seite,
O Freund, durch diesen Frühling schreite,
So wissen's beide, du, wie er:
Mein Herz ist doch nicht wonneleer.
In Lenz und Freundschaft tief geborgen,
Wie sollt' ich erst für Worte sorgen?

7. Kirchenzeit.

Glocken läuten hinterm Walde;
In der Fern' ist Kirchenzeit.
Andacht pflegen an der Halde
Mit den Blumen will ich heut'.

8. Bewunderung.

Ranunkelgold, Vergißmeinnicht
Mit sanftem, edlem Blau,
Des Morgenthaus Juwelenlicht
Schmückt dieses Baches Au. —
Mag ich, von süßem Schimmer trunken,
Schon lange stehen, so versunken?

9. Der Landmann als Frühlingsmusiker.

Du blättelst auf dem jungen Blatt,
Das dir der Lenz gespendet hat.

Recht aus der grünenden Natur
Greifst du dein Lob der Maienflur.
So steh' ich hinter deinem Glück
Mit meinem Liede weit zurück!

10. Am Waldessaume.

Du weißbeblümter Kirschenbaum
Auf grüner Rasenhalde,
Verträumst den kurzen Blütentraum
Hier außen dicht am Walde.
Ach ja! es blüht sich noch so schön
Bei Waldesgrün und Waldgetön.

11. Das blanke Dörfchen.

Ein solches Kleinod dünkte mir
Das blanke Dörfchen nie,
Als seit der Lenz in grüner Zier
Ihm seine Folie lieh.

12. An einen Schmetterling.

Du drangst mit Luft und Blütendüften,
O Schmetterling, herein zur Stadt,
Unwissend, was dich aus den Lüften
Des Feldes her verschlagen hat.

Du weilst an jedem Blumenbrette,
Vergaßest wohl der Auen Flor?
O flieh des Frühlings Kerkerstätte!
Der freie Lenz ist vor dem Thor.

13. Vorliebe.

Ich lieb' am grünen Blütenrain
Ein still Gehöft und Haus
Mit Kukuksruf vom Wald herein
Und Hahnenschrei hinaus.

14. Frühlingszeile.

Von viel tausend Blumen golden
Und besprengt mit weißen Dolden
Fällt die Wiese zu Gesicht.
Rothe, blaue Blumen mischet
Euch noch bei, nur ganz verwischet
Mir den grünen Lenz noch nicht!

15. Nachblickend.

Goldamseln fliehn im Abendlicht
Dort aus dem dichten Bachgesträuche.
Bleibt goldne Vögel, fehlet nicht
Dem abendgoldnen Wiesenreiche!

16. Frühlingsabend.

Mit Sang erfüllt die Nachtigall,
Der ferne Donner dort mit Schall
Noch spät das süße Blütenthal
Und macht mir schwer des Horchens Wahl.

17. Frühlingswirkung.

Emporgereckt zum Lerchensang,
Hinabgebückt zum Frühlingsflor,
Im Streit mit dichter Zweige Drang,
Dann in die Aussicht tretend vor,
Bei jedem Thun und Ruh'n der Glieder,
Gerieth ich fast in Frühlingslieder.

Der wandernde Geselle.

Du lachst, o Lenz, zur Welt herein
Mit Lust und Farbenhelle;
Doch singet nur vom „Schätzelein"
Der wandernde Geselle.

Als Frühling fühlt er selber sich,
Als Welt die Herzgetreue;
Was denkt er, Himmelslenz, an dich
Und wie das Land sich freue?

Einladung an Sie.

In Schattennacht und Mondenschein
Laß, Liebste, unsern Wandel seyn;
Da kommt die Lieb' aus stiller Nacht,
Der Mond aus Wolken vorgelacht.

Die beneidete Arbeit.

Waldwiesenheu in leichten Schobern
Liegt dort am Waldtrauf hin;
Der Mähder, mehr noch zu erobern,
Greift an mit frischem Sinn.

Froh muß sein Herz dem Wackern klopfen,
Ich lobe mir sein Loos;
Sanft fallen ihm des Schweißes Tropfen
In grüner Erde Schooß.

Hausarrest.

Die Wiesenberge sind durchschnitten
Von Pfaden, die zu Gast mich bitten,
Schon lusterweckend anzusehn,
Und wie viel leckrer zu begehn!

Das Leiden eines trocknen Zechers
Im Anblick des verwehrten Bechers
Gibt mir ein Blick aus Wand und Haus
In dies verbotne Grün hinaus.

Wandersinn.

1. Vor nahem Regen.

Schon wogt der Wellenwind des Regens
Durch's weite grüne Feld des Segens
Und Schwalben streifen auf dem Strom;
Doch jenseits ragt ein deutscher Dom,
Hier außen blüht ein Rosengarten;
Den Regen diesseits abzuwarten,
Gibt noch die Wirthin goldnen Wein
Und Blicke treuer Augen drein.

2. Triesend.

Naßgrün erglänzt vom Regenbad
Der Wald mit allen Bäumen;
Feuchtrothe Schnecken ziehn den Pfad
Mit minder trägem Säumen.

Mir tropft das Haar um das Gesicht;
Ich weiß nicht, wie mich's kleidet;
Doch weiß ich, daß auch triefend nicht
Der Wald sich mir entleidet.

3. Des Wanderers Reue.

So hab' ich nun mich eingesetzt
In des Eilwagens Kasten,
Doch mein Gefühl damit verletzt;
Ich kann darin nicht rasten.

Der Wachtelschlag, der Wachtelschlag
In Nacht und Feldern draußen
Frägt: wie ein guter Gänger mag
So träg vorübersausen?

---

4. In der Fremde.

Die Heimath war durch fernen Raum
Und Nacht zu mir gedrungen,
Bis mir der Wächterruf den Traum
So fremd hinweggesungen.

Dann klang aus Bach und Brunnenrohr
Mir gar ein neues Rauschen
Und zwischen meine Träume vor
Trat ein verwundert Lauschen.

Nun setzt der helle Mondenstrahl
Mein Fremdseyn mir in's Klare;
Fremd ruft des Hirten Horn durch's Thal,
Daß er zu Berge fahre.

So nimm mich denn, du fremder Tag!
Dein bin ich ohne Säumen,
Bis mich die liebe Heimath mag
In neuer Nacht umträumen.

Die Vesperglocke.

Ein Vaterunser dort aus alter Zeit
Entschallt dem Vesperdorfgeläut.
Du treuer Klang, wann wird es werden,
Daß Gottes Sinn geschieht auf Erden?

Der weise Rath. [1]

Frischrosig horcht ein deutsches Mädchen
Von seinem Nähzeug, seinem Rädchen
Am Fensterlein aus altem Haus
Zum Nachtigallenlied heraus.

Und dort der greise Thurm der Mauer
Steht, wie vor Alters, auf der Lauer
Mit Wappen und Liebfrauenbild;
Dem Zwinger Lied auf Lied entquillt.

Doch wie es scholl aus Busch und Graben,
Der weise Stadtrath will es haben:
All dieses Bauwerk ebnet sich.
Du liebes Mädchen dauerst mich!

[1] Heilbronner, altreichsstädtischer Eindruck.

Beim Abschied vom Straßburger Münsterthurme.

Als hättet ihr euch manch Jahrhundert
An diesem Thurme müd gewundert,
So, Krähenschaaren, flattert ihr
Mit heis'rem Ruf um seine Zier.

Hat euer Thun nichts Neidenswerthes?
Ach wohl, mein scheidend Herz entbehrt es.
Bald trau' ich, daß mein Blick und Geist
Dies Wunderwerk nicht mehr umkreist.

Die stillen Fragen. [1]

Umschlossen ruht ein Rasengarten,
Grün von gesunkner Gräber Moos;
Man blickt von Zinn' und Mauerscharten
In des bebuschten Thales Schooß.

Und unten brausen Wehrestwellen,
Grabstein' umreihn in stillem Raum
Die Kirche, alternde Kapellen,
Entfenstert, stehn am Hügelsaum.

Da irr' ich an bewöllten Tagen
Umher, im engen Kreise nur
Und richte meine stillen Fragen
An Kirche, Gräber und Natur.

[1] Waiblinger Eindruck. Die eine der erwähnten Kirchhofkapellen ist seitdem abgebrochen worden.

Aus bewegtem Herzen.

1. Auf Waldeshöhen.

Welch wilde, menschenferne Schlucht!
Ein Bach kommt her auf seiner Flucht
Und dienet murmelnd mir als Leiter;
Auf nassen Steinen klimm' ich weiter.

Wohl mir nun oben! Lieber Bach,
Nun blick' ich dir durch's Grüne nach.
Du willst zu Menschen niederwallen:
Versuch' es, wie sie dir gefallen!

2. Die schöne Zeit.

Rosen trägst du, schöne Zeit,
Rosen im Vorüberschwinden;
Doch du triffst mich unbereit,
Mich in deine Lust zu finden.
Wie man Muth bedarf zum Leide,
Fehlt mir Fassung noch zur Freude.

3. Liebesgruß.

„Ach hin ist hin und todt ist todt!"
Wo steht dies doch geschrieben?
Das Lied, das solchen Gruß entbot,
Ist mir vergessen blieben.
Ach, todt ist todt und hin ist hin!
Der Gruß kommt mir nicht aus dem Sinn.

4. An den Leser.

Nicht alle fließen sie, die Thränen,
Des weichen Dichters, Freund, zu denen
Dein zartes Mitgefühl sich neigt;
Doch ach, es sorgt das arme Leben,
Daß es auch Thränen möge geben,
Die, still geweint, das Lied verschweigt!

5. Vertrauen.

Droben jener Himmelsstern
Und im Auge mir die Thräne,
Ach! sie sind sich freilich fern,
Doch so fremd auch, wie ich wähne?

6. In Nebelluft.

In Nebelluft, im trüben All
Verschwimmt mir heut' der Sehnsucht Grenze!
Weißt du es, ferner Glockenschall,
Wo mir ein Licht des Anhalts glänze?

7. Der große Trost.

Wenn etwa unsern innern Sinn
Gethanes Unrecht still beschwert,

Liegt nicht ein weiter Trost darin,
Daß unser Treiben doch nicht mehrt,
Nicht mindert Gottes Herrlichkeit,
Daß Er sich gleicht in Ewigkeit?

Durch das Land streifend.

1. Zeitverwendung.

Du schlängelst dich, ich schlendre mit,
Bächlein, durch Busch und Wiesen.
Der freien Luft folg' unser Schritt;
So mag der Tag verfließen!

2. Wechselweise Labung.

Sich spiegelnd, saugt der Sonne Rund
Dort Quelleskühlung ein;
Der kalte Quell aus Bergesgrund
Labt sich am Sonnenschein.

3. Betretenheit.

Durch grüne Wipfel floh
Ein schneller Vogel hin.
Ich horcht' ihm lange froh,
Ja, mit beglücktem Sinn.
Nun hat er, möcht' ich klagen,
Mein Glück davongetragen.

4. An ein Mädchen.

Dem Frühlingsbild im weiten Land
Eröffnest du das·Fensterlein;
Den Sims auch stellt die kleine Hand
Voll Rosen und Gelbveigelein,
Ach, unbewußt der Frühlingszier,
Die du, o Holde, trägst in dir!

5. In den Wiesen.

Wie dort im Gras sich Kinder mühen,
Beschwert von Blumenbüscheln glühen!
Ach! Kinder seh' ich immer gerne,
Zumal so warm hervorgehoben,
Wie hier, von einer lichten Ferne
Und von dem blauen Himmel droben.

6. Der Vogel am Wege.

Du hüpfst, du hüpfst von Baum zu Baum,
An meinem Wanderwege;
Du bist voraus drei Schritte kaum,
Als wenn daran dir läge,
Daß, Vöglein, du mich kennen lernst;
Es ist dir mit der Furcht nicht Ernst,
Und du hast Recht: ich liebe
Euch kleinen Herzensdiebe.

7. Der Graue Thal.

Auf grüner Bergwand steht ein Haus,
Sieht nach der Sonne frei hinaus;
Drum gibt sie, eh' sie scheiden muß,
Ihm dankbar ihren letzten Kuß.

---

8. Malerdrang.

Du Heerde dort im Abendlicht,
Befriedige den Durst noch nicht!
O schlürf' am grünen Ufer immer
Aus blauem Flusse goldnen Schimmer!
Ich muß, auch ohne Farbenschalen
Und Pinsel, hier im Geiste malen.

---

9. Die müden Vögel.

Ihr müden Vögel flieget husch
Vor mir; o bleibt im Erlenbusch;
So schön ist hier zu bleiben!
Der Flimmerschein der Scheiben
Erstarb am Wiesendörfchen dort;
Die Nacht bricht ein; o ruhet fort,
Ihr leichtgesinnten Herzen,
Von Tages Flug und Scherzen!
Laßt mir nun und dem Blumenduft
Das weite Reich gestirnter Luft!

---

10. Die verschiedenen Lichter.

Wie allerliebst das kleine Licht
Aus Rebenranken strahlt!
Wie klar der Mond durch Bäume bricht,
Die Hütte bläulich malt!

Du Mondenglanz, du Menschenlicht
In röthlichem Erguß,
Still ruht auf beiden mein Gesicht,
Still hegt euch Wald und Fluß.

11. Im Vollmondscheine.

Des Vollmonds Licht im Erlenwald
Fällt hier um mich vergoldend bald
Auf blauer Wellen Silberschaum,
Bald still in meiner Seele Traum.

Heimathgefühl.

Wie flattert purpurnes Gefieder,
Wie gleitet hin der Schlange Pracht!
Wie jagt sich schäckernd auf und nieder
Das Affenvolk in Waldesnacht!

Wie in der Palmen stolzes Prangen
Flicht die Liane schmuck sich ein!
Und doch — nie wird es mich verlangen,
Aus meiner Heimath Buchenhain.

Da zuckt es froh mir durch die Glieder,
Daß draußen mich kein Wüstensand,
Kein Fremdlingsvolk, nein, daß mich wieder
Umringt mein liebes deutsches Land!

In ländlicher Stille.

1. Geräusch und Stille.

Der Glocken hat Eine geklungen
Weit, weithin durch's grünende Thal.
Horch hat sich nicht Antwort entschwungen!
Von andern in wachsender Zahl?

Kam nicht durch die rauschenden Aeste
Ein lockender Vogel gejagt?
Wie girrt's im verborgenen Neste,
Wie jubelt's im Wäldchen und klagt!

Was melden die Raben herunter? —
Ich lausche, wohin ich nur will,
So klingt es und rauscht es so munter
Und grüßt mich doch Alles so still!

2. Die glückliche Wohnung.

Am Walde lugt ein weißes Haus
Vom Wiesenberg herab.
Der geht wohl selig ein und aus,
Dem Gott zum Dach es gab.

3. Die Häuschen im Grünen.

Wie blicken gut und selig
Die Häuschen nieder dort!
O glichst du doch allmählig,
Mensch, deinem Wohnungsort!

Du stellst in Feld und Wiesen
Die treue Hütte hin;
Wann wird sie in sich schließen
Nur sanften, treuen Sinn?

Das Stübchen.

Ich lobte nur die freie Flur,
Vergäße, Stübchen, dich?
Und wie gespiegelt die Natur
In deinen Fenstern sich?

Und wie an deiner Deck' ein Tanz
Still funkelnd sich entspann,
Als Abbild von des Brunnens Glanz,
Der hell im Hofe rann?

Was, wenn ich dir am Simse saß,
Für Düfte strömten ein
Von Maienblüt' und jungem Gras
Im Abendsonnenschein?

Und wie Musik ertönt umher
Vom frohen Vögelchor? —
Wie zögert denn das Lied so sehr,
Das dich zum Preis erkor?

Für tausend Holdes späten Dank
Nimm in den Zeilen hier,
Und irr' ich ferne, sehnsuchtskrank,
So weilt mein Geist in dir!

Frommer Wunsch.

Alterthümliche Kapelle,
Jung umblüht von Rosenhelle,
Stehe so, wenn mich die Bahre
Längst umschloß, viel hundert Jahre!

Kleine Bilder.

1. Ablenkung.

Der Rosenast wankt hin und wieder,
Durch sanfte Last geneigt,
Weil in die volle Rose nieder
Ein goldner Käfer steigt.

Gern hätt' ich all der Aussicht Zauber
Am Fenster hier gefühlt;
Nun fesselt mich der goldne Rauber,
Wie er so fröhlich wühlt.

2. Frühlingsgrazie.

Ein zarter Busch von blauen Glocken
Blüht hier auf altem Weidenbaum
Und lacht hinunter unerschrocken
In seiner Höhlung schwarzen Raum.

Doch welches könnt' ich von den Bildern,
Die uns des Lenzes Grazie beut,
In seinen Zierlichkeiten schildern?
Schon hat dies kleine mich gereut.

---

3. Abendfeier.

Von grünen Bergesgipfeln
Auf eine Welt von Wipfeln,
Fern, fern hinauszusehn,
Bis alle Glorienscheine
Der abendgoldnen Haine
In blaue Nacht vergehn,
Dies gibt mir Priesterweise,
Ich glaube, hier zum Preise
Des Herrn erhöht zu stehn.

---

4. Schönheit für sich.

Des Mondes Strahl im Waldesteich
Verglänzt in Zaubern, ungesehn.
Natur, für sich so schön und reich,
Kann ohne unsre Lust bestehn.

Waldleben.

1. Waldesnähe.

Beilschläge hör' ich drüben fallen,
Vermischt mit frischen Kukuksschallen.
Dein Tönen, Wald, bringt schon von ferne
Bis zu des frohen Herzens Kerne.

2. Im Thalesgrund.

Ein Blumenthal herniedersteigt,
Vom Erlenbach durchschnitten,
Von Eichenwäldern überneigt;
Dort bin ich gerne mitten,
Wenn hüben bald
Und drüben bald
Bald überall der Kukuk schallt
Mit seinem Ruf aus grünem Wald.

3. Waldjugend.

Du grüner Wald,
Wirst nimmer alt!
Mit deinem Laub ward wieder jung
Waldamsellied und Eichhornsprung.

4. Waldpfad.

Welch golden grüne Fernesicht
Auf schattig überlaubtem Wege!
Der Blick, wie wach, der Gang, wie träge,
Der sich mit Augenlust verflicht!

5. Zurückgezogenheit.

Hier auf verschwiegner Sorgenflucht,
Im Grund geheimer Waldesschlucht,
Erspäh' ich von der Oberwelt
Nichts, was mir in die Augen fällt,
Als Buchen, die dort sonnengrün
Vieltausendblättrig oben glühn.

6. Waldheimlichkeit.

Wie stöhnt die Nachtigall im Dunkeln,
Wie äugelt das Vergißmeinnicht!
Und wie zum Tag hervor mit Funkeln
Die bunte Falterheerde bricht!

O Wald, in beinen Buschverstecken
Herbergt ein Heer von süßen Schrecken,
Die immer neu die Sinne wecken!

7. Zurückhaltung.

Zwar macht sich Waldluft gerne laut;
Doch weil ein Reh dort um sich schaut
Voll Scheu; so klingt nur leise, leise,
Dies Lied, o Wald, zu deinem Preise!

8. Die Waldschmetterlinge.

Blaue Falter hier sich schwingen
Ob den Waldesbäumen, schau!
Gleich, als sollten sie mir bringen
Dicht heran des Himmels Blau.

9. Des Waldes Thiere.

Von Baum zu Baum Eichhörner hüpfen
Und Rehe durch das Grüne schlüpfen.
Sie fragen, zögern, sehn mich an;
Nicht wahr? ich bin kein Jägersmann?

10. Unzulänglichkeit.

Das Lied kann euch kein Spiegel seyn
Der Wies' im Wälderschooß;
Sonst blicktet tiefer ihr hinein
Und risset kaum euch los!

11. Irdische Schönheit.

Abendroth auf Wiesengrün
Zwischen dunkler Wälder Saum
Zeigt ein irdisches Erblühn
Und erscheint doch irdisch kaum.

12. Waldabend.

O liebe Blumen, stellet ein,
Den Glanz im Abendlicht!
Ihr Blätter, mit dem Abendschein
Schmückt euch so lachend nicht!
Wo fände Raum die Menschenbrust,
Zu spiegeln Waldesabendlust?

13. Der Maienblumenstrauß.

Daheim im Glase welkt ihr bald;
Doch, daß ihr dort noch euren Wald,
Maiblumen, sterbend um euch schaut,
Pflück' ich zu euch dies Farrenkraut.

14. Heimgang.

Nach sonnegoldnem Tag
Und grünem Waldgelag
Bring' ich erquickt nach Haus
Den Maienblumenstrauß
Und Sinn und Augen ganz
Erfüllt von grünem Glanz.

88

Auf der Reise.

1. Wetterzweifel.

Regenwolken schwer und ziehend,
Blaue Durchsicht, oft entfliehend
Hinter schnellen, finstern Dunst,
Schwarze Drohung, lichte Gunst
Wechseln heut am Himmel oben,
Halten Blick und Herz erhoben
Zwischen ernster, düstrer Mahnung,
Zwischen selig holder Ahnung.

2. Lichtwechsel.

Wie Sonn' und Wolken sich bemühn,
Mit neuen Farben stets zu malen!
Welch plötzlich lichtes Eichengrün
Dort vor den blauen Schattenthalen!

3. Felsengegend.

Schlagt, ihr Berge, tiefen Schatten,
Schäume, Fluß, durch Wald und Matten!
Krümme dich nach kurzen Strecken
Zwischen schroffen Felsenecken!
Tos', in Klippen eingezwängt,
Und zum Abgrund hingedrängt!
Meinem Wort bist du zu wild,
Nicht dem Herzen, kühnes Bild!

4. Vergleichung.

Welch wilde Felszerrissenheit!
Welch walbig tiefer Grund!
Wie eine Welt von innrem Leid,
Entdeckt von Dichtersmund!

5. Schwermuth.

Wie zieht der Regen grau dahin
In des Gebirges Grund!
Wie starrt mich an ein fremder Sinn
Aus aller Klüfte Schlund!

Ausweinet euch, ihr Wolken, dort
In Kluft und Felsenhain!
In Schwermuth treib' ich mit euch fort
In eure Wüstenei'n.

6. In nächtlicher Einsamkeit.

Macht mich zu des Schreckens Raub
Nacht und Wind im Espenlaub?
Plötzlich laut aufschreiend haben
Die von mir geweckten Raben
Durch den Aufruf wild und fremd
Mir des Blutes Lauf gehemmt? —

Ach, wo ist sie schnell geblieben,
Wird sie nur so leicht vertrieben,
Meines Herzens Sicherheit,
Durch das Grau'n der Einsamkeit?

Sommerreime.

1. Neue Freundschaft.

Das Korn gewann schon Sommerart:
Es streift im Feld mir um den Bart,
Ich laß es freundlich walten.
Ja, freuen soll mich Rittersporn
Und Ackermohn und Nelk' im Korn,
Statt süßer Maigestalten.
Ich muß ja, wie die Wankelwelt
Sich gern zum Feldbehaupter hält,
Mich nun zum Sommer halten.

2. Sommerfrage.

Störche, glänzend schwarz' und weiße,
Schreiten durch den blauen Tag;
Zahllos, nach der Lust Geheiße,
Winken Rosen uns vom Hag.
Bilderglanz, Gesang und Düfte
Theilen sich in's Blau der Lüfte.
Aber ach! wie lang? wie lang?
Ihrer Flucht schon harr' ich bang.

3. Die Felsenrosen.

Durch Felsenrosen
Zum grenzenlosen
Lichtblauen Aether aufzuschaun,
O welch ein selig süßes Graun!

4. Gesangeswechsel.

Dahin ist aller Maienschall!
Du schweigst, geliebte Nachtigall,
Und trauerst, in dich selbst versunken;
Uns bleibt der Abendsang der Unken.

5. An die Grille.

Erdfarbnes Wesen, kleine Grille,
Laß immer tönen dein Geschrille,
Sing deine Erdenmelodie!
Verströmt das Lied der Nachtigallen,
So muß uns bald auch sie gefallen;
Es stillen Herbst und Grab auch sie.

6. Widerspiel.

Die Sonn' ist unter und der Wald
Tränkt sich mit früher Nacht. —
Nacht kam; nun macht der Tag noch Halt
Auf gelber Ernten Pracht.

7. Das ferne Gewitter.

Die Nacht durchzucken Blitz' auf Blitze,
Der Donner spricht mir ferne Worte;
Ich staune hin vom Rasensitze,
Wie nach der Ewigkeiten Pforte.

8. Die braune Wiese.

Ein Sommerwind durchwehet bang
Die Wiese, braun von Samen.
O Zeit, bald wird es dir zu lang
Beim holden Sommernamen!
Das Reich, das du vom Frühling erbst,
Vergißt du bald schon an den Herbst.

9. Sommerende.

„Woher? der Wind mit seinem Braus,
Trieb er dich Späten nicht nach Haus?"
Gern staunt' ich diesem Schwanenlied,
Mit dem der schöne Sommer schied.

Natur und Sehnsucht.

1. Das Fragen der Natur.

Des Donners Groll, der Winde Stöhnen,
Des Geiers Schrei, in der Natur
Ein jedes Rauschen, jedes Tönen

Scheint mir ein einzig Fragen nur.
Wo findet Antwort sich hienieden?
Was schenkt uns rebestehend Frieden?

2. Ueberwältigung.

Wann einst ich auferstehen werde
Und mir das Leben dieser Erde
Nach all den Räthseln auf sich klärt,
Wird mich die Lösung froh umbrausen,
Wie hier des Sturmes hehres Sausen,
Das durch die tausend Wipfel fährt?

An den Herbst.

O Herbst, du Zeit der Reise,
Wenn ich das Land durchstreife,
Auf dem im Sonnenschimmer
Dein sanfter Segen ruht,
Wie träum' ich mich für immer
So mild, so froh, so gut!

Nach Empfang eines Briefes.

Der Himmel ist so blau und tief,
So treu und gut des Freundes Brief!
Die Zwei im Grünen mir verkünden,
Die Liebe sey nicht zu ergründen.

Dem entfernten Freunde.

An Lenau.

Im Deingedenken athm' ich Lebensluft
Und glaube, mit dir über Ferneduft
Und über niedrer Lüfte Mischung
Zu ruhn in trauter Herzerfrischung;
Ich labe mich am Gottgeschenke
Der Klarheit, wenn ich deiner denke. —
Wir sehn, vereint emporgestiegen,
Den stillen Berg umscherzt von Ziegen;
Wir lauschen ihrem Glockenspiele,
Sind an der Wünsche stillem Ziele
Und drücken fester uns die Hände.
So, Freund, vergeß' ich der vier Wände,
Um fern mit dir auf Bergestriften
Den Bund der Seelen neu zu stiften,
Und mache einmal wieder heute
Dich ganz zu meines Herzens Beute. —
Wie hold sagt dort uns heitres Schweigen,
Der Eine sei dem Andern eigen.
Vergessend sitz' ich, mit zerstreutem Blick,
Vergessend unsrer Trennung Mißgeschick.

Ein Lied des Dankes.

Wenn tief ich in die Uhlands-Fichte
Den Sinn vom Boden aufwärts richte,
Preis' ich den Wuchs, den reinen, kühnen,
Das Rauschen, Düften, Immergrünen?

Und wälzt dort Lenau klagend nieder
Den Gießbach herzentsprungner Lieder,
Soll ich zum Abgrund mit ihm stürzen
Durch des Gebüsches Balsamwürzen?

Irrt wohl mein Blick in blauer Leere,
Wenn ich zum Himmelszelt ihn lehre?
Und seh' ich dort nach allen Seiten
Nicht Rückerts Lied die Schwingen breiten?

O warmen Dank euch, den Gepries'nen!
Gönnt mir den Platz, den angewies'nen,
Das Lied zu Haupt, im Arm die Tanne,
Die ich, zum Bach gesenkt, umspanne!

1833.

Gram und Frühling.

1. Ermüdung.

Zum Elementenkampf zurück
Träumt sich der Fels in Ernstgedanken.
Manch Blümchen mag ihm neu entwanken,
Was weiß er von dem Lenzesglück?

So fühl' ich nach des Streites Gram
Den Lebenspuls in mir gedämpfter,
Kaum merkend, daß ich Müdbekämpfter
Dies Veilchen in die Hand bekam.

---

2. Der weinerliche Tag.

Weinerlich aus Lämmermund,
Regenlustig gibt sich kund
Heut' der Frühling. Laß ihn weinen!
Veilchen blühn an allen Rainen.
Könnt' ich unter ihren Düften
Auch des Herzens Schwere lüften!

---

3. Sonst!

Sonst wohl in frohern Lenzestagen
Euch Vögeln selber konnt' ich sagen
Vom Sinn, der eurem Lied entquoll.
Euch, Frühlingssänger, laßt nun fragen,
Was wohl mein Lied aus schönern Tagen,
Die mir entflohn, bedeuten soll?

4. Aprilschauer.

Sonne schien so frühlingslinde,
Doch, als ob ich nichts empfinde,
Ließ sie unentzückt den Kalten.
Mag denn nun Aprilenschauer,
Der dort hängt auf schwarzer Lauer,
Den Verstimmten schadlos halten!

5. Einhalt.

Ziehet nicht so schnell dahin,
Feuerkäfer, eure Straße,
Weil ich in getrübtem Sinn
Diesmal nicht so schnell erfasse,
Neu befreundet, all die alten,
Trauten Lenz- und Glanzgestalten.

6. Vergessenheit.

Grünend Buschwerk, still entlegen!
Furchtlos hier die Vögel pflegen
Ihres Sangs im Abendlicht,
Achten froh des Fremden nicht,
Singen auch in seine Brust
Selbstvergessenheit und Lust.

7. Gewöhnung.

Gewohnheit, ach, Gewohnheit nur
Durchwürzt und färbt die Frühlingsflur
Und macht sie von Gesängen laut,
Und ich, mit ihrer Lust vertraut,
Komm' als ein Schmerzentrückter wieder
Fast willenlos in alte Lieder.

Frühlingsempfindungen.

1. Ohrenzweifel.

Unisummt hier, frag' ich lange schon,
Mich Bienenlust bei Honigseimen?
Entschallt ein leiser Orgelton
Der Kirch' in jenen Blütenbäumen?
Was auch das zarte Brausen sey,
Ein heil'ger Grundlaut ist dabei.

2. Im Strom der Düfte.

Die blaue Luft
Ist lauter Duft,
Ein süßer Strom
Von Waldarom.

Darauf hervor
Aus grüner Nacht
Schifft mit Rumor,
Doch leichter Fracht,
Um Aug' und Ohr
Waldbienenchor.

3. Liederluft.

Die Luft ist heute voller Lieder;
Doch warum lock' ich in mich nieder
Die freien, will in's Wort sie fassen,
Statt sie in goldner Luft zu lassen?

4. Der Bach und der Dichter.

Du kleiner Mäander,
Wohl bist du gewandter,
Als selber der Dichter!
Durch Schatten und Lichter
Bestürmst du wohl brausend,
Beschleichest oft tausend
Stillblühende Pflänzchen;
Du führest dein Tänzchen,
Leichtfüßig und munter,

Die Wiese hinunter
Und lachst des Poeten,
Der, immer in Nöthen,
Will sammeln und sichten
In Frühlingsgedichten
Das Schönste des Schönen.
Ach! spare dein Höhnen!
Denn Beide wir theilen,
Mit Eilen und Weilen,
Die Freuden, die Wonne
Der mailichen Sonne!

5. Frühling und Poesie.

Das Land, in Frühling eingetaucht,
Hat mich so würzig heut' umhaucht;
Ach! so umhauchst, durchhauchst du nie
Mein Wesen, süße Poesie!

Zur Rosenzeit.

1. Wechsel ohne Ende.

Ach, mit welcher süßen Hast
Schon die Rosen sich erschließen,
Wenn mich am Syringenast
Welke Kelche schon verdrießen!

Will uns jede Stunde fast
Schon ein andrer Frühling sprießen,
Sagt, wo bleibt uns denn die Rast,
Auch nur Einen zu genießen?

2. Frühlingsschrecken.

Jede Rose kann mich schrecken.
Ist die Schönheit nun erblüht?
Lüftchen, mußtet ihr sie wecken,
Daß sie bald im Tod verglüht?

Sonntags.

Ruinen blicken sonnenwarm
Aus Morgennebeln her;
Es schwebt ein froher Rabenschwarm
Durch's blaue Lüftemeer.

Am freisten schwebt der Menschengeist
Im unbegrenzten Raum.
Die Vorzeit wird von ihm umkreist,
Umkreist der Zukunft Saum.

Er bringt durch's reine Festazur
Mit heil'ger Glocken Schall
Hinauf zum Vater der Natur
Und gießt sich froh in's All.

Sonntagsgeläute.

Andacht will das Bergdorf pflegen;
Glocken flehn dazu um Segen
Und auf blauen Himmelswegen
Haucht der Ost ihn lind entgegen.

Geist und Ferne.

Durch des Waldes offne Lücken
Schauen blaue Bergesrücken,
Kennbar kaum, aus fernstem Duft.
Sind sie Körper? sind sie Luft?

Dorthin träum' ich; sind einander,
Geist und Ferne doch verwandter!
Aus der Ferne — Wunder wie! —
Taucht das Reich der Phantasie!

Der Felsenblock.

Sphinxenernster Felsenblock
Zwischen würzigem Gekräute,
Lang hier lehn' ich schon am Stock;
Gib dein Räthsel mir zur Beute!

Aus dem Walde.

1. Waldüberhang.

Ich liebe aufrecht meinen Gang;
Das Schmiegen hat mich nie beglückt;
Wo ich mich gern und oft gebückt,
Das ist im Waldesüberhang.

2. Zu belauschen.

Du forderst, Kukuk, ohne Ruh'
Aufmerksamkeit für dein Kuku!
Ist doch im Wald auch ohne dich
Belauschenswerth noch manches Ding:
Schon lange hier umgaukeln mich
Ein Laubfrosch und ein Schmetterling!

3. Der Häher.

Wie kreischt der Häher!
Nicht allzuschön!
Doch tret' ich näher:
Hat das Getön'
Mich nicht geweckt zur süßen Schau
Vom wunderschönsten Flügelblau?
Das Ohr läßt ab von Schreck und Zank
Ob des entzückten Auges Dank.

4. Die Kukuke.

1.

Weßhalb in vermehrter Haft
Habt ihr Vögel ohne Rast
Am gewohnten Ruf: Kukuk!
Heute selten nur genug?
Denn wohin der Wald mich trug,
Schallt es nicht: Kukuk! Kukuk!
Sondern eifert's: Kukukuk!

Doch ihr eifert nicht aus Zorn:
Lieb' ist eures Sanges Sporn.
Gleichen Eifers schallt dabei
Amseln=, Drosseln=Lustgeschrei,
Alle mahnend sich voll Eile,
Daß die Liebeszeit nicht weile.

2.

Dem fremden Vogel überläßt
Du deine Brut in seinem Nest.
So, Kukuk, gibst du deine Lust
Am Ende selbst in meine Brust!

5. Aufstörung.

Den Rehbock hab' ich aufgeschreckt.
Wie hat er laut den Wald durchscholten!
Wer Einsame im Grünen weckt,
Dem wird mit schlechtem Dank vergolten.

6. Waldlabyrinth.

Ha! wie rauscht es in den Föhren,
Glüht der Wald in süßen Tinten!
Ach! in solchen Labyrinthen
Würde mich ein Ausweg stören.
Sonnenschein, nicht zur Entwirrung,
Leuchte mir zur schönen Irrung!

7. Spät im Walde.

Vom Abend schattiger getuscht,
Vom Stoß der Lüfte schnell durchhuscht,
Freund Wald, in all mein Herzvertraun
Mengst du denn wirklich leises Graun? —
So führt die Freundschaft zur Natur
Am End' in stilles Grauen nur?

Auf dem Heimgange.

Mein Glück taucht aus dem Traum
Der Hoffnung, finster, todt,
Wie dieser schwarze Baum
Aus spätem Abendroth.

Nacht und Gebirge.

Nacht ward es; Waldgebirge schwellen
Aus tiefem Grund in schwarzen Wellen.
O rette, banger Muth, dich ferne
Aus der verfinsterten Natur,
Durch Wolkenlücken, in die Flur
Der trauten, heimathlichen Sterne!

Gottesnähe.

Der Atmosphäre blaue Luft
Wird höher oben ew'ge Nacht.

Durchdring' der blauen Lüfte Pracht,
Noch liegst du nicht an Gottes Brust.

Geh' zur Natur, bestürme sie,
Daß sie dich bring' in Gottes Näh'!
In ihren Freuden, ihrem Weh
Erfaßt du doch den Ew'gen nie.

Er komm', ein Mensch, herabgestiegen!
Die Sehnsucht einer Welt verlangt' es,
Und ach! mein Herz — wie lange bangt es
Und zögert, sich ihm anzuschmiegen?

Der Mond im Rücken.

Mond, ich kehre dir den Rücken,
Doch es leitet mich dein Schein,
Und es wird in allen Stücken
Wohl mit Gott dasselbe seyn.

Die Familie.

Den Baum umgibt ein holder Kreis:
Der Landmann will mit Frau und Kindern
Den Durst am Erntekruge lindern;
Die Lippen Aller glühen heiß.

Ihr Eltern, bald im Tod erkalten
Wird eurer Lippen rege Glut;
Dann sehn die Jungen frohgemuth
Nicht mehr euch theuerste Gestalten.

Doch weg von eurem Labetrank!
Mit diesem unwillkommnen Grübeln,
Noch blüht dann nach den Trennungsübeln
Den Kindern ihrer Kinder Dank.

Nie soll der treue Baum vermissen
Des Eigners lagerndes Geschlecht;
Die Sammlungsstätte, Allen recht,
Wird Gott im Liebeshimmel wissen.

Zuversicht.

Hinter schwarzen Erlenbäumen
Himmlisch Abendgold!
In den fernen Himmelsräumen
Bleibt ein Gott uns hold.

Besänftigung.

Mann mit finstrer Ernstesstirn',
O gestatte mir die Frage:
Ob erlittnes Leid dein Hirn,
Ob begangenes dich plage?

Daß du keinem ganz entrannst,
Lag in deinem Menschenleben;
Doch erlittnem Unrecht kannst
Du, gethanem Gott vergeben.

Betrachtend.

Mehr als der Augen heller Tag
Hält ihr vertiefter Niederschlag
Oft den Betrachter festgebannt.
Die Seel' ist dann in Gottes Hand
Still häuslich wieder eingekehrt,
Nach allem Streit, am Friedensherd.

Selbstermahnung.

Was kann manch abgeschloßnes Ich
Vor Gott am Ende gelten?
Mit welchem Rechte sieht es sich
Ein Mitglied hehrer Welten? —
Die Frag' ist gut; doch frag' auch dich,
Eh' du willst andre schelten!

Hinter dem Chore. [1]

An dem Pfeilerkreis des Chores
Kenn' ich jedes Jahr voll Flores
Einen alten Rosenstock,
Und dahinter aufgerichtet
Hebt sich ein bemooster Block,
Dem ein Grabvers eingedichtet.
Regenvoll aus Strauch und Nessel
Zeigt dort auch ein Weihekessel
Auf erloschne Frömmigkeit. —

[1] Saiblinger Eindruck.

O wie still des Flusses Tosen
Und die längst verschwundne Zeit
Sich belauscht bei jenen Rosen!

Verödung.

O Stadt voll Lebens einst,
Wenn du dein Loos beweinst,
Ich traure gerne mit!
Gedräng' in deinen Gassen
Hätt' einst kaum durchgelassen
Den nun umgrasten Schritt.

Ein Anblick unsrer Tage.

Ihr Thürme habt, ihr ernsten Mauern,
Jahrhunderte den Fluß erblickt.
Ich seh' mit schmerzlichem Bedauern,
Zu welchem Werke man sich schickt.

Zerstörung droht. Es wird entrissen
Sein Herzensbild dem hellen Fluß;
Ihr sollt, entformte Steine, missen
Hinfort den schönen Wellenkuß!

Ehrwürd'ge Laute, schweigt ihr Glocken!
Verhalle, Ruf der grauen Stadt!
Sie schlägt ihr alt Gepräg' in Brocken,
Macht sich zum Flecken, eitel, platt.

Der Jahrmarkt.

Froh gebärdet sich die Welt
In des Städtchens Runde
Und der Lärm des Marktes gellt
Schon seit früher Stunde.

Nach dem Jahrmarkt geht es streng
Meines alten Städtchens.
Dort ein Bursch im Volksgedräng
Faßt die Hand des Mädchens.

Emsig denken Weib und Mann
Schon an Bub' und Schenke;
Doch ich zweifle, ob daran
Auch ihr Knabe denke.

Jugendliches Augenlicht
Seh' ich heimlich kosen;
Vater, Mutter, merken's nicht
In dem Menschentosen.

Nur ich selber, liebewarm,
Hab' es wahrgenommen,
Wie dort mitten in dem Schwarm
Holde Glut entglommen.

Froher Klang.

Wenn ich so den Wald durchklimme,
Dringt mir mehr, als Vogelsänge
Oder andre Frühlingsklänge,
Eine helle Menschenstimme,

Die vom fremden Dämmergeist
Der Natur empor mich reißt,
Aus geheim belauschtem Mund
In der Seele tiefsten Grund.

Heimkehr.

Schälern hör' ich durch die Wiesen
Und die Mühle klappert schon.
Einsamkeit recht zu genießen,
Floh ich lang der Menschen Ton;
Doch nun wie ein Liebesbote
Klingt er mir im Abendrothe.

Sonntagsfreude.

Sonntags auch ihr laut Gelächter
Schlägt im Laub die Elster auf.
Laßt ihr lieben Zionswächter
Diesem Frohsinn wohl den Lauf?

Ländliche Einrichtung.

Die Uhr ruft Kukuk! von der Wand,
Die Bibel steht am Sims zur Hand,
Herauf zum Fenster Rosen blühen;

Zur Kürzung vieler Sammlermühen
Ist dicht dabei der Bienenstand.
Das Landvoll hat es wohl erkannt,
Es sey zum Guten, Süßen, Heitern
Ein enger Kreis auch zu erweitern.

Die Rosenhecke.

An stolzer Gärten Rosenhagen
Kann ich mich kalt vorübertragen;
Doch nimmt die Rosenheck' in Arm
Des Landmanns Wiesensiedelei,
So schlägt das Herz mir liebewarm,
Die Schritte wollen nicht vorbei.

Hülfeleistung.

Von Waldgras einen schweren Bund
Hatt' ich ihr aufgelüpft:
Sie dankte mir mit Aug' und Mund
Und ist dem Wald entschlüpft.

Ihr Haupt belud ich düfteschwer,
Sie mir des Herzens Grund.
Das wird des Grußes nimmer leer
Aus Mädchens Aug' und Mund.

Die treue Sängerin.

O Lerche, du hältst aus;
Der Landmann zog nach Haus,
Dem du den Tag durchsungen.
Dein Lied, noch unverklungen,
Verschönt nun auch die Rast,
Die nach der Arbeit Last
Mir endlich soll im Freien
Zu spätem Gang gedeihen.

Im Umherwandeln.

1. Ausbeute.

Ach aus dieser süßen Luft,
Aus der Wiesen Honigduft,
Bienchen, bringt nur Honigseim,
Bring' ich Lieder doch mit heim!

2. Die holde Last.

Vögelein, nicht Baum und Wald
Suchst du dir zum Aufenthalt.
Blumenstengel geben Rast
Deinen zarten Füßen;
Eine gern getragne Last
Wiegen dich die süßen.

3. An einen Vogel.

Schnell war der Schnabel dir gewetzt,
Das Lied erklang. Wo bist du jetzt?
Entflogen längst; dir auf dem Fuß
Kommt schon zu spät der schnellste Gruß!

---

4. Abendbeleuchtung.

Große, blaue Glocken leuchten
Noch zuletzt in Feuerpracht
Abendsonnig aus der feuchten,
Krautdurchgrünten Erlennacht.
Schönern Abschied gibt es nicht,
Als ihn nimmt das Sonnenlicht.

---

5. Gruß und Gegengruß.

Hört ihr der Raben Abendgruß
Beim Wiedersehn im Wald?
Wie sich der Freude Redefluß
Auch hier entgegenwallt!

Abendbildchen.

1. Die Alte.

Altes Mütterchen, mit einer Rose
Schleichst du heiter aus dem Feld herein;
Längst vertraut mit des Verwelkens Loose,
Weihst du früh zum nämlichen sie ein!

---

2. Flüchtige Copie.

Weißes Hemd und rothe Weste,
Frohes Antlitz auf das beste
Glänzen bir im Abendstrahle,
Landmann, den ich schnell noch male!

Im Mondschein.

1. Ersatz.

Die Phantasie läßt ihren Diener
Gar manchesmal im Stich;
Drum machst du, Mond, zum Kapuziner
Den Weidenstamm für mich!

2. Das gute Mondlicht.

Es ruht der goldne Mondenschein
Ob diesem Dorf und Thale,
Als ob ein Mutterwunsch herein
In Kindeswiegen strahle.

3. Der beneidete Mond.

Dort sitzt sie bei der Kerze Licht,
Zum Nähzeug neigt sich ihr Gesicht;

Nun geht sie schlafen stillgemuth;
Der Mond am Kammerfenster ruht. —
Er nimmt, der gute Mond, sich Zeit
Und weckt beinahe meinen Neid.

Sommerverse.

1. Sommertrübe.

All dies Rieseln, diesen Duft,
Diese thränenlinde Luft,
Das erquickte Wiesenbildniß,
Diese Busch= und Kräuterwildniß
In der frischen Regennässe
Und des Himmels feuchte Blässe
Rechnen meine durst'gen Sinne
Sich zur Labung, zum Gewinne. —
Flieh' nur, Sonn'! im Junius gerne
Seh' ich Saat und dunkle Bäume,
Bläulich regentrübe Räume,
Wolkendecken, nah und ferne.

2. Trostesfunken.

Aus Dickicht und aus Regennacht
Blinkt mir des Scheinwurms stille Pracht.
Stets weiß uns Gott auf finstern Wegen
Auch Funken Trostes nah zu legen.

3. Die schöne Nacht.

Gute Nacht, o Mond und Fluß!
Scheidend, weil ich endlich muß,
Bitt' ich Wiese, Hain und Garten,
Eurer Schönheit abzuwarten;
Nächtlich schau'n an meiner Statt
Sich an euch die Rosen satt!

4. Die Sonnenblumen.

Mit Sonnenblumen blickt mich an
Großaugig der August.
Der Schaulust, die er sich gewann,
Ist er sich recht bewußt.

Die Eidechsen.

Nah war ich dran, zu überschau'n
Dich, zartes Thierchen, erdenbraun!
Du, grünes, bliebest mir fast ganz
Verborgen in des Grases Glanz.
Ihr sonnt euch hier mit Erd' und Pflanzen,
Ein kaum bemerkter Theil des Ganzen.

Eidechsen, wenn ich so euch beide
Von Erd' und Gras kaum unterscheide
Mit eurem Braun und eurem Grün,
So blitzen eure Aeuglein kühn
Auf eurer Flucht mir doch zurück:
Ihr fühlet der Beseelung Glück!

Das stille Fest.

Blätter, grün und rund, wie Tische,
Hell von goldnen Wasserrosen,
Schwimmen auf des Flusses Frische,
Und aus Waldgestein und Moosen
Seh' ich, wie zu stillem Feste
Wasserjungfern ziehn als Gäste.

Die Blindschleiche.

Zerstückelt zuckst du hier, Blindschleiche!
Der Mensch ist leider nicht der Weiche,
Den Unschuld rührt und Schöpfungsglanz;
Sonst lebtest du gesund und ganz.

Noth der Creatur.

Verwundet kannst du nicht entfliehn.
Fühlhörner, Augen, lebenskräftig,
Die vordern Füße noch geschäftig,
Kannst du dich nicht der Noth entziehn.

Nimm, armer Käfer, nimm den Tod
Von mir als Beistand meiner Liebe!
O daß mir Beßres für dich bliebe
Im großen Reich der Wesennoth!

Der Zwiespalt.

Der Buchen Grün, die Sonnenluft,
Tief himmelblau, des Waldes Duft,
Der Biene Lied, des Vogels Ruf
Sind herrlich noch, wie Gott sie schuf.
Doch ach! erdachte Gottes Herz
Auch allen Creaturen s ch m e r z ?
Und steht sein selig Wesen fest,
Wenn er sein Werk dem Schmerze läßt? —
Er läßt ihn zu; ich staune hier;
Doch heil'ge Fernen tönen mir:
Wächst auch der Zwiespalt weltengroß,
Gott führt ihn in der Eintracht Schooß.

Das Gräschen.

Gräschen in beständ'ger Taufe
Von des Wasserfalles Traufe,
Lebst du doch und grünest fort
Am bestimmten Leidensort!

Kurzweil oder Langeweile?

Was verleiht ihr mir zum Lohne,
Kurzweil oder Langeweile,
Wenn ich waldbeschattet theile
Eure Freuden, Papillone,

Wie im Wiesensonnenscheine
Ihr euch jaget, große, kleine?

Langeweile wohl? — die gelben,
Braunen, blauen Flügel glänzen
Immer in denselben Tänzen;
Auch die Blumen sind dieselben.
Doch, Natur, dein Langeweilen
Ist ein süßes Wundenheilen.

Der Schäfer.

Schäfer, dort an deinem Stabe
Blickst du müssig durch das Feld;
Ahnst du auch die reiche Gabe
Solchen Blicks in Gottes Welt?

Die Freunde.

An Lenau.

Wir gingen Hand in Hand vorüber;
Der Tag war gar ein regentrüber,
Doch amsellaut der feuchte Wald.
Ein Händedruck verrieth uns bald,
Daß Ein Gefühl für die Natur
Uns durch die Freundesseelen fuhr.

Begeisterung.

Ich sitz' an einem blauen Teich,
Sobald der Morgen dämmert jung,
Bis er mir sonnig bilderreich,
Zum Herzen glänzt Begeisterung.

Auf einer schwäbischen Fußreise. [1]

1. Aneignung.

Größre Reisen macht' ich stumm;
Auf der kleinen ward gedichtet,
Sie zu werthem Eigenthum
Mir vor allen zugerichtet.

2. Stilles Andenken.

Gebirgen, Wäldern, Fluß und Triften
Läßt sich ein Liederdenkmal stiften;
Kuß, Handdruck, Blick und Wiedersehn
Bleibt im verborgnen Herzen stehn.

---

[1] Ausnahmsweise sind einige auf einer späteren Fußwanderung des Jahrs 1837 durch dieselben Gegenden entstandenen Verse, der nahen Verwandtschaft und Ergänzung wegen, hier mit eingeflochten, übrigens durch Beifügung eines * bezeichnet.

3. Ueber dem Donauthal,

gegen Gundelfingen, Lauingen und Dillingen.

Endlose Eb'ne, düster Blau
Den Fluß hin! Doch fern außen schau
Mild schimmern aus dem Wetterhimmel
Ein sonnenweißes Thurmgewimmel
In zauberischem Lichtvereine:
Drei deutsche Städte dort als Eine!

4. Bei der Wiederkunft.

(Ulm.)

Herzlose Häuser, alte Stadt,
Die einst auch mich beherbergt hat,
Und wo ich mit verhaltner Thräne
Nach zwei Gestorbenen mich sehne,

Ihr steht, wie ehmals, unverwandelt,
Denkt jener nicht, die euch umwandelt!
Mich übermannt Verlassenheit und Schmerz,
Des Sterbens Loos erschüttert mir das Herz.

5. Das Ulmer Münster.

Wie folg' ich dieser Größe Spur?
Die Krähen selbst um's Felsgebäude
Des Münsters leben laut der Freude,
Als sey dies Menschenwerk Natur.

6. Das Kaiserbild.

(Am Ulmer Münster.)

Drei Säulen und ein spitzes Dach
Sind manch Jahrhundert dein Gemach,
Aus dem du von des Münsters Wand
Herabblickst auf der Menschen Tand.

O Kaiser mit dem Ringelbart,
Mit Kron' und Blicken milder Art,
Dein Rücken lehnt an beßre Zeit,
Als die sich deinem Blicke beut!

7. Buchau,

vordem am Federsee.

Nach allen Seiten eine Stunde
War ausgespannt hier in die Runde
Ein stiller See vor dieser Zeit.
Sanft hat es einst auch mich erfreut,

Wie Stadt und Thurm und Stiftsgebäude
Am Spiegel standen voller Freude
Und selbst der Alpen duftig Reich
Fernlächelnd blickte nach dem Teich.

Wie nun? Wie emsig ward gegraben!
Die Wasser sollten Abfluß haben;
Es ist des Sees bescheidne Pracht
Zur Lache fast herabgebracht.

Jenseits am stillen Dorfgestade
Weilt noch mein Blick in blauem Bade;
Die Stadt schon setzt mit fremdem Gruß
Auf feuchtes Wiesenmoor den Fuß.

O ihr geschäftig klugen Leute!
Dort einem Wasser raubt ihr heute
Altschönen Bauwerks Wiederschein;
Hier trocknet ihr den Spiegel ein!

8. Der Bergknabe.

(Ueber dem Schussenthale.)

Du jobelst hell in's Abendroth,
Bergknabe, dort hinaus,
Als gäb' es niemals einen Tod
Für dich und für dein Haus!

9. Wehlaut.

Der Hunger ruft aus blauer Höh'
Im Habichtsschrei hernieder.
In der Natur klingt auch das Weh
In Schönheitslauten wieder.

10. Der Köhler.

Ein Meiler! sein Geruch von Ruß
Ist mir ein neuer Waldesgruß.
Der Köhler lebt in eigner Welt,
Die mir bei allem Ruß gefällt.

11. Die Knaben und das Echo.

Du jodelst hier, er jodelt dort
Bei kleiner Heerd', an hohem Ort,
Das Tannenwiesenthal entlang.
Ihr jungen Schelme, wann am Hang
Der Berg' und an der Waldburg Zinnen
Laßt ihr das Echo Ruh' gewinnen?

12. Sonnenleben.

(Auf dem Dache der Waldburg.)

Wie seyd ihr kleinen Thierchen klug,
Ihr Fliegen, Schnaken, Bienen, Hummeln,
Die Sonnenluft zur Höhe trug,
In Schwärmen hier euch umzutummeln!

Gar lästig auf der Zinne zwar
Der Waldburg seyd ihr, sag' ich redlich,
Doch nehmt nur dieser Glut noch wahr,
Der letzten! ich bin keinem tödtlich.

13. Weiter wandelnd.

Ein schwarzer Meiler hier,
Dort weiß im Alprevier
Gebirge, himmelklar,
Schneetragend immerdar!

Dann wieder hält der grüne Tann
Den Blick mir in willkommnem Bann.
Mein Herz doch staunt der hohen Ruh'
Der Alpen nur, nur ihnen zu.

---

14. Bitte an den Mond.

Sende, Mond, den goldnen Strahl
An den See im Alpenthal,
Auf des Wasserfalles Güsse!
Jedem Tropfen gib dort Küsse!

Wird es draußen dir zu wild,
Grüß' ein schlafend Mädchen mild!
Statt an Wassersturz und Klippen
Ruhe sanft auf ihren Lippen!

Eines auch verschmähe nicht,
Des Gefangnen Schmerzgesicht!
Such' es auf mit jenen Strahlen,
Die des Himmels Ruhe malen!

---

15. Angelände.

Eine weite, blaue See,
Nußbaumvolle Wiesenhöh',
Angelände, Fischerhütten,
Wellen, die an's Ufer schütten,
Weißer Alpen Felsenzinne —
Komm' und werd' des Zaubers inne!

16. Am Seegestade.

O Schmetterling, hinaus dem Wind
Folgst du in's blaue Meer;
Hinaus trägt er dich sanft und lind,
Doch auch zum Ufer her?

17. In der Wasserferne.

Fern regen schwarze Punkt' in Reih'n
Sich auf des Wassers stillen Spiegeln.
Wie Vögel dort des Bads sich freu'n,
Zeigt nun ein aufgerichtet Flügeln.

Ein andrer badet dort im See
Der Federn glanzumfloßne Weiche,
Dann gaukelt er in luft'ge Höh',
Froh, ein Beherrscher zweier Reiche.

18. Entzücken.

Ist nicht genug des Himmels Pracht
Auf dieses Wassers klarem Spiegel?
Der Alpen milderhabne Macht
Im Duftgebiet der Uferhügel?
Bedarf's noch ferner Glockenhalle,
Daß Aug' und Herz mir überwalle?

19. In den Mittagsstunden.

Mittag ist es auf dem See;
Kaum ein Fisch hüpft in die Höh',
Kaum ein Lüftchen rauscht im Rohr.
Dank dem Glück, das mich erkor,
Euer wärmstes Liebetauschen,
See und Himmel, zu belauschen!

---

20. See- und Luftzauber.

Die Alpenmauern, diese stolzen,
Lichtbläulich ruhn sie dort verschmolzen
In Mittagsglut, nur zarter Duft.
Dies sind die Zauberei'n der Luft,
Die mit des Sees Zaubern still
In Farb' und Lust wetteifern will.

---

21. Das schönste Bild.

Vom See in's nußumlaubte Stübchen,
O Wirthin mit dem holden Bübchen,
Folg' ich und sehe, freudewarm,
Mich wärmer noch am schönsten Bilde,
Das die Natur verleiht, die milde,
Am frohen Kind im Mutterarm.

---

22. Der ferne Sonnenkuß.

Ein Sonnenkuß auf Tann und Matten
In Appenzells fernblauen Schatten,
Ha! wie belausch' ich ihn so gerne
Aus vieler Stunden weiten Ferne!

23. Bilderjagd.

O See, lazuren und smaragden!
Dem Jäger laß ich seine Jagden;
Du lieferst Neues unermüdlich;
Ich raube, was ich kann, doch friedlich.

24. Spiel der Wonne.

Das Gewölke und die Sonne
Spielen hier ein Spiel der Wonne
Mit des Sees Grün und Blau;
Ränbern ihn dort fern mit Gold,
Allzulicht für lange Schau,
Mildern ihn, den Augen hold.
In durchsichtig Silbergrau,
Bis die letzten Abendstrahlen
See und Alpen röthlich malen.

25. Der Kirchhof.

Schwarz- und goldbekreuzter Acker,
Hochgelegen, heiter, wacker
Blickst du in den See hinaus,
Fern, bis zu den Alpenbergen,
Gleich, als wäre nicht zu Haus
Finstre Ruh' in deinen Särgen!
Ach, daß auch die schönste Welt
In sich schließt ein Todtenfeld!

26. Benützte Gegenwart.

Die Vögel lockten mich zu Wald
Von deinem Ufer, See;
Doch siehst du, daß ich wieder bald
An deiner Brandung steh'!

Die Vögel sangen mir zu Haus
Schon manches traute Lied;
Wer singt mir deiner Wellen Braus,
Wenn ich von dannen schied?

27. Brandung.

See, des Mittags warst du still;
Was nun wohl dein Branden will?
Lag vom Strahl der Mittagssonne
Still gefesselt deine Wonne,
Die beim Nahen freier Nacht
Losgebunden nun erwacht?

28. Erschwertes Sterben.

Halb abgestorben, grünst du, Baum,
Noch halb am See und Wellenschaum!
Wo neue Bilder stets sich färben,
Wird's auch dem Alter schwer zu sterben!

* 29. Alpenglühen.

Dort in der hintern Alpen Kern,
Dort im Tyroler Lande fern,
Glüht hoch am Schnee das Abendroth,
Das in der Nähe lang ist todt
Und selbst am Säntis schon ergraut.
Nun ich dies Alpenglühn geschaut,
Bin ich mit deiner Schönheit fertig,
O Tag, und stiller Nacht gewärtig!

* 30. Schilfgespräch.

Gespräch hat sich im Schilf entsponnen,
Seit sich die Wellen nicht mehr sonnen,
Seit neuen Stoff der Wind gebracht
Von der Herankunft trauter Nacht.

31. Das Schiffchen.

Die ihr die Lust der Sonne suchtet
Im spiegellklaren Wellennaß,
Ihr Vögel, ruht nun eingebuchtet.

Nur ferne draußen ist noch was,
Wo kaum der Abendstrahl verglommen:
Ein nahend Schifflein! sey willkommen!

32. Nächtliche Brandung.

Stets mächtiger an's Ufer branden
Die Wellen nun, die nachtgesandten,
Und meine Seele bebt hinaus
In's unverstandne Sprachgebraus.

33. Der neue Freund.

(Meersburg.)

Wir zogen durch den Göttermorgen.
Was dachten wir an deutsche Sorgen?
Und doch — wir waren kaum im Gange,
So folgten wir schon gleichem Drange.
Mein neuer Freund, das Vaterland,
Das deutsche, legt' uns Hand in Hand!
Der See, die Aussicht war mein Zweck;
Doch mehr im Sinn bleibt mir der Fleck,
Wo hoch in jenen Frühstückslauben
Wir uns vertraut den deutschen Glauben.

34. Neue Färbung.

Nein, ich bin kein Regenhasser.
Apfelgrün wälzt sich das Wasser
Dieses Sees aus grauem Regen,
Neues Bild mir einzuprägen.

35. Regenlandschaft.

Der See erscheinet silberblaulich,
Die Berggeschiebe düster graulich,
Bis in das Weißliche verregnet.
Frischgrüner Baum, sey mir gesegnet;
Es schwimmt der Landschaft Geisterbild
In deinem Hintergrund so mild!

36. Erheiterung.

Mag manche Reisehoffnung scheitern;
Im Regen selber mich erheitern
Baumwiesen, äpfel-, birnenbunt,
Das Blau des Sees im Hintergrund.

37. Das alte Fenster.

(Ueberlingen.)

Welch alte schmucke Steinmetzsitte!
Ein höher Fenster in der Mitte,
Zwei niedrere zu jeder Seite;
Viel graue Häuser zeigten heute
So fein befenstert sich dem Blicke.
Auch sahen von den Fenstersitzen
Mich Frauen an mit goldnen Mützen;
Vom Aufblick schmerzt mich das Genicke.

Doch wollt' ich gerne Schmerz erfahren,
Verblieb' auch in entfernten Jahren
Der Blick auf's Mittelalterthum
Noch unsrer Kinder Eigenthum.

38. Der Brunnenritter.

(Ueberlingen.)

Steinern fahst du, Brunnenritter,
Welcher bei so langem Stehn
Vieles sah vorübergehn,
Auch auf mancher Liebe Flitter;
Weißt es, wie der Vorzeit Mädchen,
Die gehegt das fromme Städtchen,
Hier in langem Lustgeschwätze
Sich gerühmt die trauten Schätze
Und wie oft im Lauf der Stunden
Lob und Liebe hingeschwunden.
So noch zeugst du, grauer Ritter,
Künftig von der Liebe Flitter!

39. Der Oelberg.

(Ueberlingen.)

Größre Liebe gibt es nicht,
Keinen tiefern Schmerz,
Als wenn jeder Schuld Gericht
Auf sich lädt ein Herz.

Alter Bildner, wie erfaßt
Mich dein Oelberg tief,
Den ich sonst in guter Rast,
Jüngergleich, umschlief!

* 40. Der Baum am See.

Alle Wurzeln stehn dir nach,
Alter deutscher Pappelbaum,
Weil der wilde Brandungsschaum
Rastlos dich im Kampfe packt! —
Schöner, offner Widerhalt
Gegen tobende Gewalt!

* 41. Der Strandläufer.

Den Thieren scheint der Sinn gemeinsam,
Zu meiden heut' des Sees Graus.
Strandläufer, du spazierst nur einsam
Und horchst mit mir dem Wellenbraus.
Sey auf des Ufers Kieselpfade
Willkommen mir, Sturmkamerade!

* 42. Die Ufertreppe.

Staffeln führen hier hinunter,
Wo die Gießerin sonst munter
Aus dem See die Kanne füllt.

Doch nun auf und nieder brüllt
Hohe Brandung und es zischt
Auf und ab nur wilder Gischt.

---

43. Vogelfreude.

Stoßvögel treiben Spott und Tand
An himmelsteiler Felsenwand
Dort ob dem See mit Graus und Wind
Und dieser bläst fürwahr nicht lind.
Braungelbe Schwingen blicken her
Aus dem Gewölke, schwarz und schwer,
Und, daß sie düstrer Laune voll,
Das kreischt der Vögel heisres Moll.
Von Felsen hängen dunkle Forchen;
Wann werd' ich satt, zu schaun, zu horchen?

---

44. Die Waldruinen.

Ihr fernen düstern Waldruinen
Am regengrauen See,
Wie ihr herab, mit Trauermienen,
So blick' ich in die Höh'!

---

45. Regentagsabend.

Tief durch der Tannen Sausen
Des Sees Grün und Brausen
Und jenseits bei dem Waldesschloß

Des Abendstrahles Goldgeschoß,
Noch kaum so schwarz verschleiert —
Wohl mir! der Regen feiert!

46. Aussöhnung.

O Tag, nun bin ich ganz versöhnt!
Kapell' und Fels im Feuerglanz!
Wer hätt' im Regen dies gewähnt?
Und ist die Glut erloschen ganz,
So will nun ob dem Weißlichgrün
Des Sees ein Blau und Lila blühn,
Das ich im Zauberreich der Ferne
So löslich erstmals kennen lerne.

47. In Ludwigshafen.

(Sernablngen.)

Das Windgeheul, der Wellenbraus,
Die Sorg' um Weib und Kind zu Haus,
Sie haben diese lange Nacht
Zu Drei'n mich um den Schlaf gebracht.

48. Vergessene Schönheit.

Weihrauch mir entgegenführen
Hehrer Kirche offne Thüren
Und der Orgelpsalm erschallt.
Mit der süßesten Gewalt,

Mit der Kindheit Glaubenssonne,
Faßt mich, wärmt mich Sangeswonne;
Die mich rührten tief indessen,
See und Berg', ihr seyd vergessen!

49. Der aufgefaßte Blick.

Ein Mädchenantlitz traf mich eben,
Die Augen tief erwärmt von Leben.
Der Blitz aus ihnen — schweigend heißt er:
Leb wohl! wir sind verwandte Geister!

50. - Die Schlössergruppe.

(Beim Anblick von Hohentwiel, Hohenkrähen, Mägdberg, Hohenstaufen, [1]
Hohenstoffeln und Hohenhöwen.)

Die Gruppe dort bethürmter Zacken
Auf Wald- und Hochgeländes Nacken
Stellt noch in der Zerfallenheit
Vor unser Aug' die Väterzeit.
Da hielt man Fels und Berg noch werth,
Zu tragen edler Frauen Herd
Und unter schroffer Zinnen Schutz
Der Männer unbesiegten Trutz.
Nun zeigen graue Trümmer an:
Es ist um beider Kraft gethan!

[1] Nicht zu verwechseln mit der berühmten Stammburg bei Göppingen.

51. Unweit Mühlheim an der Donau.

Im Wald hier eine Kirche, schau!
Doch wie der ausgedehnte Bau,
So wild zertrümmert,
Mein Herz bekümmert!

Noch ist hier Vogelsang nicht stumm;
Doch nicht mehr soll dies Heiligthum
Von Orgelleben
Und Hymne beben!

Kein Zug der Waller naht sich mehr;
Es wehrt das Dorngestrüpp umher,
Dahin zu treten,
Wo Schaaren flehten!

52. Im Donauthal,

(mit den Schlössern Kallenberg, Brunnen, Wildenstein, Werrnwag, Haufen und Fallenstein.)

Einst hast du, Strom, dir Bahn erzwungen
Durch dieses wilde Felsenland
Und mancher Block, nun wellumschlungen,
Entfiel der schroffen Zackenwand;
Längst ziehst du siegesfroh die Straße
Durch die gebrochne Felsengasse!

Auch seh' ich Brücken leck geschlagen
Zu diesen Zinken, schwindelnd hoch,
Und auf den schroffsten Spitzen tragen
Sie ritterlicher Burgen Joch.

Wie zeugt dies menschliche Vollbringen,
Gleich dir, Natur, von wildem Ringen!

In manchem Thal, das ich durchschreite,
Begrüßt mich nur die Gegenwart.
Hier gibt mir Vorwelt das Geleite,
In ernsten Bildern aufgespart,
Die rings aus dieses Thales Engen
An meinen Geist heran sich drängen.

53. Wunscherfüllung.

Längst von Wellen unterwaschen,
Alter Eschenbaum,
Wirst du endlich doch erhaschen
Deines Lebens Traum.
Wo sich längst dein Bild getränkt,
Siehst du liebend dich versenkt!

54. Unweit Werrawag.

(An der Donau.)

O Heiliger von Nepomuk,
Ich sah dich schon auf mancher Bruck'
Und blieb noch immer bei dir stehn,
Mit dir das Thal hinabzusehn.
Wie hier, in diesen Felsen allen,
Hat mir es nie bei dir gefallen.

55. Auf dem Lochenstein.

(Bei Balingen.)

Auf im Sonnenregengolde!
Wie im Thal der farbenholde
Irisbogen überlacht
Des Gebirges ernste Pracht!

Doch, o Schönheit kurzer Dauer,
Aufgeblüht aus düstrem Schauer!
Hier der Gipfel zeigt nur Trug,
Regenhülle, Wolkenzug!

---

56. In den Dörfern.

1.

Vergnügt hab' ich die Drescher brinnen,
Mit ihnen junge Drescherinnen
Auf mancher Tenne angegrüßt.
Auch dies hat mir den Weg versüßt,
So, daß der Blick noch oft dort hing,
Wenn schon der Fuß vorüberging.

2.

Die Dörfer waren mir Theater,
Erfüllt von meinem liebsten Spiele;
Denn wie der Kinder Spiel gefiele
Doch keines einem guten Vater.

3.

Nach manchem Sims hab' ich geblickt,
Von dem mir Nelken zugenickt,
Als wollten sie dem Wandrer danken
Für seine ländlichen Gedanken.

Herbst und Winter.

1. Heran!

Heran, o Sonnenstrahl, zum Wald!
Es gilt hier, tausendfach zu ringen!
Der Eichen riesige Gestalt
Wird sonst der Nebel stracks verschlingen.

2. Durchbruch.

Wenn die Sonn' als weißes Rund
Noch in dichtem Nebel schwimmt,
Hält sich still des Liebes Mund;
Aber, wie sie plötzlich glimmt,
Ferne Pappeln zu vergolden,
Schallt sein Jubelruf der Holden.

3. Der Erlenbusch.

Der Erlenbusch, noch dunkelgrün,
Verschmäht des Herbstes Farbenglühn!
Du alter Eichwald, gelb und roth,
Machst eine Tugend aus der Noth!

4. Die letzten Kinder.

O Herbst, sey nicht so grausam rauh:
Denk' dieser zarten Kelchgebilde!
Sie rechneten auf deine Milde,
Sind nackt emporgekommen, schau!
Das Jahr soll, hofften die Zeitlosen,
Auch mit den letzten Kindern kosen.

5. Das Novemberblümchen.

Blümchen, buhlst du um ein neues
Lied von mir, novembertreues?
Ach, wo Liebesboden war,
Ist schon Alles unfruchtbar;
Schon mein Herz zu winterkrank,
Schon zu todt für Lied und Dank!

6. Freudenreste.

Horch! noch Winters geht im Schwang
Bunter Meisen kurzer Sang,
Und noch grün geblieben faßt
Nach dem Bach ein Brombeerast.

Purpurfarbne Rosenfrucht
Wiegt noch ihre leichte Wucht.
Wär' es wirklich, daß mein Lieb
Traurig schon vom Thale schied?

Ist doch noch kein Hügel weiß
Und der Bach nicht unter Eis!
Nein nicht jedes Grün und Roth,
Alle Lust ist noch nicht todt!

———

7. Trügender Schein.

Hinter der entlaubten Buche
Steigt der Vollmond roth heran,
Gleich als ob auf seiner Bahn
Er zur Glut sich Reiser suche.

Könnt' ich mir die Finger halten
An die Glut, die sich entfacht!
Doch der Feuermond der Nacht
Lacht mich aus, den armen Kalten!

———

1834.

Frühlingsblätter.

1. Liebeshoffnung.

Rauh wühlt der Windhauch im Gefieder
Der kleinen Brust voll süßer Lieder,
Und doch schallt innig ungestört
Ihr Lied, das schon dem Lenz gehört.

Schon badet sich's in Maienmilde.
O gleiche, Herz, des Vogels Bilde,
Der mit dem rauhen Winde ringt,
Doch schon von beßern Tagen singt!

2. Der scheidende Schnee.

Armer Schnee, schon ohne Gnade
Weichst du schmelzend, auch im Schatten!
Ueber meinem Wildnißpfade
Hängen bald nur grüne Matten.

Droben hieltst du dich geborgen,
Doch mit leiser Wehmuthsklage,
Kaum noch fest am Sonnenmorgen,
Weinst du nieder am Mittage!

Mayer, Gedichte.   10

3. Die stille Weide.

Der Anger hier im Birkenwald
Ist aller Falter Aufenthalt;
Im Allzeit - Festtagskleide
Erfreun sie sich der Weide.

Die Stille ihrer Weide
Entlockt dem Lebensleide
.Ein Herz, das schon hienieden
Umschaut nach Himmelsfrieden.

---

4. Empfindung.

Nur tief Empfundnes klinget schön;
So, Vögel, euer Waldgetön!

---

5. Wald und überall Wald.

Wie schön, wenn vom Gebirg zum Wald
Der Kukuk fern aus reiner Luft
Sein Echowort herüberschallt
In unsre kukukslaute Schluft!

Wie schön, wenn unsrem Waldeshaupt,
Eh' wir die lange Schlucht durchschaut,
Ein Waldgebirge, gleich belaubt,
Aus Fernduft entgegenblaut!

6. Waldrasenplatz.

Der Wald auch ward zum Rosengarten,
Wie weiß und roth, wie wild er blüht!
Wie ist der Träumer Mai bemüht,
An Gärtners Statt ihm abzuwarten!

7. Mairegen.

Besonnten Perlen hüpft entgegen
Der Teich in Wald und Maienregen;
Die Schönheit selbst hier niedertropft.
O Herz, das mir so freudig klopft,
Der Schönheit hüpf' auch du entgegen,
Gerührt vom süßburchgrünten Regen!

8. An die Libelle.

Libelle, Jungfrau ohne Tadel,
Die das metallne Blau der Nadel
Am Bachgebüsche heftet an,
Was Wunder, daß dein Thun der Freude,
Den Mai zu schmücken mit Geschmeide,
Am jungen Gott nicht enden kann!

9. Apfelblüte.

Nach oben in den blauen Himmel
Ragt deiner Blüten froh Gewimmel,
Nach unten in das Wiesengras.

O Apfelbaum, ich frage, was
Wohl lachender verschönert werde,
Die blaue Luft, die grüne Erde,
Wenn du mit deinem Rosaschein
In ihre Farben blühst hinein?

10. Frühlingsschlummer.

Wie sanft vergessend, frühlingsmüde,
Ergibt dem Schlummer sich mein Sinn!
Wenn so der Tod mich zu sich lüde,
Ich nickte freundlich: nimm mich hin!

11. Die Mittagsschläfer.

Du fällst auf mich aus einer Rose
Herab im Traume, goldner Käfer,
Und weckst aus süßem Traumgekose
Auch mich, den zweiten Mittagsschläfer.
Doch wohl uns beiden Aufgeschreckten,
Daß wir zum Mai zurück uns weckten!

12. Der Sonnentag.

Der Eigenthümer weilt daheim
Bei Mittagsmahl und Ruhgelag;
Indeß der Garten insgeheim
Ergibt sich ganz dem Sonnentag,
Der mit dem Flor in freiem Walten
Läßt Schmetterling und Biene schalten.

13. Bei Eröffnung des Liederheftes.

Im Feld, zufällig eingepreßt
In's Heft, auf eines Liedes Schrift,
Die ich entworfen mit dem Stift,
Schläft hier ein Mückchen, still und fest.
Die Sonnenluft ihm Leben gab,
Ein kleines Lied dient ihm zum Grab.

14. Frühlingsgang.

Frühlingsgräser durch die Hand
Laß' ich müssig streifen,
Ohne inneren Verband
Maigedanken schweifen.

In den Fingern dort und hier
Bleibt ein Blümchen hängen,
Oder geht ein Lied mit mir
Heim von meinen Gängen.

15. Das Frühlingswunder.

Rosen blühen und Hollunder
Um des Mädchens Fenster hier;
Doch das liebste Frühlingswunder
Hegt das Kämmerlein in ihr.

16. Jugendlust.

Welch nächtlich Singen dort am Fluß!
Bei aller Rosen Dufterguß,
In nassem Blau und Mondenschimmer
Labt mit den Freunden sich ein Schwimmer.

Dem Jüngling wird es freudebang.
Wohin die Wellen von Gesang,
Fluß, Goldlicht, Mailuft wird er tragen,
Die ihm in allen Adern schlagen?

Das ferne Wort.

In der Kirche Segensort
Sind sie jetzt erbaut vom Wort.
Daß der Lehrer schon es spende,
Zeigt des Ferngeläutes Ende.

Einsam von dem Wald umwürzt,
Seh' ich mich um's Wort verkürzt,
Aber ernt' in Waldeskühle
Unaussprechliche Gefühle.

Der stille Streit.

Sanft wechseln manch geheimes Wort
Der Dörfer ferne Kirchenglocken;
Ich horche drauf am Blumenbord,
Beim Fallen süßer Blütenflocken.

So spielt um mich in stillem Streit
Vergänglichkeit und Ewigkeit!

Der schöne Tag.

Welch einen Menschenfreund, o Tag!
Erzeigst du dich voll Huld!
Wenn heute noch wer trauern mag,
Es ist nicht deine Schuld.

Am Himmel ungetrübtes Blau,
Auf Erden Blumenschmelz,
Nur Duft und Wohllaut in der Au
Und Schatten im Gehölz!

So beutst du Gutes Jedermann.
Doch mir? — o mir beschied
Dein stilles Zutrau'n nebenan
Noch heimlich manches Lied!

Aus dem Naturleben.

1. Entschiedenheit.

Die Möve fern am Wrack,
Am Felsenfirst der Aar,
Die Schwalb' am Menschenhaus,
Die Lerch' am Himmelsdom,
Der Goll im Waldarom,
Ein jedes kehrt heraus
Entschieden, frei und klar
Den eigenen Geschmack.

2. Widerstand.

Im Bache Forellen,
Im Busche Libellen
Sind beide geschäftig
Und drehen sich kräftig
Entgegen den Wellen,
Den Lüftchen, den schnellen,
Frohsinnig und scherzend,
Den Widerstand herzend.
Wer könnte beschreiben
So liebliches Treiben?

3. Die Hummel.

Bepelztes Thierchen, dein Gebrumm
Ist guter Ding'. Im Kopf herum
Geht dir, es sey so gut zu seyn,
So warm im Wiesensonnenschein;
Gemächlich, Hummel, sey der Raub
Am unverwehrten Blumenstaub.
Bald trinkst du dich an Honig stumm,
Bald fällst du neu in dein Gebrumm!

4. Ohne Unterschied.

Mit Recht ist dir zur Ueberlast
Der freche Waldinsectenschwarm;
Der Anspruch, den du draußen hast,
Macht diesem Volke keinen Harm.

Durchrennt es selbst doch — zürne nur! —
Den Umkreis deines Angesichts
Und zeigt vor dir auch keine Spur
Von dem Gefühle seines Nichts!

5. Die Waldmücke.

Mückchen, nicht nur schön zu seyn,
Ist ein Glück; es auch zu wissen,
Und du denkst es nicht zu missen;
Deines Leibs goldgrünen Schein
Stäubst du ab mit zartem Fuß,
Bis er schön sich wissen muß.

6. Luftgezitter.

Nicht die weiße Wolke nur
Schwebet durch die Himmelsflur;
Nicht der Schmetterling allein
Tanzt in Schmelz und Sonnenschein.

Nicht der Vogel huscht nur queer
Durch das blaue Lüftemeer;
Dieses mit dem Sonnenglanz
Freut sich selbst in stillem Tanz.

7. Spiegelung.

Am grünen Laubbach ob dem Fluß
Zurückgestrahlte Wellen tanzen,
Wie luftbewegte Büsch' und Pflanzen
Der Fluß hinwieder spiegeln muß.

Zum Dank für manchen treuen Gruß
Von kunstlos angeschlagner Laute
Zeigt die Natur mir, die vertraute,
Auch diesen stillen Wechselfluß.

---

8. Reine Lust.

In wie reiner Daseynslust
Schwebt ihr euren Tanz!
Mückchen, thut ihr's unbewußt
Oder fühlt euch ganz?

Thierchen, ist ein Daseynsglück
Für das Lied zu klein,
Welchem keinen Wunsch zurück
Läßt der Sonnenschein?

---

9. Die Blumen.

Blumen, eure lieben Augen
Sollten nicht zum Sehen taugen?
Lieblinge des Angesichts,
Schautet ihr vom Maie nichts?

Ihr entzückter Erd' und Lüfte
Und entbehrtet Blick und Düfte,
Und der Vogel fänd' euch laub,
Der euch preist aus jungem Laub?

Sagt man nicht, daß selbst die Seele
Eurer süßen Unschuld fehle?
Blumen, ihr beglückt nur,
Selbst verwaist von der Natur?

Doch, wer kennt die stillen Sinne
Eurer Maienlust und Minne?
Sel'ge Blumen, ihr nur wißt,
Welches Glück euch eigen ist!

10. Frage in's Blaue hin.

Ich schau' beim Glase Wein vom Tische
Aus grüner Buchen Schattenfrische
In's blaue Luftgezitter hin,
Wo Wiesenfalter still sich wiegen
In sonnentrunkenem Vergnügen,
Und frage neu in meinem Sinn:

Was ist die reichere von beiden,
Der Creatur beschiednen Freuden,
Bewußtlos zu verlieren sich
In's Schöne, wie die Schmetterlinge,
Zu fühlen tief die Gottesdinge,
Doch ach! mit abgetrenntem Ich?

Waldfrage.

Es freut mein schüchtern Herz, zu lauschen
Auf dieses Waldes kräftig Rauschen.
Das Rauschen frägt mich bis in's Mark:
Freund, bleibst du freigesinnt und stark?

Von neuem steig' ich in mich nieder:
Ich bleib' es! hallt das Herz ihm wieder.
Treuherzig horchend mich umblau'n
Waldglocken, die dem Worte trau'n.

Die Schwalbe.

Unterm Fenster liegend
Träum' ich mich zu Wald,
Wenn vorüberfliegend
Vogeljubel schallt.

Gern wir Menschenkinder
Flögen mit hinaus;
Doch um so geschwinder
Flieht ihr unser Haus!

Vögel, recht zum Hohne
Ruft ihr mir vorbei,
Daß es, wo ich wohne,
Euch nicht wohnlich sey.

Und statt Gegenliebe
Zeigt ihr mir nur Scheu. —

Welches Vöglein bliebe
Einem Menschen treu?

Schwälbchen, du da? — niste
Schnell am Fenster hier!
Mildre das Gelüste,
Mitzuschwärmen, mir!

Lob der Arbeit.

Ruhe beschämt uns; Arbeiten gefällt
Schwalben im Städtchen und Lerchen im Feld.

Der Fremdling.

Die Sonne strahlt von Wald und Hügeln;
Dorfgänse fröhlich tauchen, flügeln
Im Flusse dort; das blaue Klar
Durchstreicht der Tauben weiße Schaar.

Der Tag will sich zur Heimath lügen
Dem Fremdling mit den Schmerzenszügen.
Wo blieb der Trennung Zeit und Maß,
Daß sie der fremde Mann vergaß?

Du spielst in's Herz, o Dank dir, Sonne,
Ihm einen Traum entschwundner Wonne.
Wie singt er laut, in fremdem Moll,
So innig Vaterlandes voll!

Lebensregel.

Niemals du das Lächeln lasse
Bei des Glückes Zorngrimasse!

Des Vogels Schatten.

Einst war mein Blick so unbeschränkt,
Nun ruht er, auf den Weg gesenkt,
Als ob ein trüber Geist ihn banne
Auf dieses Pfades nächste Spanne.

Sonst schwärmt' er mit dem Vogelflug,
Der ihn zu blauen Höhen trug.
Ach jetzt, was fuhr vorbei dem matten
Den Weg hindurch? — ein Vogelschatten!

Waldgewitter.

Tausend thürmt sich Wolk' auf Wolk',
Tückisch schwärmt der Blitze Voll,
Donner krachen durch den Tann:
Nun, Verlassner, sey ein Mann!

Zuflucht.

O Bach, o Bach,
So lebenswach,
Von Freudensprudel überlaut,
Durchschießend Stein und wildes Kraut:
In beinen buschversteckten Schlüften
Laß mich die Angst des Busens lüften!

Mit Tod, mit Tod
Mir wieder broht,
Mit froher Glieder finsterm Loos
Im tiefen, dumpfen Erdenschooß,
Aus ferner Stadt das Grabgeläute.
Verschlinge du die bittre Beute!

Zum Ohr, zum Ohr
Dich juble vor
Und zieh' in beines Schalles Grab
Die Grabestöne mir hinab!
Bach, übertose du mit Leben
Sterbglockenlaut und Geistesbeben!

Vesperläuten.

Nächtlich Ferngeläute schallt
Mir herein zum finstern Wald,
Daß das schwarze Reich der Bäume
Unwillkommner Schauer räume!

Auf ländlicher Wanderung.

1. Das Land der Arbeit.

Nirgend grüßt hier Sorgenstille,
Arbeit ist das Volksgepräge.
Lächelnd stehet die Idylle
Nirgend hierzuland am Wege.

Doch, was sag' ich? — wär' ein Märchen
Hier der Mutterkuß? im Stillen
Küßte Abends sich kein Pärchen? —
Liebe lebt auch hier Idyllen.

2. Der eigene Herd.

Nach fühl' ich dem Triumphgefühle
Des Landmanns dort auf grünem Bühle.
Die Wohnung droben ließ er zimmern
Und von dem Dach die Namen schimmern
Von Mann und Frau in hellern Ziegeln,
Vor aller Welt es zu besiegeln,
Wie viel ihm das Errungne werth:
Ein eigner Hausstand, eigner Herd!

3. Das letzte Gemälde.

Wiesen in des Morgens Weihe,
Wald gelehnt an ihren Plan,
Weiße Dörfer nach der Reihe
Grüßen frischbetagt mich an.

Zum Gemälde wird mir Alles,
Hingezaubert vor das Herz:
Doch die Redlichkeit des Halles
Macht die Malerei zum Scherz.

Triumphirend Hähne krähen
Aus der Ferne zu mir her,
Daß ihr Dorf nicht blos zum Sehen
Hingemalt sey, freudenleer.

4. Das alte Lied.

„Wie groß ist des Allmächt'gen Güte!
Ist der ein Mensch, den sie nicht rührt?"
Ein altes Lied, doch im Gemüthe
Noch immer wärmend nachgespürt!

Die Morgenbienen lang schon raunen
Das alte Thema mir in's Ohr,
Nun schallen mir's die Thurmposaunen
Auch aus dem grauen Städtchen vor.

Ein Greis, den Laut recht einzutrinken,
Hält dort im Feld die Hacke still,
So wie auch mir der Griffel sinken,
Der Geist sich aufwärts richten will.

Zug und Halt.

Luft'ge Bäume beiderseits
Stehn am Ufertwege;

Stolze Thürme sehn bereits
Aus dem Buschgehege;
Wenn sie fern zur Stadt mich locken,
Macht der schöne Weg mich stocken
Und so kämpft des Schrittes Halt
Mit der Ferne Zuggewalt.

Reiseskizzen.

1. Die Ritterschlösser.

Dort ob dem Wasserbette
Ragt eine Felsenkette
Aus Tannenwald empor,
Die noch mit Thurm und Zinnen
Nicht jedes Schloß, doch drinnen
Die Tapfern längst verlor.

Lebt wohl, im Tannenforste,
Ihr kühnen Ritterhorste,
Wo noch, zum Leid verschont,
In still gewordnen Räumen,
Bei düstern Wittwerträumen,
Einsame Vorzeit wohnt!

2. Die drei Burgen.

Drei Schlösser in Ruinen!
Wie ward wohl zwischen ihnen
Von Fels zu Felsen einst verkehrt?
Hielt eine Burg die andre werth?

Schwang Liebeshand ihr Linnen
Hin nach den Nachbarzinnen?
Lag nur der Haß im festen Haus
Und zog dem Haß entgegen aus?

Erscholl den Wiederhallen
Das Aufeinanderfallen
Der Schwerter? Klang das Thal entlang
Der humpenschwingende Gesang?

Herbergte Gäst und Fiedler,
Wie? oder lebt', ein Siedler,
Der Ritter, gram der Nachbarschaft,
Dort in sich selbst gebauter Haft?

Erbebten Minnelieder
Durch Ros' und Mauernflieder?
Brach hoch im Thurm ein liebend Herz,
Küßt' sich im Thale Minnescherz?

In späten Dämmrungsschimmern
Vereinte sich das Wimmern
Der Schlösserglöcklein zu dem Gruß,
Daß Lust und Herrschaft enden muß? —

O Wald! o Bach! erlauschen
Laßt mich aus eurem Rauschen:
Was habt ihr einst hier mitgelebt?
Wie war der Geist, der euch umschwebt'?

3. Scheidegruß.

Bläulich wirft sich Abendschatten
Durch des Mühlthals Tannenmatten;
Doch noch sonnig Vögel schießen
Durch den Schattengrund der Wiesen.
Vögel, tragt im letzten Strahl
Meinen Scheidegruß durch's Thal!

4. In einer alten Reichsstadt.

Seltsam durch einander gleiten
In der alten Reichsstadt Räumen
Junges Leben, alte Zeiten,
Mitzuleben, nachzuträumen;

Wie ergraute Münsterkrähen,
Gravität in jedem Schritte,
Pickend auf dem Markt zu sehen
In behender Täublein Mitte.

5. Die alte Stadt.

Ein jedes Thor der alten Stadt
Ruft thürmend: schau und merk',
Was sie für Kunst und Sitte hat,
Am ehrenfesten Werk!

Dazwischen auch die Mauer spricht,
Von Thürmen starr, mich an:

Die Augen auf! vergiß es nicht,
Wie sie sich wehren kann!

Selbst in den Himmel voller Kraft
Reißt mich ihr hehrer Dom
Und zeigt: das Werk der Bürgerschaft
Herrscht auf und ab am Strom.

Was heutzutag die Städte sagen,
Das magst du andre Wandrer fragen!

Die Feierstunde.

Gesegnet sey die Feierstunde!
Nun geht, das Pfeischen in dem Munde,
Der Meister auf und ab am Strand,
Des Kindes Fragen an der Hand.

Der Worte weniger verlierend,
Freun sich Gesell und Magd spazierend.
Ein gern gewährter frischer Kuß
Ist, was bei ihnen gelten muß.

Was aber mögen dort verhandeln
Zwei Mädchen, die zusammenwandeln?
Habt Acht, ihr höret hin und her
Nur das geliebte Wörtchen: „Er!"

So trägt heraus des Thores Brücke
Viel wackern Volks zum Abendglücke,
Und liebender erscheint Natur
Mir Frohem in belebter Flur.

Drescher-Rhythmus.

Drescher=Rhythmus aus den Scheunen
Tönt mir hinter Busch und Zäunen.
Einfach, klingt er doch auch so
Nicht den Klang von leerem Stroh.

Ja, ich könnt' ihn lieben lernen,
Schallt er doch von vollen Kernen!
Auch das schlichteste Getön,
Wenn es körnig, däucht mir schön.

—

Während der Predigt.

Ich glaube, Pred'ger, rufst du mir,
Gott sey die Lieb' und das Erbarmen.
Ich glaub' es dort schon hinter dir
Dem Strahl durch's Fenster, jenem warmen.

— —

Das treue Geleit.

Die Glocken sprechen: seyd entlassen,
Zieht hin in unsres Klanges Frieden!
Schnell theilst du, Volk, dich in die Gassen,
Aus ernstem Gottesdienst geschieden!

Doch heimwärts von den Kirchenthüren
Ziehst du dir auf der Ferse haften,
Dich zu den Kammern wieder führen
Den alten Troß der Leidenschaften.

Heimkehr vom Grabe.

Glocken läuten, Schüler dehnen
Leichgesänge bis zum Grab;
Laute Schollen, leise Thränen
Fallen auf den Sarg hinab.

Nach bestelltem Schmerz zurücke
Kommt der Zug schon thränenlos.
Zählt die Herzen! Keins, zum Glücke,
Blieb bei dem im Erbenschooß.

Grabesklänge.

Ha! wie schüttern Grabesklänge
Draußen mittelalterlich!
Bis in düstre Klostergänge,
Immer ferner ziehn sie mich.

Händefaltend, stumm geworden,
Lehnend an der Kreuzgangswand,
Fühl' ich, wie ein strenger Orden
Mir die letzte Lust entwand.

Und nach längst erstorbnem Leben
Steh' ich, wie ein Leichenstein.
Diese Grabesklänge beben
Einzig noch durch mein Gebein.

Die Nonne.

1.

Du Rose meiner Einsamkeit,
Die mir ihr duftig Mitleid weiht,
Auch du, so kerkerlich umschlossen,
Mußt hier in Kreuzgangmauern sprossen!

Ein zugemeßner Abschnitt nur
Blinkt dir vom weiten Luftazur;
Statt süßer Nachtigallenlieder
Hallt dir der Frauen Ave wieder.

Wenn hier der Gang, der uns umgähnt,
Sich schon nach Grabesdunkel sehnt,
Wie schwimmt wohl noch voll Abendwonne
Die Außenwelt im Licht der Sonne!

Du Rose, die mein Trauern kürzt
Und dieser Hallen Moder würzt,
Darfst welken bald: dein frühes Scheiden
Soll ich beweinen und beneiden!

2.

Wie diese Hallen mir und Mauern
Bei jedem Schritt entgegenschauern!
Fort rauscht der Klosterbrunn in's Becken,
Um endlos meine Qual zu wecken.

Wie ich den Tod dem Röschen gönne!
Daß Mädchenschmerz auch enden könne,
Dies lehrt mich, trauteste Erzähler,
Nun ihr, der Wände Leichenmäler!

—

Tod der Mutter.

Schau' die Wieg' am Muttersarg
Trocknen Aug's, so bist du stark!

Der Grabstein.

O Grabstein voll von Liebesklage,
Du legest mir an's Herz die Frage,
Wo die sind, deren trauernd Herz
In Verse hier ergoß den Schmerz?
Sie sind vorbei, vorbei ihr Leib,
Sie selbst beweint vor langer Zeit!

Ergebniß.

Von den Herzen euch gerissen,
Menschen, seht ihr wieder Einen!
Wieder einen Treuen missen
Sollt ihr, die sein Grab umweinen!

Immer neuer Tode Schmerzen
Fordern endlich als das Rechte,
Daß wir mehr und mehr die Herzen
Widmen dem Gesammtgeschlechte!

Sternentrost.

Ein Rosenschimmer kämpft im Thal
Mit vorgeschrittnem Dunkelblau.

Blickst du hinunter noch einmal,
So harrt auf dich nur düstres Grau.
Doch über dir in Himmelsferne
Erglimmt auch schon der Trost der Sterne.

— — ·

Dorf und Tanne.

Ein waldverirrter Tannenbaum
Entwuchs des Dorfes Grunde;
Er nimmt sich gern vom Lebensraum
Der Menschen stille Kunde.

Auch er gibt Kunde Alt und Jung
Vom Wald, vom Leben draußen.
Der Knabe hemmt den muntern Sprung
Und horcht dem fremden Sausen.

Und unbemerkt zum Tannenbaum,
Zum Knaben tret' ich leise
Und träume ihren Wechseltraum
Mit fort, in meiner Weise.

———

Rückerweckung.

Hier herauf vom Thale klimmen
Aus der Wiese Knabenstimmen,
Laut, gebieterisch und froh.
Ach, wie kleinlaut sitz' hier oben
Ich, ein Mann, der einst erhoben
Seine Stimme ebenso!

— — —

In ländlicher Freiheit.

1. Bei sonnigem Himmel.

Ach, den Fleiß, den immer schwächern,
Tilgst du nächstens ganz,
Himmel, ruhst du auf den Dächern
In so blauem Glanz!

Ja, ich geh', ein Stubenhasser;
Von dem Fest des Lichts,
Das nun feiern Land und Wasser,
Würde mir sonst nichts!

2. Im Heraustreten.

Schön ist das Leben, ruft der Hahn,
Den Satz vertretend, laut mich an.
Ist es nicht so? frägt mich die Taube
Dort bei der Rosenlaube stiller
Und dreht des Halses bunten Schiller
Im Sonnenschein, damit ich's glaube. —
Kaum trat ich aus des Hauses Enge
Und schon im Hof dies Lustgemenge!
Laß sehn, was erst das freie Feld
Für Sommerlust mir aufbehält!

3. Der blaue Tag.

Unterm stillen Himmelsdach
Sind heut' tausend Stimmen wach,
Gleich, als sey das Luftazur
Hellen Klanges Folie nur.

4. Unschuld und Freude.

Nackte Kinder küßt der Fluß,
Blühendes Gestäube.
Wo er hintrifft, läßt sein Kuß
Unschuld nur und Freude.

5. Die langsame Reise.

Blaudunkler als die Lüfte blühn,
Sah'n Nelken aus dem Saatengrün.
Den schönsten Farbengruß entbet
Durchsichtig, feuerpurpurroth,
Der Ackermohn dem Sonnentag
Und oben das Entzücken lag
Als Lerchensang in klarer Luft,
Berauscht von süßem Segensduft.
Da gab es viel zu sehn, zu preisen
Und langsam ging es mit dem Reisen.

6. Das versammelte Glück.

Rosen, Freund, aus grünem Schatten
Bieten Schönheit uns und Duft
Und der Lufthauch labt den Matten,
Der erstiegen Berg und Kluft.

Wein erglänzt; ist denn versammelt
Hier das ganze stille Glück?
Weib und Kuß, vom Kind umstammelt,
Keines, keines blieb zurück!

7. Mein Lied.

Wie gern sich doch mein Lied enthält
Des Fluges in die große Welt!
Ja, Echo, wirf mein Lied vom Glück
Des Thales nur in's Thal zurück!

Das Himmelsmeer.

Wieder schwand die Zeit mir ganz!
Kommt durch grüner Wipfel Sprossen
Ewigkeit mir zugeflossen
Dort als blauer Himmelsglanz? —

Ach! nur stets des Durstes mehr
Fühl' ich, jenes Blau durchbrütend!
Gleich dem Ocean, nicht tränkend,
Ist des Himmels tiefes Meer.

In den süddeutschen Alpen.

1. An die Alpen.

O Alpen, eure Felsenschrunden
Sind Narben alter Kampfeswunden!
O Alpen, euer Heerdgeläute
Zeigt allen Kampf gesühnet heute!

2. Die Schifferin.

(Am Achensee, im nördlichen Tyrol.)

Wie mir der See entgegenschauert,
Mit seinem klaren Abgrundsblau
Von hohen Alpen still ummauert!
Hier wohnt die Einsamkeit; o schau!

Sie ist es selbst! im Segelschiffe,
Dem kleinen, jergt sich dort ein Weib,
Und pflegt im Schooß bekannter Riffe
Mit Flut und Abgrund Zeitvertreib!

3. Seegrund.

Unter's Fenster schlägt der See,
Funkelt mir die Augen weh.
Strahlen lief hinunterschwanken,
Wo am Seegrund Kräuter wanken.

Doch, wie mach' ich staunend Halt
Hier im Wasserkräuterwald?
Reißt mich mit euch, Tageslichter,
Nach des Abgrunds blauem Trichter!

Die Nachteule.

Mit silbern monderhellten Flügeln
Fliegt schweigend zwischen Wald und Hügeln
Vor meinem Haupt die Eule hin.

Warum nicht schwirrt dein Nachtruf heute?
So trauernd schiffest du nach Beute?
Trübt dir der helle Mond den Sinn?

Zürnst du dem Menschenangesichte,
Das du dich treiben siehst am Lichte
Der Mondnacht? bist du still aus Neid?
O wiss', auch menschliche Geschicke
Entziehen sich des Mondes Blicke
Und tragen in die Nacht ihr Leid!

Sternenschein.

Euer Strahl, o Sterne, falle
Fern in Libyens Sandkrystalle,
Groß und einsam, oder brüste
Sich in ihm die Meereswüste:
Tiefer, lieber dringt er ein
In des Aug's verwandten Schein.

Der Lichtblick.

Schon war zum Fall die Thräne reif,
Von trüber Stund' erpreßt;
Nun hält ein schneller Sonnenstreif
Sie als Entzücken fest.

Neufarbig blüht, o Wiesengrund,
Dein sanftes Leben mir;
Schon leb' ich wieder mich gesund
Durch stillen Trost von dir!

Herbstreime.

1. Der Silbersee.

Aus nebelfreiem Sonnenstrahl
Blick' ich hinab in's Nebelthal.
Wie schmiegt ein sanfter Silbersee,
Sich um die morgengoldne Höh'!

Doch aus dem See, so gern geschaut,
Steigt klappernd einer Mühle Laut;
Auch kräht es aus dem Seegrund frisch,
Der Hahn ersetze dort den Fisch.

2. Herbstklage.

Wäldergruppen allerseits
Gelben herbstlich falb bereits
Um die braunen Stoppelfelder.
Doch durchklage nicht die Wälder,
Lied der Wehmuth! schon ein Weih'
Füllt die Luft mit düstrem Schrei.

3. Nachempfindung.

Heuschrecken springen durch die Wiese
Und zeigen, wie die Zeit verfließe,
Ein Uhrwerk, das nicht stille steht,
Ein sichtbar Hüpfen der Secunden,
Auch von der Zeitlos' still empfunden,
Die bald im Thale nun vergeht.

4. Goldne Zeit.

Goldner noch mit Sonnenstrahlen
Will der Herbst das Goldlaub malen.
Selbst mein Blick, dem Grün so hold,
Fließt dahin in Licht und Gold.

5. Anwehung.

Dort über dem Zeitlosenthal
Raucht ein Kamin am Wald.
Was ist es, das mit einemmal
So traulich ihm entwallt?

Mir ist, als steig' im Rauch heran
Die traute Winterzeit
Und tauche mancher Winterplan
Mir auf in Heiterkeit.

Kind und Greis.

Es scheint der Unschuld Glorie
Durch's goldne Knabenhaar.
Gott gebe, sie durchschimmerte
Es immer sonnig klar!

Wie froh das Kind den Greis umhüpft
Deß Silberhaare lind
Bald legt, bald sparsam wieder lüpft
Ein sanfter Herbsteswind!

Kind, stehst du einst der Glorie baar
Auf deinem Weg zur Gruft,
So flattre dir durch's dünne Haar
Doch noch der Hoffnung Luft!

An den Mond.

O Mond, du bist ein Bot',
Jahr aus, Jahr ein beladen
Auf deinen Himmelspfaden
Mit unsrer Erdennoth!

Viel Seufzer trägst du fort,
Bestellst sie droben munter;
Bring' uns einmal herunter
Auch ein Befreiungswort!

Bangigkeit.

Oft frägt das Herz voll Bangigkeit:
Ist keine Mutter mehr bereit,
Ihr Kind zu wecken aus dem Schlaf,
Worin so schwerer Traum es traf?

Kinderthränen.

Früh schon glatte Kinderbacken
Müssen sich mit Thränen placken!
Doch die Bäcklein drunter durch
Schlüpfen ohne Falt' und Furch'.

Das Danken.

Du zürnst und zankst; o wirf mir nicht
Die Rose Wahrheit in's Gesicht,
Die so an mir nur niederfällt!
Denn, der sie sanft entgegenhält,
Nehm' ich sie ab in stiller Achtung
Zu warmer sinnender Betrachtung.

Zorn und Dank.

Der Fehlende weiß dir noch Dank
Für Zorn und Zank.
Sein Fehler wird geschwind zum kleinen,
Vergleicht er deinen.
Dein Schuldner, nach des Zankes Glut,
Bekommt noch gut.

Der Erwählte.

Den still mein Herz erwählt,
Der Gute hat gefehlt.
In Schabenlust geschäftig,
Zeigt mir die Welt es kräftig:
Mein Blick sinkt erdenwärts,
Doch bleibt dem Freund mein Herz.

Zu Thal, so fest geglaubt,
Sank hin ein Felsenhaupt.

„Ich fuße nicht mehr oben,
Vom Freiblick dort erhoben. —
Zum Thal lenkt nun der Fuß,
Dem trauten Fels zum Gruß.

—

Vorfat.

Daß nie der Mensch dem Menschen fehle!
Muß ich die Achtung ihm vermindern,
So soll das Mitleid meiner Seele
Ihm den Verlust an Achtung lindern.

—

Einheit.

Du neigest dich zum Ernst der Wahrheit,
Ich zu des Schönen reiner Klarheit.
Im Guten reichen wir am Ende,
Freund, immer wieder uns die Hände.

Aus des Winters Tagen.

1. Der Rabe auf dem Pfluge.

Ein Rabe fetzt sich auf den Pflug;
In's Schneefeld blickt er still genug,
Worin den Pflug fie ftehn gelaffen.
Er finnt; denn auch die Thiere faffen.

Er sah's: der Bauer Schritt vor Schritt
Mit diesem Werkzeug Furchen schnitt:
Dann sah er säen ihn und ernten.
Ach! daß auch Vögel sorgen lernten!

So sinnt er hungernd; doch gar bald
Fliegt er dahin zum fernsten Wald.
Sein Ruf sagt: an der Scholle kleben
Ist für Beflügelte kein Leben!

———— · · ————

2. Ungetrübte Lust.

Futter- und doch sorgenleer,
Hungernd und doch ohne Weh,
Hüpft ihr Meisen vor mir her
Im besonnten festen Schnee.
Heil euch, denen Gott die Brust
So gewölbt für reine Lust!

———   ———

3. Der Vogel im Froste.

Alle Federn aufgetrieben,
Blickt der Vogel dort vom Baum.
Hungrig ist er heut' geblieben;
Was er fand, verlohnt sich kaum.

Doch zum Trost für leichte Kost
Trägt er sich an jede Stätte,
Hold erwärmt, in Schnee und Frost,
Neidenswerth, sein Federbette.

4. Winterlied.

Das Schneeland und der Himmel weiß,
Der Eichen dürrbelaubtes Reis,
Selbst hier der grüne Tannenwald
Begrüßen mich empfindlich kalt.

Der Hütten Rauch qualmt ohne Spur
Von Wärmung in den Frost der Flur;
Die Raben, matten Schrei's gestehn,
Es sey zu frisch der Lüfte Wehn.

Den Mantel näher zieht der Arm
Und schafft die Glieder doch nicht warm.
Doch trägt sich nicht ein Herd von Lust,
Geborgnen Feuers, in der Brust?

Du siehst die Liebste ohne Leid,
Grüßt sie dich an im Winterkleid:
Mag sie der Schneeluft Botin seyn,
Als Frühling stellt sie dir sich ein.

Du drückst die Frische dir an's Herz,
Als gält' es warmen Frühlingsscherz.
So die Natur bleibt mir erwärmt
Vom Liebesblick, der für sie schwärmt.

———

5. Im Feld und Schnee.

Den Schnee durchschreitend, nicht verschweig' ich,
Wie jedes Baumbild, tausendzweigig,
Und jedes Thierchens Fährt' und Zehen
So deutlich in dem Weiß zu sehen.

Ja, diese Klarheit aller Dinge,
Sie seyen große, sey'n geringe,
Dazu die Frischheit meiner Sinne
Gibt mir der Winter zum Gewinne.

Die Sommerschönheit ist ein Ganzes;
Aus blauer, grüner Welt des Glanzes,
Was tauchte vor? in's Meer von Reizen
Fließt jede Schönheit ohne Geizen.

Doch, durch den Winterfrost versehrbar,
Zeigt sich das Schöne nun erst wehrbar.
Wohin den Blick ich einzeln werfe,
Stellt sich ihm dar gestählte Schärfe.

Und jedes Glied der Wesenkette
Sorgt, daß es sich den Blicken rette.
Gern, wird die Sommerwärme glimmen,
Mag jedes neu in's All verschwimmen.

1835.

Winterrührung.

Auf die weißbeeisten Bäume
Trifft durch blaue Himmelsräume
Goldner Sonntagssonnenstrahl,
Betgeläute füllt das Thal.

Wirke, holde Gottessonne!
Löse hin mein Herz in Wonne,
Wie der Ueberflug von Eis
Süßes Weinen wird am Reis!

Der vergeßene Streit.

So altkatholisch klingt ihr Glocken
Und so voll Ueberredungskunst,
Daß ich empfinde halb erschrocken
Für Eine Kirche neue Gunst.

Ihr schallt, ihr schallt mir nichts als Frieden,
Wie tief aus erster Christenheit;
Gab's einen Zank, der sie geschieden,
Ach, wie vergaß ich ihren Streit!

—

Naturanschauung.

Mir ist das Schauen der Natur
Ein unaufhörlich Staunen nur,
Das Blume, Quell und Wolke trägt,
Woher sie Art und Leben trägt?

Von Gott! von Gott! doch wer ist Gott?
Ach! unsrer Fassungskraft zum Spott
Spricht aller Stimmen Harmonie
Von ihm, doch wir verstehn ihn nie.

Naturstimmungen.

1. Das hohe Lied.

Ach, armer Dichter, dir beschied
Natur wohl dieses, jenes Lied;
Wie macht sein Klang dich froh und reich,
Und wie verrauscht er doch sogleich!

Trittst du heran zum Wasserfall,
Wie schleudert sich in's Herz der Schall!
Erweilt dein angehaltner Fuß
Je dieses hohen Liedes Schluß?

2. Das fliegende Licht.

Was fliegst du, jagender Sonnenschein,
Dort tief in das grünende Land hinein?

Schwarz ist ja der Himmel, die Erde, der Sinn;
Du seliger Lichtblick, was willst du darin?
Du hast wohl verseh'n dich am finstern Tag,
Daß also die Reue dich jagen mag.

3. Abendschwere.

Die Luft ist weiß und regungslos;
Der Rauch aus der Kamine Schooß
Hält über jedem Dorfe still,
Von dem er träg nicht lassen will.

O Luft, wie ein Gewölbe fest,
Die keinen Hauch durchspielen läßt,
O Abend, todesstill und bang,
Ihr drückt den Geist mir schon zu lang!

Am Kloße klebt das Himmelskind!
Doch Heil ihm! was verlautet lind?
Ein Lerchenlied steigt dort hinan,
Knüpft mit dem Himmel wieder an.

4. Der neue Blick.

Der Dichter ändert stets die Blicke,
Die er in Welt und Gegend schicke.
Der Mühe überhoben heut',
Nimmt er den Herbst, wie er sich beut.
Ein Blick, vor dem das Grün verglimmt,
Ist schon von selber ungestimmt.

Das gewundene Thal.

Berg' und Wald beschreiben Bogen
Rings um dich, o Wiesenthal,
Und des Flusses stilles Wogen
Wendet sich unzähligmal.

Immer hinter einer Ecke,
Die den Weiterblick mir stahl,
Dehnst du dich in neuer Strecke
Mir zu neuem grünem Saal.

Alles machst du mir zu Danke:
Bei des Wechsels großer Wahl,
Wenn ich dich, o Thal, durchschwanke,
Hab' ich einzig diese Qual,

Daß ein Punkt mir fehlt und Weile,
Dich zu fassen schönes Thal,
Und du meinem Liebespfeile
Dich entwindest, wie ein Aal.

Die geschlossenen Blicke.

Ach, wie schallt zum Bienenlied,
Das durchsumset Roß und Flieder,
Ferner Silberklang! Wie zieht
Glockenton mein Auge nieder!

Ja, ihr Augen, treugesinnt,
Sinket, laßt dem Hörbar-Schönen
Bahn zum Herzen, harret blind,
Bis es ausgelauscht den Tönen!

Oeffnet euch zerstreuend nicht,
Laßt die Seel' in Wonne schalten!
Bald ein inneres Gesicht
Wird euch selber schadlos halten.

Sonntagspause.

Hörst du dort den Weihgesang,
Heilig eins mit Orgelklang?
Tauben, sonst so flügelwach,
Sonnen sich am nahen Dach,
Gleich als beteten sie mit.
Hemm' auch du den Weiterschritt,
Der zu horchendem Gebet,
Wie von selber, stille steht.

Schulscene.

Schulmeister reckt den Stecken aus:
„Den Bibelspruch aufsage!"
Der Spruch, dem Knaben scheinbar kraus,
Folgt funkengleich dem Schlage,
Indeß die Blütenbäum' am Haus
Drein schütteln ihre Klage.

Der Dinge Lauf.

Muntre Fische, badet bang!
Denn schon sonnen Fischernetze
Sich am Busch zu neuem Fang.
Ach! so sind der Welt Gesetze:
Ihr und euer Netz am Fluß
Theilen Einen Sonnengruß.

—

Bittre Wahrnehmung.

Wohl fallen für die ird'sche Brust
Zwei Wermuthstropfen in die Lust:
Daß sie so schnell, so schnell verfließt
Und sie nicht jedes Herz genießt.

Die drei Sterbenden.

Dort in dem Waldthal fiel ein Schuß,
Durch den ein Wild verbluten muß.
Die Echofelsen, denen traut
Und lieb der Hirsch ist, schrieen laut;
Auch fand ihr Wehellagen bang
In meinem Liebe Wiederklang,
Bis Felsenklage, Hirsch und Lied,
Eins nach dem andern, still verschied.

——

Reineke.

Ich lag im Wald dahingestreckt:
Da kam ein Fuchs herangeschlichen.
Von meinem Anblick halb erschreckt,
Ist er mir schnell vorbeigewichen.

Doch stand er hin nicht allzufern
Und schnitt mir fragende Gesichter,
Als möcht' er sich befassen gern
Mit dem gewähnten Fabeldichter.

Mir aber fehlte der Humor,
Mit Reineken ein Wort zu schwatzen;
Nachdem er lang gespitzt das Ohr,
Entschwand er mit verdroßnen Tatzen.

Immer langsam!

Immer langsam, liebe Schnecke!
Hoch die Augen fühlend recke!
Wohl dir, Kind des Blumenhaus:
Durch des Grases Glanz und Düfte
Auszufühlen in die Lüfte,
Gilt auch dir für Saus und Braus!

Aus des Frühlings Tagen.

1. Widmung.

Am Himmel hängt der Weih
Mit largem Schwung der Flügel;
Es hängt die Heerd' am Hügel.
Herz, dir auch steht es frei:
Häng mit im Meer, dem blauen,
Am Schmelze dieser Auen
Und treibe nicht vorbei
Zu schnell am Frühlingsthale,
Als wenn's mit Einemmale
Einzugenießen sei!

2. In der Gartenlaube.

Daß mich nicht länger überschütte
Endlose Maienpracht,
Birg du mich, der umtulpten Hütte
Syringenduft'ge Nacht!

3. Der Blumenrand.

Manch bunter Blumenknaul,
Gelblöwenmaul,
Ein Trupp Vergißmeinnicht
In blauem Licht,
Dann zwischen grünem Reis
Maiglockenweiß,

Bachnellen · Amaranth
Umblühn den Rand
Der Quelle — Süßes Bild!
Wie farbenmild!
Der Mai hüpft auf im Kleid
Der Kindlichkeit,
Bis er als Jüngling lacht
In Rosenpracht.

—

4. Oben.

Bienenübersummter Berg,
Ueberblüht von Blum' an Blume!
Des Ersteigens mühsam Werk
Lohnest du mit Götterthume!

—

5. Maiensonntag.

Horch! welch ein reiches Kirchgeläute
Bebt heilig durch die Maienpracht,
Als sei der Mai nicht nur für heute,
Auf ewig schon für uns erwacht!

—

6. Maienweinen.

O Mai, du kommst geweint!
Ward dir ein Wunsch verneint?
Ward dir ein Wunsch gestillt,
Daß süßer Dank dir quillt?

Was deuten dieses Regens Thränen?
Erfülltes oder neues Sehnen?
Wie? oder soll in deinem Weinen
So trunkne Lust, als Schmerz erscheinen?

7. Maienheimath.

Wer eine liebe Heimath hat,
Dem ist das Heimgehn werth;
Doch jetzt, des Feldes nimmersatt,
Fühl' ich mich ganz verkehrt.
Mein Sinn im Maie bleibt dabei,
Daß meine Heimath draußen sey.

8. Das Liederbuch im Frühlingswinde.

O Frühlingswind, du hast durchwühlt
Des Dichters zartbesaitet Herz.
Neugierig, was er wohl gefühlt
Bei deinem schmeichlerischen Scherz,
Durchblätterst du nun Blatt für Blatt
Das Buch, das er gedichtet hat!

9. Staffage.

Ihr Knaben, die der Balle schaukelt,
Noch schöner ihr die Landschaft gaukelt,
Die fern in eurem Hintergrund
Blauduftig glänzt und maigesund!

10. Bachgeleite.

Ach, der Wald will sich nicht trennen
Von des Blumenbaches Lauf.
Kann er ganz nicht nach ihm rennen,
Bricht viel junges Volk doch auf,
Esch' und Erlen, und begleiten
Längs hinab am Wiesenrain
Ihren Freund auf beiden Seiten
Bis in's ferne Dorf hinein.

11. Des Frühlings Durchgang.

Aus grüner Lindenangernacht
Tritt dort der Mai in's Fenster sacht
Und durch das Fenster stellt sich klar
Schon gleich ein Gegenfenster dar.
Aus Grün und Abendlicht heraus
Klimmt auch von dort der Mai in's Haus.
Wie glücklich solche Wohnung steht,
Durch die des Frühlings Wandel geht!

12. Wettstreit.

Jung Maiengrün und Abendroth
Stritt um des Preises Beute,
Mit ihnen Vogellied; ich bot
Dem Blumenduft ihn heute.

13. Wie oft! wie oft!

Ach Kukuk, wie unzähligmal
Durchriefst du heute Wald und Thal,
Gleichwie ich selbst mein Ohr dir lieh
So oft, so oft, ich weiß nicht wie?

So thaten heute wir zu zweit,
Lenzlustig, unsre Schuldigkeit;
Nun sind wir müd, doch uns bewußt:
Wir lebten einen Tag der Lust!

14. Vor dem Walde.

Die Amsel hat den dunkeln Wald
Am Tag durchschallt.
Doch draußen dünkt der stille Abend
Ihr süßer labend.

Heraus zum Zitterespensaum
Und letzten Baum
Des Walds hat sie ihr Lied getragen:
O hör' ihr Schlagen!

Sie grüßt die Wiesenblumenwelt,
Das Himmelszelt:
O laß das Herz dir mit erweitern
Im freien Heitern!

15. An den Specht.

Diesen Morgen, lieber Specht,
Rieffst du mir im Walde.
Hast du auch ein Bürgerrecht
An des Dorfes Halde,

Daß du Abends ruffst so frisch,
Offnem Fenster nahe?
Nun, auch hier von Stub' und Tisch
Meinen Gruß empfahe!

16. Nachtlaut.

Des Feldhuhns Kette schnalzt und macht
Noch trauter mir die traute Nacht,
Die auf den Lockruf duftgetränkt
In die belebte Flur sich senkt.

17. An die Nacht.

Deck' den Sternenmantel, Nacht,
Deiner Lieb' auf die Natur,
Die nur träumerisch noch wacht
In dem Duft von Wald und Flur!

Der Liedertag.

Des Dichters Büchlein in der Hand,
Am blumig grünen Wellenrand,

Bei Dichterwort und Flußesrauschen,
Was soll ich? singen oder lauschen?
Und was mir singt, war es erlauscht?
Ist's aus mir selbst emporgerauscht?
Wo find' ich noch den Unterschied? —
Der ganze Tag ward mir zum Lied.

Des Dichters Traum.

Wollt' jedem Dichter Gott einräumen,
Daß ihm erfülle sich sein Träumen,
Ach! was gewänne meine Brust,
Die jetzt nur träumet Frühlingslust?

Ich käme doch nicht von der Stätte.
Ich wünschte nichts, als was ich hätte.
Auch hell erwacht, unendlich reich,
Besitz' ich, was ich träume, gleich.

Das Lied für sich.

Der Bach rauscht, rauscht der Wind.
Auch ich bin Gottes Kind.
Auch meine Lebenslust soll rauschen,
Mag Jemand oder Niemand lauschen!

Der willkommene Leser.

Statt Jenes, dem ein Lied ist leer,
Wird wohl ein Leser auch gefunden,
Der noch hineinempfindet mehr,
Als selbst der Dichtende empfunden.
Dem schönen Geist bin ich verpflichtet,
Der noch in mich herüberdichtet.

Die Insel der Poesie.

Ein Eiland, busch= und blütenvoll,
Wo stets das Lied der Vögel scholl,
Erhebt sich aus dem blauen Strom.
Ob's wohl allmählig aufwärts klomm,
Ein Sammelberg aus Flusses Sand?
Ob's früher schon als Hügel stand,
Noch unbenetzter Halben Rest?
Gleich ungewiß sich fragen läßt:
Ist mir die Insel Poesie
Emporgewachsen erst? ist sie
Ein Flutgeschenk der Lebenszeit?
Ein Nest der Kindesseligkeit?

Auf einem Glockenthurme.

Der Thürm' und Giebel dieser Stadt,
Der Ferne wird mein Blick nicht satt. —
Wie grell nun durch mein Träumen fährt
Der Schlag der Uhr, ein tönend Schwert!

Erschrak ich, Thürmerskind, und du
Spielst fort, wie bei des Schalles Ruh?
Beglücktes Kind, das spielen darf,
Indeß die Zeit uns mahnt so scharf!

Landesfremde.

Mein letztes Ziel ist mir gesteckt,
Wenn fremdes Brod mir nicht mehr schmeckt
Und wenn der Ton landfremder Glocken
Mich nicht mehr füllet mit Frohlocken.

Zum letztenmal.

Plaudre dich zum letzenmal,
Bächlein, durch das Eichenthal!
Bald dein Schäckern, Jubeln, Grollen
Wälzt dahin des Stromes Rollen.

Der Raben Wehgeschrei.

Was weckt den Wehschrei? was verdroß
Euch Raben? hab' ich es gefunden?
Gefällt, ein wahrer Waldkoloß,
Liegt hier ein Eichbaum, abgeschunden,
Sein Riesenastwerk ohne Rinde,
Entsetzlich mir, dem Menschenkinde;

Was Wunder, daß der Schrecken packt
Des Waldes wanderfrohe Raben,
Sehn sie den Alten todt und nackt,
Bei dem sie oft geherbergt haben!

___

Sommerlaute.

1. Der Hohlweg.

In einem Hohlweg wandl' ich hin
Und jede Umsicht fehlt darin;
Doch eine Lerch' in blauer Luft
Ob meinem Haupt herunterruft,
Daß droben goldnes Saatenfeld
Auflache nach dem Himmelszelt.
Es spornt ihr Jubellied den Schritt:
Bald steh' ich drin und juble mit.

___

2. Die eilende Schönheit.

Ach! wie kehrt das wilde Haß
Rosen ohne Zahl zu Tag!
Blühend lacht sogar der Fluß
Unter Wasserrosenkuß. —

Morgen sind die Rosen halb
Schon verwelkt und braun und falb.
Eile, wer die Schönheit sucht;
Denn sie schürzt sich schon zur Flucht.

___

3. Der Gruß des Schönen.

Mit einem Pfiff, als Hohnesgruß,
Noch schneller, als der schnelle Fluß,
Fliegt prächtig ein Eisvogel hin,
Der in der Abendsonne schien
Von Gold, Smaragd und von Lasur.
Ich rufe nach: Natur! Natur!
Ist denn dein Schönstes nur ein Gruß,
Der uns durch Hast verwunden muß?

Windeswehen.

Wind, woher auf deiner Reise?
Kostest du des Mädchens Wange?
Machte dem beklemmten Greise
Dein zu frisches Grüßen bange?

Hast du Botschaft treuer Worte
Von der Sehnsucht übernommen?
Ist die Treu' aus stillem Porte,
Von dir weggerafft, entschwommen?

Wind, wie manchen Hauch des Lebens
Nimmst du mit nach deinen Zielen!
Wie viel Wünsche sind vergebens
Oder dienstbar deinen Spielen!

Der Traum.

Mit naſſen Augen ſchlief ich ein;
Sie waren es von Leide;
Noch weint mein Traum. Aus Leid? o nein!
Vor Freiheit, Lieb' und Freude!

Der alte Bote.

Alter Bote, du mit weißem Haar,
Nimmſt der Botenſchaft noch wahr,
Trägſt noch immer Mahn= und Liebesbrief
Und Gepäcksbürde beugt dich tief.

Alter Bote, du mit weißem Haar,
Ruheſt bald nun in der Todtenbahr:
Ihnen doch wird es darum nicht bang:
Lieb' und Leben finden ihren Gang.

Die eingeſunkene Bank.

Verſunkne Wieſenbank,
Die oft zu neuem Leben
Mir traute Ruh gegeben,
Nun ſelber müd und krank!

Es sinkt, erinnerst du,
So das Beruhigende,
Ruhsuchende am Ende
In gleiche Grabesruh.

Der feste Bund.

Wenn Brust der Brust sich bot
In einer innern Noth,
Wenn Thränen tief von innen
Von Männeraugen rinnen,
Wenn sich die Freunde so vereint,
Dann ist die Freundschaft festgeweint.

An die Wolken.

O süße Wolkenbilderwelt,
Vom Licht geküßt, von Luft gesellt,
Ein Duftgebäu, wie Menschenglück!
Was läßt der Wind von dir zurück?

Liebeszuspruch.

Dem Fremden hilf und denk' der Schmerzen,
Womit er sich zu Haus entriß!
O steh' ihm ein mit deinem Herzen
Für jene, die er dort verließ!

Auf wiederholter Reise nach dem obern Donauthal
und dessen Schlössern.

1. Auf der Fallbrücke eines alten Schlosses.

Ausgestorben sind hier Hof und Halle
Und nach ihrem letzten Falle
Zog kein Mensch die Brücke mehr empor,
Die den Abgrund überspringt zum Thor.

Ach! das Glück der Burg ist ausgezogen
Und durch ihres Thores Bogen
Schreitet die Erinnrung trauernd ein
Bei des Felsenvogels heis'rem Schrei'n.

Fluß und Waldung aus dem Abgrund sausen,
Wie des Zeitenstromes Brausen,
Und der Schwindel ist um mich im Streit
Mit dem Grauen der Vergänglichkeit.

2. Nachts in einem Bergschlosse.

Hinstarben Ritter und Gesind;
Es klagt der Schuhu, stöhnt der Wind
Durch diese ausgestorbnen Mauern,
Im Einklang mit der Vorzeit Schauern.

Der Schuhu flog vom Fels herzu,
Stört' einst des Ritterfräuleins Ruh;
Der Wind einst heulend durch die Stuben,
Macht' fürchten Mädchen hier und Buben.

Niemanden nun ihr Wehruf schreckt,
Wenn er die Vorzeit selbst nicht weckt.
Auch keiner sitzt im Schloß 'gefangen,
Dem er noch mehrte Graus und Bangen.

Ich in des Schlosses Nachtgestalt
Laß mich den Wind umsausen kalt,
Die Eule wundernd ob mir jammern,
Wie leer nun Keller hier und Kammern!

Erhabener Trotz.

Wie kühn aus Nacht und Donner fährt
Ein Blitz herab zum Felsenschloß!
Doch kühner steigt es, wild verklärt,
Entgegen seinem Zorngeschoß!

Allweibermäre. [1]

Drei alte Weiblein dort im Strahl
Der Sonne sitzen am Spital;
Drei alte Wappen ausgehau'n
Sind je ob ihrem Kopf zu schau'n,
Als wenn sie sagten: Wappenehre
Wird einst zur Altenweibermäre.

[1] Schwäbisch-Haller Anbild.

Die Weggenossen.

Ich ziehe freundlich meine Straße;
Wie unbekümmert ist mein Schritt!
Indeß vielleicht in bitterm Hasse
Zieht meine Zukunft feindlich mit.

Ich singe frohe Wanderlieder;
In's Wort mir fällt vielleicht der Tod;
O sinke nie der Muth mir nieder
In tiefe, ungeahnte Noth!

Kleinmuth.

Du Eichlein und du Buchenbäumlein,
Klein, dünnbestielt, zweiblättrig noch,
Wie wähltet ihr ein kleines Räumlein
Dort unter jenem Busche doch!

Wenn ihr nun aufschießt jugendkräftig,
So muß er euch entgegenstehn.
„O Kleinmuth, sey nicht sorggeschäftig:
Wir werden einst ihn überwehn!"

Das bereitwillige Opfer.

O treue Muttererde,
Daß ich ein Bessrer werde,
Soll ich verlassen dich;

Ich soll, ich muß mich retten
Aus all den Liebesketten,
Womit du fesselst mich.

Du treue Muttererde,
Des Schöpfers ew'gem Werde!
Darf ich kein Hemmniß seyn,
Doch dir mit Leib und Gliedern
Den treuen Sinn erwiedern,
Sie dir als Opfer weih'n.

Der einsame Weg.

Gerodet hat einst vieler Hand
Den Wald, um Weg hier durchzuschaffen;
Doch seh' ich heut' hier unverwandt
Nur Leere mir entgegenllaffen.
Oft bahnt die Welt nur ihre Straßen,
Um uns tief einsam dort zu lassen.

Der Widerwärtige.

Dünkt euch ein Mensch recht widerwärtig,
So seyd nicht zank= und tadelfertig;
Dankt Gott für eure beßre Art!
Und da der Mensch durch Widerwart
Vor euch verkürzet scheint von oben,
So sey von euch kein Stein erhoben,
Der dem Gestirnverlaßnen zeigt,
Ihm sey auch hier kein Mensch geneigt.

Herbstfriede.

1.

Mild hat der Nebel abgetheilt;
Wenn er als leicht Gewöll' hier weilt;
So hat er dort sich weggezogen
Vor dem Azur am Himmelsbogen.
Daß sie so gütlich sich geschieden,
Gewährt uns diesen Herbsttagsfrieden.

2.

Heitrer Herbsttag, treu beflissen,
Gabst du Trauben uns und Obst,
Daß du selber nun dich lobst
Mit dem friedlichsten Gewissen.

Sagt' an meines Lebens Grenzen
Ich mir selber ohne Lug,
Wie viel gute Frucht ich trug,
Würd' auch ich von Frieden glänzen.

Auf winterlichem Gange.

1. Naturwehe.

Das Schneeland blickt so unschuldweiß,
Die Luft so blau und treu;
O krächzte nur, von Hunger heiß,
Dazwischen nicht der Weih!

2. Die Knaben.

Knaben froh auf Schlitten schießet
Den beschneiten Rain herunter!
Eh' noch kurze Zeit verfließet,
Ist der Schnee den Bach hinunter.

Doch, was kümmert's euch? dieselben,
Die durchjubeln dort die Weiden,
Seh' ich vom Gesproß der Felben
Grüne Pfeifen dann sich schneiden.

Denn was solltet ihr euch härmen,
Ob es Schnee, ob Blüten schneie,
Glückliche beim Winterlärmen
Und beim Gellen der Schalmeie!

1836.

Bild und Leben.

1. Der Uebergang.

Steine sind im Fluß gelegt,
Die als Steg mir dienen;
Ob und wie mich jeder trägt,
Prüfen meine Mienen.

So durch's Leben meinen Gang
Find' ich mir bereitet;
Nur der Schritt macht öfters bang,
Ob er nicht entgleitet.

2. Der Liebe Lauf.

Die Schlingpflanz' entert hier den Flieder.
Hält sie in seinem Wuchs ihn nieder?
Zieht sie sein Wuchs mit sich hinauf?
Wer kennt der Liebe Schicksalslauf?

3. Gleichniß.

Sieh diese abgestandnen Scheiben
Und denk' an manch poetisch Treiben.
Es spielt in alle Irisfarben
Und muß an reiner Klarheit darben.

4. Distelblüte.

Ein Falter an der Distelblüte!
So weiß auch schöner Seelen Güte
Mit manchem rauhen Strauß auf Erden,
Zum Glücke sich, vertraut zu werden.

Aus der Naturwelt.

1. Das Schneckenhaus.

Was stößt dein Fuß hier vor sich hin?
Was schätzet so gering dein Sinn? —
Ein leeres Schneckenhaus im Gras!
Und doch — ein Lusthaus war auch das,
Als es noch wandelt' in der Au,
Umblitzt von aller Blumen Thau. —
Verachte nie des Schöpfers Stempel,
Auch nicht am kleinen Schneckentempel!

2. Die jammernde Heerde.

So jammernd, Schaf= und Lämmerheerde,
Blöckt dein Geschrei; trägt denn die Erde
Dir Gras und Blumen nicht in Menge? —
Wie? grämt die Thierheit dich, die enge?
Scheint dir der Hirt ein Kind des Lichts
Und dämmert dir dein geistig Nichts?
Herbergt dein jammerndes Gewühl
Vielleicht dies dunkle Nothgefühl? —
Dank der Natur, die dir beschied
Doch zu der Noth dies Jammerlied!

3. Zufallswitz.

Die Heuschreck' hüpft hier von dem Rain
In einer Distel starre Nadel
Zu langsam herber Todespein.
Natur, erlaube mir den Tadel:
Du bist nothwend'ger Schmerzen Sitz;
Wozu noch grimmen Zufallswitz?

Frucht und Blume.

Waldesblumen sah ich stehn,
Herrlich, ladend zum Ergreifen;
Doch ihr Leben sollt' erst reifen
Und nicht unerfüllt vergehn.

Farbe strahlen, Düfte streun
Will die Blum' in frohen Spenden,
Doch auch ohne Frucht nicht enden,
Ihrer Füllung noch sich freun.

Maß und Vorbild ihrer Art
Will sie gern nicht überspringen,
Aber es doch ganz durchbringen,
Bis sie Frucht und Same ward.

Darum Kinder, Beer' und Frucht
Bring' ich. Kommt, sie zu genießen!
Doch es wird euch nicht verdrießen:
Blumen ließ ich ungesucht.

Weide.

Weiden laßt mich! weiden heißt:
Stille, mit entbundnem Geist
Sich dem freien Lüfteleben
Und der Blumenwelt ergeben.

Wenn ein Wild wir weiden sehn,
Bleiben wir belauschend stehn.
Wär' ein Dichter euch entleibet,
Der an der Natur sich weidet?

Der Ruhende.

Wie schläft der Handwerksbursch hier gut
Auf des Tornisters Last!
Ertragne Bürde wohl ihm thut
Und hat ihn sanft zu Gast.

Glaube.

Du Handwerksmann hast festen Glauben
An deine abgemeßne Kunst;
Laß dir ihn nun und nimmer rauben,
Denn Glaub' ist immer Schicksalsgunst.

Das Glockenhaus.

Ein Kirchthurm dort sich hoch erhebt,
Aus dem Geläute schütternd bebt.
Der Durchblick durch das Glockenhaus
Des finstern Thurmes führt hinaus
In's Abendroth, das hold umringt
Die schwarze Glocke, die sich schwingt.
So neben ihres Klanges Beben
Lausch' ich hinaus in's ew'ge Leben.

Unter einer alten Linde.

Was seufzt die Dryas dieser Linde
Zum Glockenklang im Frühlingswinde?
Sie sinnt zurück. Einst hat zu deuten
Sie nicht gewußt das erste Läuten.

Da hing man an, trotz ihres Spottes,
Dem Baum ein Bild der Mutter Gottes.
Die Nymphe theilt' des Baumes Wildniß
Jahrhunderte mit jenem Bildniß.

Kein Argwohn hatte mehr geschieden
Des Bildnisses und ihren Frieden,
Und oft ein lieblich Offenbaren
Hatt' eins vom anderen erfahren.

Oft zwischen ihren Lenzgedichten
Belauscht' die Dryas die Geschichten
Des frömmsten Lebens, deren Kunde
Entflüsterte des Bildes Munde.

Andächt'ge freuten sich, zu lauschen
Der Kunde, wie dem Blätterrauschen.
Kunst und Natur, als Gotteszeugen,
Ermahnten mit zum Kniebeugen.

Der Glaube schied sich von dem Schönen.
Seit diesem läßt in Wehmuthstönen
Sich manchmal hören dort am Pfade
Der stille Seufzer: Schade! Schade!

Sammlung.

Glockenklang, nun tiefe Stille,
Daß sich sammle Geist und Wille,
Heil'gen Offenbarungsklängen
Still gehorchend nachzuhängen.

Ausgleichung.

Unrecht gethan, Unrecht gelitten —
Stehn wir entschuldigt nicht inmitten?

Frühlingslaute.

1. Wahrsagung und Erfüllung.

Noch streifet durch die braune Flur
Die Frühlingsfarb' im Anflug nur;
Doch weiche Auferstehungsluft
Dringt ein in jede Wintergruft.

Prophetisch sprach der Lerche Sang
Von Blüh'n und Aufersteh'n schon lang.
Nun blüht das Veilchen hold herbei,
Zeigt, daß es auferstanden sey.

O Lerchensang, o Veilchenduft,
O linde Auferstehungsluft!
Wetteifern nicht in süßem Thun
Wahrsagung und Erfüllung nun?

2. Frühlingsglück.

Es rauscht's der silbervolle Strom,
Es singt's die Lerch' im blauen Dom,
Aus strahlet es das junge Grün,
Die Sonne läßt es sanft erglühn,
Du, Veilchen, hauchst es mir zurück,
Das traute, süße Frühlingsglück!

---

3. Das Blütenreis.

Der Frühling faßt sich selber stört!
Wo er so eben wird gehört
Als Lerche, Quell und Nachtigall,
Lacht er dem Aug' als Blumenschwall
Und wird als Schlummerluft gefühlt,
Die lind in Busch und Locken wühlt.
Am süßesten wird er entrochen
Dem Blütenreis, das ich gebrochen.

---

4. Wald und Gefild.

Trag' dein beglänztes Angesicht
Zum Wald heraus an's Abendlicht,
So wird dich nach dem Waldentzücken
Ein größeres im Feld beglücken.

Bilderraub.

Oft werd' ich zum Naturberauber;
Von ihr gewann ich manches Bild.
Nur deckt die Sprache ihren Zauber
Vor mir mit unbesiegtem Schild.

Die freie Flur.

Was hat mein Herz mit ihr gemein,
Daß es in freier Flur will seyn
Und daß es gar so viel entbehrt,
Wenn es nicht still mit ihr verkehrt? —
Wenn hier nicht, trifft es anderswo
Die Schönheit, die aus ihm entfloh?

Der goldne Morgen.

Durch das Morgengold
Schallt die Glocke hold
Und zum Schneegebirg sich ballt
Leichter Wolken Duftgestalt.
Mit dem goldnen Thun vermähle
Dich, o Klang und Duft der Seele!

Erläuterung.

Lieder tragen oft Gefallen,
Eignem Klange nachzuhallen
Und in grünen Waldeshallen
Liebt sich ein vervielfacht Schallen.

Anklang.

Ein Anklang treffe nur das Herz,
So nimmt den Weg es himmelwärts;
Klein Glockenklang ist aufgedrungen,
Wie hoch der Hörer sich geschwungen.

Mein Liebesanruf will allein:
Du sollst dich aus dir selbst befrein;
Es sieht den schönern Aufschwung gerne,
Womit du schwebst zur höhern Ferne.

Der überhangende Quell.

Am Klippenufer sieh versengt
Vom Brand der Sonne Blum' und Kraut;
Doch, wo der Quell dort überhängt,
Wird frisches Grün von ihm bethaut. —
So mache mir, o Sangesquell,
Des Lebens Klippen grün und hell!

An den Ostwind.

Du wehst mich, frischer Ostwind, an,
Wie aus der Menschheit schönem Morgen,
Wo ihr die holde Zeit verrann
Noch ohne Tadel, ohne Sorgen.

O wehe nicht so rasch vorbei
Das Nachgefühl der schönen Tage!
Schon macht mein willig Herz sich frei
Von dem Gedächtniß jeder Plage.

Und eine süße Unschuldzeit
Hat in der Brust mir schon begonnen,
Als wäre noch die Freudigkeit
Des Lebensmorgens unzerronnen;

Als lieg' im Schlummer noch das Ich,
Als sey'n Natur und Mensch Ein Ganzes,
Das in dem frischen Wehen sich
Erfreue Eines Schöpfungsglanzes;

Als sey vom frohen eignen Muth
Dein Odem nicht zu unterscheiden,
Als athme rein und immer gut
Der Hauch der Gottheit in uns beiden.

Natur und Menschenfleiß.

Du schöne Erd', in kurzer Frist
Verlaß' ich deine Auen.
Was kann mir's frommen, ob du bist
Gleich herrlich stets zu schauen?

Und doch, uneigennützig bang
Wird mir beim Menschenfleiße,
Daß dir sein wohlgemeinter Zwang
Die Göttlichkeit entreiße.

Ebenmaß.

Wohl wäre hier im Thale Raum
An Berges-, Wald- und Bachessaum,
Zu diesen Wohnungen, den schlichten,
Noch manch ein Häuschen hinzudichten.

Doch nein! ich bin voll Eifersucht
Für meines Thals verborgne Bucht
Und möchte jede Hand verhindern,
Das stille Grün umher zu mindern.

Natur und Mensch im Ebenmaß!
Im trauten Thal hier find' ich das.
Zu viel des menschlichen Gewimmels
Erlaß ihm, holde Gunst des Himmels!

Die Aeolsharfe.

Aeolsharfe, ach, wie du
Weg mir klagst des Herzens Ruh!
Stöhnen will es mit dir, weinen,
Zittern, Lust und Wehmuth einen:

Bald verhauchen still und lind
Alle Schmerzen in den Wind,
Bald sie neu zum Murren steigern,
Ihnen jeden Trost verweigern.

Täuscherin, ach, ohne Herz
Rufst du deinem, meinem Schmerz,
Und dein herzlos Spiel von Trauer
Weckt, Natur, des Herzens Schauer!

Nach dem Scheiden.

Noch wirbelt lind
Sich nach dem Wind
Das Abschiedstuch der Lieben,
Die dort zurückgeblieben.

Zurückgewandt,
Schwenkt Hut und Hand
Ihr Grüße zu. Das Scheiden
Ist noch, ist noch kein Meiden.

Doch jetzt? — ach jetzt
Bin ich versetzt
Aus ihrem Angesichte
Und meinem Lebenslichte!

Die entbehrten Thränen.

Mühsam steig' ich auf
An der Kirchhofmauer;
Kreuz und Stein mit Schauer
Mißt der Blicke Lauf.

Dort nur Einem Grab
Gilt die Gräberspähe,
Das vom Lebenswehe
Mir die Fülle gab. —

Ist dem Leid zu groß
Sechzehnjähr'ge Dauer,
Daß ich von der Mauer
Steige thränenlos?

Wie, o Menschenherz,
Kannst du doch vernarben,
Daß an Thränen darben
Muß einst solch ein Schmerz!

Ernste Mahnung.

O Glocke, dein ehrwürdig Erz
Ist voll von aller Tode Schmerz,
Die dieser Städter Herz durchbebt
Und die ich selber schon erlebt.
Von Sterblichkeit ein ganzer Sturm
Dröhnt mir heran von deinem Thurm!

Der Morgengang.

Die Morgensonne ist entglommen,
Landleute mir entgegenkommen
Auf ihrem Weg zur nahen Stadt.
Ihr Morgengrüßen klingt nicht matt;

Denn Lerche, Luft und Sonne strömen
Lust ihnen ein zum Unternehmen
Und zu des Marktes Kauf und Schlag
Ermuntert sie der junge Tag.

Des frischen Sinnes Ueberfließen,
Darf der Gegrüßte mit genießen.
Drum hat auch mich zur eignen Kraft
Der Gruß der Wackern aufgerafft.

Glockensprache.

Still, Kukuk, schweig' ein wenig still!
Sonntagsgeläut' erschallen will.
Was dies zu meiner Seele spricht,
Erlausch' ich gern; o hindre nicht!

Lenzesnachruf.

Die Frühlingsblumen schwanden schon,
Wie Amselschlag und Kukukston.
Aus Einer auch im Sommer spricht
Der Lenz noch jetzt: Vergißmeinnicht!

Aus dem Landleben.

1. Vor dem Kirchgange.

Das Mädchen zöpft sich; mit der Schere
Tritt sie zum Garten, wählt ein Weilchen,
Eh' sie zurück zur Kammer kehre
Mit dem braunröthesten Gelbveilchen.

Sie steckt es an; fern durch die Scheiben
Sah ich ihr siltsames sich Schmücken;
Nun nach der Reinheit Morgentreiben
Wird auch das Kirchgebet ihr glücken.

2. Ländliche Langeweile.

Dort am Bauernhaus vor Wonne
Gähnt ein Kätzchen in die Sonne!
Mehr, als zwischen städt'schem Tande,
That ich's selbst wohl auf dem Lande;
Doch dies in die Sonne Gähnen
War ein hold sich glücklich Wähnen.

3. Die Bibel in der Hütte.

Es blickt mich hier die Bauernstube
Fast an wie eine düstre Grube;
Die niedre Decke drückt sie schwer;
Ein schwarz Getäfer läuft umher.

Doch möcht' ich ab die Blicke lenken
Von schwarzen Wänden, Tisch und Bänken,
Daß sie die Strahlen geistig sehn,
Die vom Gesims dort niedergehn.

Wird nicht zur Wohnung sanften Schimmers
Die Dürftigkeit des Bauernzimmers,
Wenn dem Bewohner Tempellicht
Aus seinem geist'gen Hausrath bricht?

Dort steht am Sims das Buch der Kunde,
Geoffenbart aus heil'gem Munde.
Wird nicht die arme, düstre Welt
Des Stübchens sanft von ihm erhellt?

—

Auf Wandergängen.

1. Ueberraschung.

Ha! zwischen Dunst- und Nebelzug
Wie wird der Blick mir zur Erhaschung,
Und nun, wie sonnt mir Ueberraschung
Nach alles Dampfs Vorüberflug!

—

2. Morgeneinbruch.

Blank in die Landschaft aufgenommen,
Wie Gottes eigner Hand entglommen,
Glänzt Stadt und Dorf im Frühlicht her.

Lacht solch ein Bild, so zweifle mehr,
Ob nicht in holdem Augenmerke
Gott halte seiner Menschen Werke.

3. Der Bau des Rechts.

Wie manche Burg, wie mancher Dom
Ward weggeschwemmt vom Zeitenstrom!
Hat er die letzten weggerissen,
Was beut der Welt alsdann Ersatz?
Mir graut. Wird sie nicht schmerzlich missen
Den alten, theuern Bilderschatz?
Steht fertig dann der Bau des Rechts
Dafür zur Freude des Geschlechts?

4. Bergesstille.

Du stiller Berg, hast deine Freude
Gern an das Menschen Wort und Ton.
Du trägst den Schall weit durch die Heide
Als Gruß von deinem liebsten Sohn.
Auch meine Stimme laß ich steigen.
Trag ihre Grüße durch dein Schweigen!

5. Waldland.

Wald um das ganze Thal herum,
An Halden und auf Gipfeln
Anhaltenderes Wälderthum,

Nicht Haine nur in Schnipfeln —
Wie zeigt hier, waldbeglückt, mein Muth
Die Abkunft aus german'schem Blut!

6. Zur Entschuldigung.

Berg und Thal kommt nicht zusammen.
Freunde sind nicht zu verdammen,
Wenn sie, regungsvoll geschaffen,
Immer wieder auf sich raffen,

Heut zu schütteln dem die Hand,
Morgen an des andern Wand
Abzustellen ihren Stab,
Eh' sie müssig legt das Grab.

7. Verdrossenheit.

Der Tropfen Zahl, die niederwallen,
Kann in die Augen uns nicht fallen,
Wenn Land und Himmel regengrau
Verschwimmt zu Einer düstern Schau.

So will ich mich umsonst nicht quälen,
Der Erde Leid mir vorzuzählen;
Doch heute scheint von Herzverdruß
Die Welt mir ein Zusammenfluß.

8. Wettergrau.

O liebt euch in den warmen Hütten!
Wo nicht, so kommt zu mir heraus,
Laßt, Menschen, in dem Wettergraus
Von kaltem Regen euch beschütten!

9. Auf der letzten Anhöhe.

Der mir hier vorüberfährt,
Legt den Hemmschuh an das Rad,
Daß nicht Wagen ihm und Pferd
Allzusehr in Schuß gerath'.

Einen Hemmschuh für das Herz,
Sagt, wo such' ich ihn hervor?
Ach, es stürzt hinunterwärts,
Nach dem Wiedersehensthor!

Aus dem Leben.

1. Poesie und Freundschaft.

Hat Freundschaft, hat mich Poesie
In diesem Leben mehr beglückt?
O wißt, das Doppelglück durch sie
Genoß ich immer unzerstückt.

2. Gegendpreis.

Preist eure Gegend meinethalb!
Ich sehe, wenn ich steige, bald
Den Schwarzwald und die Schwabenalb,
Im Fernduft Frankens Odenwald.
Ich denk' herum auf ihren Höh'n
Und fühle deutsch und wohne schön!

3. Der Puppenkram.

O Kind, du fassest mir die Hand
Und ziehst mich froh zu deinem Tand.
Ach! ist's denn Alt und Jung gegeben,
In Einem Puppenkram zu leben?

4. Der Glanz.

Glanz ist Unruh'; frag dein Auge,
Ob er ihm zum Ruhen tauge?
Glänzend Loos, ob nie es quäle,
Frage des Umglänzten Seele!

5. Der Vater.

Ein Vater ist ein Steuermann,
Nur sinnend, auf dem Lebensmeer
Sein junges Schiffsvolk um ihn her
Zu lenken, wie er weiß und kann.

6. O Kinder!

O Kinder! ihr seyd große Fragen,
An Zeit und Ewigkeit gestellt,
Und ach! kein Blatt liegt aufgeschlagen,
Das Loos eröffnend, das euch fällt!
O bleib' euch fern, was euch verkehrt!
Ohn' Ende daure euer Werth!

—

Für das Leben.

1. Lesensweise.

Lies nicht über Stock und Stein,
Kehre lesend in dir ein!
Das Gelesene und du
Rauben sonst sich Werth und Ruh.

2. Falsche Ermuthigung.

Ward Einem Wort Gehör gegeben,
Gewürdigt laut sein innres Leben;
So wird der Geist zu leicht des Muthes,
Als zeug' er immer Schönes, Gutes.
Das gute Wort zur Buß' entschwirrt
Ruhmlos mit dem, worin er irrt.

3. Der Theilnahmlose.

Den Käfer stell' ich auf die Beine,
Der hülflos auf dem Rücken liegt,
Und der Triumph wird mir, der kleine,
Daß er getrost von dannen fliegt.
Doch, wenn ein Mensch im Argen liegt,
Gar gerne meine Trägheit siegt,
Daß ich an ihm vorübergehe,
In nichts beschäftigt um sein Wehe.

4. Der Verletzte.

Der es mit mir nicht wohl gemeint,
Dem Feinde sieh mich neu vereint.
So schnell versöhnlich bin ich nie,
Verletzt in Grundsatz und Partie.

5. Die Vermittler.

Daß die Menschen sich verstehn,
Halt' ich gar nicht stets für nöthig.
Sie vermittelnd anzugehn,
Ist oft Schwäche nur erbötig.

6. Gesetz und Leben.

Beiderseits am Wiesenpfade
Sorgen frische Dornenbogen,
Quer durch's junge Gras gezogen,
Daß der Durchgang dort nicht schade.

Doch wenn ich bei nassem Pfade
Sündige, sie zu umgehen,
Wirst du, Eigenthümer, sehen,
Daß ich dir verdoppelt schade.

Ein Gesetz bleib' ungegeben,
Das umgangen wird vom Leben!

Herbstlaute.

1. Drang des Daseyns.

Der Herbst gestattet keine Weile;
Zu blühn, zu blühen nur in Eile,
Dringt die Zeitlose noch hervor,
Läßt alles grüne Blättertreiben
Im Drang des kurzen Daseyns bleiben,
Sich sputend nur zu nacktem Flor.

2. Die reifende Sonne.

Reif', o heitre Herbstessonne,
(Frucht zu reifen, ist dir Wonne,)
Reif' in mir den gleichen Muth,
Der so noth zum Leben thut!

1837 bis 1839.

Frühlingskummer.

1. Der Ueberbürdete.

Oft fehlt dem armen Menschenkinde
Ein scheinbar unbedeutend Glück.
Ein Zweiglein schwankt im Frühlingswinde,
Ich schau nach ihm mit Harm zurück.

Um was jetzt alle Wesen buhlen,
Es ist der Frühlingslüfte Glück.
Wie schleicht zu dumpfer Arbeit Spulen
Ein Frühlingsherz mit Gram zurück!

2. An die Luft.

Wie find' ich dich so hold bedacht,
O blaue Lenzluft, abzuschütteln
Durch sanftes Laub- und Aesterütteln
Die Tropfen einer Regennacht!
O rüttle goldne Luft nicht nur
An diesen Thränen der Natur!

3. Die Zeit und die Schnecke.

Seit ich in der Laubenecke
Ruhend sitze, ist die Schnecke,
Die am Grashalm dort gekommen,
Meinem Auge lang entkommen.
Ja die Zeit hat hingereicht:
Eine Schneck' ist mir entschlichen;
Doch dieselbe Zeit entweicht,
Ohne daß mein Gram gewichen.

4. Die Biene.

Die Biene trifft des Frühlings Töne;
Ein Sumsen, halb wie Schmerzgestöhne
Und halb wie Lust,
Schwellt ihre Flügel oder Brust.

5. Die ruhende Wolke.

Donnerwolke, die gerollt
Und nun ausruht glänzend hold,
Die so abendruhig schweigt,
Sich dem Kukuk horchend neigt
Ueber grüner Wälder Kern,
Kaum erst angestürmt von fern,
Lehrt mich nicht dein stilles Thun,
Sanft von Schmerzen auszuruhn?

Frühlingsandacht.

1. Morgenerhebung.

Tausend Blumen schau'n wie Eine
Selig nach dem Morgenscheine.
Kannst du, blick empor, wie diese
Blumenfromme Morgenwiese!

---

2. Zur Zeit der Kirschenblüte.

Die Luft ist süß von Kirschenblüte;
Die Biene tönt, im Strom der Güte
Ausspannend ihres Dankes Saite.
O Schöpfungsgüt' im Dankgeleite
Der überfrohen Creatur,
Wie heiligst du die Frühlingsflur!

---

3. Die Falterstunde.

Mittag kam, die Falterstunde,
Die ich gerne mag verbringen
Mit des Waldes Schmetterlingen,
Lauschend stiller Sonnenkunde.

Du nur kennst dann die Gefühle,
Wie ich für die Lebenswärme,
Für die Schöpfung um mich schwärme,
Andachtstille Sonnenschwüle!

---

4. Ewiger Friede?

Die ganze Luft ein Bienensang!
War je ein Menschenkrieg im Schwang?
Hat je von Noth das Land erdröhnt?
Seit wann ist denn die Welt versöhnt?
Stellt sich in diesem Bienenchor
Der Einzug ew'gen Friedens vor?

---

5. Ein todter Vogel.

Ein todter Vogel! Blumen sehn
Mild auf des Leichnames Vergehn,
Sanftherzig ihrer Würze Duft
Vergeudend in die Todtenluft.

Wie wenden wir entsetzt uns ab
Von Tod, Verwesungsduft und Grab!
Die reine Blume hier hält aus,
Versüßet des Verderbens Graus.

Sie stammt aus einem schönern Land,
Wo Tod, Verwesung ist verbannt.
Drum sieht sie dem Verhängniß zu,
Ein Pfand der Zukunft, voller Ruh'.

Aus der Frühlingszeit.

1. Die Waldthäler.

Der Wind und die Würzen
Waldblumiger Thäler
Die Zeit mir verkürzen
Als holde Erzähler,
Wie himmlische Freude
Der Frühling vergeude.

2. Pfingstzeit.

O süße blumenreiche Pracht
Der holden Pfingsten,
Die schauensfroh und glücklich macht
Auch den Geringsten!

3. Blumenantwort.

Blume, was äugelst du so?
Blume, wie hebst du dich froh!
„Lauschen darf ich dem Tanz der Libellen
Ueber den Wassern, den funkelnden, hellen
Und der Musik der umwaldeten Wellen."

4. Waldrufe.

Wenn der Kukuk nicht riefe
Und die Amsel dazu,
So glaub' ich, es schliefe
Manch Blümchen in Ruh.

Weil der Kufuk euch wecket
Und die Amfel euch ruft,
Maiglocken, bedecket
Ihr Waldung und Kluft!

5. Leichter Sinn.

Schmetterling, nun gibt's zu lofen
Mit des Waldes offnen Rofen,
Zum Genießen Seim und Duft,
Zum Entflattern blaue Luft!

6. Die grüne Mücke.

Neuer Waldeszeitvertreib!
Grüne Mück', an deinem Leib
Schmelzten in einander hold
Waldesgrün und Sonnengold.

7. Selbstgefälligkeit.

O Böglein, wie haft
Du gezwitschert vom Aft!
Nun tret' ich herzu
Und du schweigeft im Nu.

Fragzeichen nun ganz
Von dem Schnabel zum Schwanz,
Befichft du mich hold,
Ob ich Beifall gezollt?

8. Im Einschlummern.

Hier am Bächlein im Gehölz
Kühlt die Hummel sich den Pelz;
Denn die Blumen, bunt und weiß,
Glühten draußen sommerheiß.

Welch ein schattig Trinkgemach
Beut dieß wilde Rosenbach,
Und wie stimmt dies Wässerlein
Mit der Hummel Summlust ein!

Schatten, Frische, Seim dazu
Schlürft die Frohe hier in Ruh,
Und indem sie sumsend nascht,
Süßer Schlaf mich überrascht.

---

9. Regenduft.

Der Regen wird kühner,
Das Grüne noch grüner.
Des Frühlings und des Regens Bund
Macht im Gefilde sanft sich kund
Durch süßen Duft aus Blumenmund.

---

10. Die Blumen am Teiche.

Wenn die süßen Blumen wachsen,
All das farbenbunte Heer,
Um ihr kleines Lebensmeer,

Selbst die Frösche froh loaren
Und ein Zug von Harmonie
Der Natur ergreift auch sie.

Der Frühlingsdichter.

1. Frühlingsstimmung.

Draußen bei Waldanemonen,
Schlüsselblumen, möcht' ich wohnen.
Unter einem Hüttenbach
Schlüge mich die Amsel wach,
Nährte meinen Lebenshauch
Süßer Duft vom Blütenstrauch;
Meinen Lebenstraum umgäben
Vogelsang und Pflanzenleben.

Auch aus meinem Liebe tauchte,
Was mir sänge, mich umhauchte,
Und ein Freund bemerkte nicht,
Daß er blick' in ein Gedicht;
Athmen würd' er Blütenduft,
Horchen dem Gesang der Luft,
Dürft' ich unter Primeln wohnen,
Unter Waldesanemonen.

---

2. Thun und Nichtsthun.

Die Müßigkeit mit weichen Schwingen
Tanzt vor mir her in Schmetterlingen.
Es sumsen mir beladne Bienen,
Eintragen mög' ich frisch mit ihnen.

Bei Schmetterlingesmüßiggang
Und Bienenfleiß, am Wiesenhang,
Erträum' ich diese Lieder nun
In halbem Nichtsthun, halbem Thun.

3. Der gewünschte Leser.

Du Gesunder, sei ein Gänger
Selbst durch Berg und Wald und Gegend.
Selber wanderfroh, nicht länger
Immer nur des Lesens pflegend!

Wirst du krank, dann magst du lesen
Meine lust'gen Schilderungen;
Wirf hinweg, wenn du genesen,
Was zu schwach sie angeklungen!

4. Der Fernesichtige.

Ein Fernesicht'ger table nur
Euch Bilder aus der nächsten Flur.
Vielleicht, daß er euch Duldung gönnte,
Wenn er in's Nahe sehen könnte.

Die schnelle Lust.

Wind berausche dich im Schweifen
Von geraubtem Rosenduft;
Doch schon Rosen abzustreifen,
Zögre, liebe Frühlingsluft!

Wiederholter Eindruck.

O Deutschland, welch ein süßer Abend
Senkt sich auf deine Schönheit labend!
Mir ist, als müßt' ich singen,
Den Stock vor Jubel schwingen!

Doch dein Geschick auch diesen Abend,
Wie immer, vor der Seele habend, —
Den Arm wohl muß ich neigen,
Zur Erde sehn und schweigen.

Die Klosterglocken.

Dies Läuten klang vordem für Nonnen.
Was haben sie, die Welt gewonnen,
Die ihnen spät den Pilgerstab
Nach der entwöhnten Freiheit gab? —

Ein frohes Böglein, früh gefangen,
War heimisch hinter Eisenstangen;
Was soll mit ihm der grüne Wald,
Der ihm geworden leer und kalt?

O Glockenlaut, vor diesen Zeiten
Verliehst du Trost bei Herzensstreiten!
Die Klosterherzen sind entflohn;
Wem schallet nun dein Sehnsuchtston?

Was kann Geschäftigen, Zerstreuten
Der tiefe Klang noch jetzt bedeuten?
Was Wunder, wenn er selbst verwirrt
Hinaus in öde Freiheit irrt!

Die höchste Wohlthat.

Die höchste Wohlthat ist Erlösen,
Gottwürdig, wem vor Allem nöthig,
Als dir, dem schwer verstrickten Bösen!
Drum sei dazu, sei nicht erbötig,
Spott' oder wehre deinem Spott,
Erlösung sinnt dir dennoch Gott!

Dankbarkeit.

Der Gutsherr für den Feldgewinn
Dankt etwa Gott? ich zweifle fast,
Trotz seiner Garben Zahl und Last;
Gott dankt — die Aehrenleserin.

Männliche Gesinnung.

Wirf dein Leben in den Wind,
Wenn dein Grundsatz dann gewinnt!
Statt den Grundsatz aufzugeben,
Gib noch eher auf dein Leben!
Dir am Grabe sagt man dann,
Und nur dann: hier liegt ein Mann!

Einfaches Treiben.

Sei reich und schleppe dich
Mit Allerweltsanliegen;

Sei arm und dürfe dich
Nur der Natur anschmiegen;
So bürgt die Armuth dir
Für mehr der Lebensfreuden,
Als Reichthum sichert dir
Bei allem Goldvergeuden!

In nächtlicher Stunde.

Frisch bläst ein Postillon zum Trab
Der nachtumgebnen Pferde.
Der Todtengräber gräbt ein Grab
In nächtlich thauige Erde.

Der Wächter horch! im Städtchen ruft
Mit frommem Sprüchlein die Stunde;
Der Todtengräber sieht die Gruft
Bald fertig kühl in dem Grunde.

Die Mühle klappert hinaus in die Nacht,
Den Ton verstärket die Klare;
Die Sterne sehn Quartier gemacht
Der morgen kommenden Bahre.

Bald tagt es; immer lauter durchlärmt
Die Luft der menschliche Wille.
Du Todter! wo indeß durchschwärmt
Dein Geist die ewige Stille?

Erinnerung.

Rauscht ihr Bäume etwa mir
Hoffnung mit bewegten Zweigen?
Nein, das Herz will niedersteigen:
Nur Erinnrung rauschet mir!

Abschied.

Ach, beim Wanderabschied steht
Still beiseit der Tod,
Der den Augenblick erspäht
Und uns Freunden droht,
Daß er fasse Eines Hand
Und ihn führ' in's dunkle Land.

Wie wir uns die Hand gedrückt
Und geküßt den Mund,
Hat ein Blick von ihm gezückt
In der Herzen Grund,
Daß wir aus einander gehn,
Wund und bang um's Wiedersehn.

An eine Mutter.

O Mutter, du hast schön geliebt;
Dies zeigt dein frischer Töchterkranz.
Die Schönheit welket und zerstiebt,
Erlöschen will dein eigner Glanz;

Doch nicht nur die Erinnerung,
Der Anblick dir zu lächeln gibt:
Du warst beseligt, wareft jung:
O Mutter, du haft schön geliebt!

Vom Lande.

1. Der Pfarrhausgarten.

Je länger blühn, Je lieber hier
Im ländlich trauten Pfarrhausgarten,
Auch duftverbreitende Gelbveilchen,
Und Apfelbäumchen im Spalier.
Schon sitz' ich da ein ganzes Weilchen;
Doch ich gefalle mir im Warten
Je länger nur, je lieber hier.

2. Das Blumenbret.

Wie wohl dir deine Luft geräth,
Levkojen, Nelken auf dem Bret,
Selbst balsamlose Balsaminen
Durch Farbenherrlichkeit dir dienen.

O Landmann, sieh hier einen Mann,
Den nichts so sehr erfreuen kann,
Als wenn geplagten Arbeitsleuten
Sich reine Luft gibt auszubeuten.

3. Wild und mild.

Wie mild und wild! die Apfelbäume
Des Dorfs bei düstrem Fels und Wald!
Raubvögelschrei die blauen Räume
Mit frohem Lerchensang durchschallt.

Am Wasserfall, der tosend rauscht,
Der Falter schwebt, die Blume lauscht.
Ich zweifle, soll ich an dem Bilde
Die Wildheit lieben oder Milde.

4. Abwechslung.

Von Abwechslung lieb' ich diese:
Wald entweder oder Wiese.

5. Das gestörte Eden.

Steinbrecher, Holzhacker
Entpochen euch wacker
Mit Axt und mit Schlegel
Dem Glauben, o Vögel,
Als ob ihr im Wald
Ein Eden durchschallt!

Doch ist ja euch Lieben
Das Eden geblieben
Im Grunde der Seele.
Drum hegt in der Kehle
Und schwellenden Brust
Nur himmlische Lust!

6. Die zwei Farben.

Ich denk' an Lieb' und Rosen
Beim Roth der Frühlingsrosen,
Und bei des Flachses Bläue
An Hauswirthschaft und Treue.
Sie so beisammen hier zu sehn,
Macht, daß ich freundlich bleibe stehn.

7. Die flinke Dirne.

Wann bei der Heumahd Sonnenbrand
Der flinken Dirne milde Hand
Das Blumengras zerstreuet,
Das man zuvor geheuet,
So freut die sanfte Hand mich doch
Für's Gras in seinem Sterben noch.

8. Das verlorene Frühstück.

Frühstücken fliegt nach kurzer Nacht
Die Hummel froh zur Wiesenpracht.
O Himmel! Die ist abgemäht!
Und der Verstand ihr stille steht.
Theilnehmend hör' ich um und um
Ach! ihr Verlegenheitsgebrumm.

9. Schläfrigkeit.

Woher auf meine Rast
Sich senkt so schnelle Last?
Das Gras durchschweigen Falter,
Durchsumset Bienenpsalter.

Die Luft ist licht; es streicht
Der Hauch des Windes leicht;
Wie schwebt der Geist der Düfte
Gewichtlos durch die Lüfte!

Du, Schlaf, nur schleichst herbei
Mit unsichtbarem Blei
Und drückst mir Aug' und Glieder
In beine Schatten nieber!

10. Feldschrecken.

Wie Has' und Lerche sich erschrecken,
Zu Flug und Seitensprung sich weckten,
Dies hab' ich heut' mit angesehn
Und mußt' in Aehrengrün und Hecken
Ob diesem panischen Erschrecken
Ein Weilchen lachend stille stehn.

11. Traulichkeit.

Die Aehren sind schon traulich;
Denn wenn ich still beschaulich
So durch die Aecker schlendre hin,

So fassen sie mich sanft an's Kinn;
Auch mir ist dann fürwahr zu Muth,
Als sei ich ihnen herzlich gut.

12. Dorf und Feld.

Draußen an dem letzten Haus
Blick' ich froh in's Feld hinaus,
Blick' ich froh in's Dorf zurück,
Wählend zwischen Beider Glück,
Und zufrieden ganz gestellt
Durch den Bund von Dorf und Feld.

Verschiedenes Thun.

Vor der Aussicht tief in's grüne Thal
Tanzt ein Mückenschwarm im letzten Strahl;
Doch der Käfer läuft schon nach dem Stein,
Sich zu bergen, satt von Sonnenschein.
Beiden nick' ich meinen Beifall zu:
Süßer Schwärmerei, verständ'ger Ruh.

Virtuosität.

Sey Virtuos!
Ein selig Loos!
Doch daß ein Paganini zeige
Im Lande sich zu jeder Geige,

Verlangt die Kunst des Klanges nicht,
Und zu der Pracht
Gestirnter Nacht
Gehört viel kleiner Sterne Licht.

—

An Eduard Mörike.

Mit meinen Gedichten.

Ob dir es ungesehen bliebe,
Mein Auge blickt dir Gegenliebe,
Dem Dichter, Spender süßer Lieder.
Auch blicke ich nicht schüchtern nieder,
Entgegenreichend, was ich habe.
Dein Herz versteht die Herzensgabe.

Sommerbilder, Sommerlaute.

1. Sonnenglanz.

Wie das Bächlein die Steine durchrauschet!
Oft schon hab' ich den Platz hier getauschet,
Immer vertreibst du mich Sonne,
Herrin der Wonne!

Jagst den Schatten hinweg aus der Erle,
Wo ich lauschte dem Wassergeperle
Und mir die Tropfen entbrannten
Gleich Diamanten.

Mittagsherrin, so sieh mich entweichen
In das bergende Dickicht der Eichen!
Freu' sich hier glitzernder Helle
Nur die Libelle!

2. Verschiedene Wonne.

O Sommertag, verschiedne Wonnen
Gibst du dem kalten, warmen Blut.
Die Schlange läßt du mild sich sonnen,
Verleihest Schatten meiner Glut!

3. Schwüle.

Welch ein Gewölle von Staub
Seh' ich, beschattet von Laub,
Drüben die Straße umruhn!
Traben die Pferde vorbei,
Decket doch Schlummer, wie Blei,
Kutscher und Reisende nun.

Selber im Wagen das Paar
Liebender hielt sich nicht klar,
Nicket Gesicht an Gesicht.
Pferde, die Bremse allein
Hält euch im Trabe durch Pein,
Unter der Schwüle Gewicht!

4. Der traurige Kukuk.

Ein einzeln trauriges Kuku!
Durchtönt die tiefe Wälderruh;
Die Luft ist von Gewittern schwül,
Kein Lied beseelt mich, kein Gefühl!
O Kukuk nimm die Antwort hin,
Daß ich, wie du, so traurig bin!

Liebhaberei.

Ich liebe sehr die reinste Luft;
Doch alter Bibliothekenduft,
Verschwistert mit der Vorzeit Kunst,
Dann eines düstern Kreuzgangs Moder,
An alten Glauben mahnend, oder
Ein sumpf= und schilfentstiegner Dunst,
Als Anhauch alternder Natur,
Ersetzt mir viel Arom der Flur.

Sicherung.

Geranium, Basilikum
Steht an des Bauern Sims herum;
Vor seinem Fenster sind Narzissen
Und Tulipanen nicht zu missen.

So bringt er sich in Sicherheit
Des Schönen etwas, das ihn freut.
Die andern Blumen muß er mähen
Und sie die Rinder fressen sehen.

Auf der Wanderschaft.

1. Ungewisser Ausgang.

Der Nebel weicht, der Nebel weht,
Die Sonnenscheib' erscheint, vergeht.
Es ist am Himmel großer Streit,
Deß Ausgang schwer sich prophezeit;
Der Wandrer sich darin gefällt,
Als Späher einer höhern Welt.

2. Beruhigung.

Schwarzer Wetterwolken schwere Masse
Hängt mit lautem Donner ob der Straße;
Blitze nur und weiße Birken leuchten
Aus der Waldnacht mir hervor, der feuchten.

Vieles fehlt des Herzens Gleichgewichte,
Wenn den Blick ich in das Wetter richte
Und allein des Pfades rothe Schnecke
Mahnt mich schleichend, daß sie nichts erschrecke.

3. Im Anhalten.

Tauben schnäbeln dort am Schlage.
Anblick liebesüßer Rast!
Ach, warum nur ich mich trage
Mit so heimathloser Hast?

4. Das Kindheitsland.

Scheint dir ein Ort zu öd und leer,
So nah' dich ihm von ferne her
Und laß dir, wie beim Wiedersehn,
Als traute Heimath ihn erstehn.

Denk dir: es sind die Fluren dies,
Die ich als Knabe längst verließ;
Zum Kindheitsland der Ort dir werde,
So borgt er jeden Reiz der Erde.

Kindesleid.

Weinst du? — Weine, kleines Kind,
In den Lenz hinaus geschwind!
Schöne Kunst, sich auszuweinen,
Herz und Augen neu zu klären
Für der Sonne süßes Scheinen!
Ach! du wirst sie bald entbehren.

Das feste Herz.

Waldeinsam bin ich; einsam war
Auch der einst, welcher scharf und klar
Den Namen seines Mädchens mitten
In's Glatt der Buche eingeschnitten.

Mein Herz ist ruhig; war auch so
Der Treue, der zum Walde floh,

Das Wort des Glücks hier einzuschreiben,
Das er gezwungen war, zu meiden?

Solch einen tiefen Namensschnitt,
Ich fühl' ihn, du Getreuer, mit.
Wie in den Baum, vor dem ich stehe,
Kerbst du in mich noch heut' dein Wehe.

Doch, laß mich wieder ruhig seyn!
Der Schnitt hier blieb so klar und rein;
Den hat ein festes Herz geleitet,
Der dieses Denkmal hat bereitet.

Aus den Bergen.

1. Am Saume des Waldes.

So lieg' ich gern auf grüner Erde,
Daß senkrecht ob mir sichtbar werde
Der Wolken Zug, der Tannen Wipfel,
Von unten auf gesehn die Gipfel;

So ruh' ich gern nach heißem Wallen,
Ob mir mit eingezognen Krallen
Ein Habicht, breitend seine Schwingen,
Durch die des Lichtblaus Schimmer bringen;

So pochen stiller meine Adern;
Vergessen ist der Menschen Hadern;
Schweb' auch der Mörder in den Lüften,
Nur Ruh' und Friede mich umdüften!

2. Wald und Höfe.

Der Mensch gesteht hier unverhohlen,
Hier wohn' er gern. Der Knaben Johlen
Durch Tannenwald
Und Wies' erschallt.

Er hat hier seines Bleibens Stätten
In Dörfern weder, noch in Städten.
Wir sehn Natur
Und Höfe nur.

Da fühlt der Mensch, im Freien sey er,
Wie Tann' und Bach, noch selbst ein Freier,
Ein Kind der Flur
Und Waldnatur.

Da lebt noch Altgermaniens Sitte:
Da, dort ein Hof in Waldesmitte!
Nach Lust ein Dach
Am Tannenbach!

---

3. Der Urwald.

Was für ein Anblick mir sich bot
Im Urwald hier! Die Tannen todt,
Das starke, riesige Geschlecht
Erstickt von wildem Moosgeflecht
Und selbst die Moose meist erstorben,
Die dieser Aeste Pracht verdorben!

Ein Tod, der stehend überragt
Den Tod, vor dem die Thierwelt zagt:
Der kaum das Lebensbild verletzt,
Die Todten selbst zum Denkmal setzt,
Der üppig wuchernd wird umgeben
Von Beeren und von Kräuterleben.

O Todtenwald, der Himmel mag
Dich schirmen bis zum fernsten Tag,
Und Heidelbeern und Farrenkraut
Durchgrünen immer dich so traut!
Am grünen soll die Axt sich messen,
Des todten Tannenforsts vergessen!

Die Fensterruine.

Ein Kreuzstock ragt von Stein
Hoch an der Schloßruin'
Und Wolken sehn herein
Ernst im Vorüberziehn.

Der Pfeiler in der Luft
Steht längst entfensiert da;
Den birgt die Klostergruft,
Der dort vom Felsen sah.

Die Treppen lange schon,
Um dort herabzuspähn,
Zerbrachen. Wie zum Hohn
Blieb dies Gesimse stehn,

Das mit dem Fittig streift
Der grimme Mauerfall
Und wild der Wind umpfeift,
Ein bösgelaunter Schall.

Dort auch der Ritter stand,
Gleich übel einst gelaunt,
Und hat beim Blick in's Land
Manch Wort des Fluchs geraunt.

Am Abgrund hat er vorn
Das Nest hier angehängt,
Von wo mit seinem Zorn
Die Gegend er bedrängt.

Auch heute friedenssatt,
Erdenkt er einen Feind,
Und sinnt auf Zeit und Statt,
Die recht zum Schlage scheint.

Doch — das Gewölk' entfloh.
Wie funkelt hinter dir
Das Blaue licht und froh,
Altdeutsche Fensterzier!

Es lehnt, in Minnesang
Vertieft der Ritter dort
Und späht nach Bild und Klang
Im Sprach- und Liebeshort.

Wo blieb ein Bild des Grimms?
Hoch bechert ob der Au
Ein Edler nun am Sims
Und minnet Kind und Frau. —

So wechselt Bild auf Bild,
Das mir dein Nahme beut,
Daß diese Waldburg wild
Zum Wohnhaus sich erneut.

Doch — eitles Menschenthun
Hat dort dich aufgebaut,
Daß Luft und Leere nun
Aus dir herniederschaut.

Du Luginsland, für wen?
Du Fenster ohne Blick,
Die Bildnerei'n vergehn,
Entführt vom Weltgeschick!

Aus der Gegend des Bodensees.

1. Das alte Kloster. [1]

Rundbogenstyl ist noch zu sehn
Am Klosterthurme. Bleibe stehn
Und bau' des Christenthumes Glück
In jene Vorzeit dir zurück,
Wo in Germaniens wildem Wald
Zuerst der Lichtung Axt erschallt.
Was macht dort Alles nun so licht?
Die Waldaxt ist allein es nicht.
Ein neuer Geist erscheint so mild
Aus dieser Bauten edlem Bild;

[1] Eindruck vom Kloster Reichenau.

Dann von des Klosters Anbeginn
Blick' auf das Reich der Bildung hin,
Das aus dem feinen Klosterbau
Hinaustrat weit in Wald und Au!
Verneine, wenn du kannst, die Kraft,
Die also weltbezwingend schafft!

2. Hohentwiel.

Zerstörung haust hier; mag sie hausen
In Staatsgefangner engen Klausen!
Ich grüß' als Freiheit sie und Licht,
Wenn sie in solche Mauern bricht.

Aus der Natur.

1. Der Allbelebende.

Es lebt zu andrer Leben Speise
Der Wurm allein,
Und doch auf seine Lebensreise
Ward Lust und Pein
Auch ihm vom Schöpfer mitgegeben.
Gott wird nicht fertig, zu beleben.

2. Naturverschwendung.

Die Puppe hier in Einem Schluck
Fährt durch des Vogels Kehle
Und es genügt am kleinsten Zuck,
Daß er ihr Leben stehle.

Und wie viel wunderbare Kraft
War vorher zugerüstet,
Eh' sich in selbstgewählter Haft
Die Raup' als Puppe brüstet.

Natur, du Kunstverschwenderin,
Wie weit ist dein Gewissen!
Dem jähsten Tode zum Gewinn
Zeigst du dich kunstbeflissen!

3. Wahrnehmung.

Waldgräser schmiegen sich dem Wind
Gar leis' und lind;
Das Waldlaub mit erhobnem Rauschen
Gibt mehr zu lauschen.

Im brausenden Entgegenstreben,
Im Gräserbeben,
Dem Wink der Schönheit immer nur
Folgt die Natur!

Im Spätjahre.

1. Im Nebel.

Der Nebel träufelt von den Bäumen,
Die sich mit Sonnengold besäumen.
Ein blauer Herbsttag droben will,
Die Welt soll heute lächeln still.

Denn, welches Auge lächelt nicht,
Wenn Nebel sinken muß dem Licht!

2. Die blumenlose Zeit.

Kornnelken schon und Ackerschnallen
War das Gefilde heimgefallen;
Bald war die Zeitlos' an der Reih'
Und dann das Blumenreich vorbei.
Nun, Jahrszeit, nach des Himmels Loose
Zürnst du als wilde, blumenlose!

3. Der Novembertag.

Kaum scheint noch grüngelb eine Weide
Da, dort in kargem Blätterkleide
Aus dieses Tags Novembergrau:
Dort recht schon eine arme Frau
Ein Bündel dürres Laub zusammen;
Matt sind verglüht der Sonne Flammen.
Ich spüre, was es auf sich hat:
Das Grüne dürr, das Leben matt!

1840.

An die Natur.

Ist ach! fruchtlos dien' ich nur
Schnödem Menschenvolk; schon lange
Ward ich fremd dir, o Natur,
Und es wird mir ernsthaft bange,
Ob ich fürder bin der Deine.

Bin ich's nicht mehr, o dann weine
Ob dem Zwiespalt still mein Herz!
Oder gönnst du mir die Laute,
Die dir klang in Leid und Schmerz,
So erweck' sie neu, o Traute!

Der Blumenwest.

Hielte Gram nach Winterart
Mir im Herzen annoch fest?
Und der Eis- und Schneewind ward
Schon zum süßen Blumenwest?

Zur Zeit der Blüten.

Nicht das Welken macht dir Angst,
Herz! es ist ja Alterns Zeit;
Nur der Blüten Herrlichkeit
Siehst du still bewegt und bangst.

Da du gern dann wieder prangst
Auch im alten Liederschmuck,
So befällt dich still der Druck,
Ob du nicht zu viel verlangst.

Gott und Natur.

1. Heiliges Grauen.

Was rührt sich auf des Himmels Bahnen
Und tritt mir nah mit stillem Mahnen?
Es ist mein Geist auf heil'ger Lauer.
O Morgenwind! sind's deine Schauer,
Vor denen kaum mein Sinn besteht?
Ist's Gott, der seine Welt durchgeht?

2. Die Blume.

Sie achten Gott nicht und Natur.
Ich lieb', o Blümchen in der Flur,
Ein Wesen nur, das Gottes ist,
Und glaube, Blume, daß du's bist.

3. Waldeinsamkeit.

Waldeinsamkeit,
Ich bin bereit,
Bei deinem wilden Vogelrufe
Hinabzusteigen eine Stufe
In's Leben grünender Natur.
Laß mich's mitleben heute nur
Recht unzerstreut,
Waldeinsamkeit!

4. In Wind und Wald.

Wie? ist's nicht Wind und Wald zu gönnen,
Daß sie einander rufen können?
Nur seelenlos und ohne Sinn
Stürb' ihre Wechselstimme hin?
Spricht Gott vielleicht in diesem Rauschen,
Sich ewig selbst nur zu belauschen?

O Gottheit, die in diesem Sausen
Des Forsts die Seele will umbrausen,
Seh' immer dieses Ich verwischt,
Wenn nur in's große All gemischt!
In solchem Laut mit hinzusterben,
Ach, ist's nicht seliges Verderben?

Doch dieses Ich, es bleibt gerettet,
Ruht ewig sicher eingebettet.
Wie aber diesseits meinen Geist
Ein Traum oft in das All entreißt, .

So werd' ich auch in ew'gen Räumen
Noch oft in's All hinüberträumen.

—

Erdenleid.

Ach Erde, hier in deinem Gras
Sieh einsam mich dahingestreckt!
Ist's deine Näh'? ich weiß nicht, was
Das ganze Erdenleid mir weckt.
Mein Himmlisches herniederthaut
Als Thrän' und Wehmuth in dein Kraut
Und, wie er wäre gern enthoben,
Mein Geist versagt den Flug nach oben.

— —

Wunsch.

Erlen, Weiden
Wehn im Wind,
Seufzen, wie im Ton von Leiden,
Langsam bald und bald geschwind.

Könnt' ich diese Töne haschen,
Tragen in mein stummes Herz,
In mein Zürnen diese raschen,
Stöhnende in meinen Schmerz!

———

Gegendeindruck.

Mit manchem Thurm, als lichtem Punkt,
Das grünende Gelände prunkt.

Doch Seufzer schatten drüber her:
Das Land ist meiner Lieben leer;
Verstorben sind sie, weggezogen,
Des Landes Glanz ist mir entflogen!

Frühling und Kindheit.

Wenn Blüten jung dem Busch entschlüpfen
Und Lämmer um die Mütter hüpfen,
Der Gänschen gelbes Flaumenkleid
Noch zum Gefieder nicht gedeiht;

Wenn Veilchendüft' in Kinderhauchen
Aus grünenden Verstecken tauchen
Und Winde sich noch kindlich blähn,
Hold prahlerisch durch Blüten wehn,

Und wenn dem Kukuk will gefallen
Den ganzen Tag sein kindisch Schallen,
Wird mir ein Seufzer schon zum Glück
In's frohe Kindheitsland zurück.

Frühlingslaute, Frühlingsbilder.

1. Frühlingslieder.

Frühlingslieder! sind sie neu?
Frage lieber: sind sie jung?
Frag' den Frühling, ob er freu'
Unser Herz durch Neuerung?
Immer will er nur am Alten,
Am verjüngten Schönen halten.

---

2. Der Zusammenlaut.

Was Stimme hat, das stimmt sie an
An diesem Frühlingstag.
Die Lerche singt sich himmelan
Aus frohem Wachtelschlag.

Und Nachts! wie kurze Zeit nur schläft
Der Kukuk ohne Schall?
Und wann im süßen Dunkel träßt
Ihr still die Nachtigall?

Wenn jeder Sinn herbei uns trägt
Die Gaben seiner Lust,
Sagt, wo sie uns zusammenschlägt,
Als in dem Laut der Brust?

3. Frühlingsübersicht.

O fühlet, wie die Freude wächst!
Noch tanzt der Schmetterling, zunächst
Den stillen Blumen, schweigend;
Die Lerch' hingegen, steigend,
Gewinnt des Frühlings Uebersicht
Und weiß des Jubels Ende nicht.

4. Der weiße Mond.

Der weiße Mond am Himmel steht,
Dem tageshellen, blauen,
Gleich einem Wölkchen, das vergeht,
Den Maientag zu schauen.

Nicht will das Wölkchen, das vergeht,
Daß man es viel beachte,
Und bleich der Mond am Himmel steht,
Nur, daß er selbst betrachte.

5. Blumentraum.

Die Schmetterling und Bien' umschwebt,
Der Thau beglänzt, der Regen füllt,
Das Taglicht färbt, die Nacht verhüllt,
Wie süßen Traum ihr Blumen lebt!

6. Lebensmischung.

Aus dem Wasserklar, dem frischen,
Sieht der Mai das Fischlein springen
Und der Vogel nun bei Fischen
Netzt die fluggewohnten Schwingen.

Alles Leben will sich mischen,
Glanz und Farb' entgegenbringen
Und der Wohlgeruch dazwischen
Mit dem Wohllaut sich verschlingen.

7. In's Ferne?

Wenn hier dich im Walde
Und drüben im Garten
An dörflicher Halde
Maiblumen erwarten,

Syringen und Sterne,
Was treibst du in's Ferne?
O schlürf' erst die Düfte
Umgebender Lüfte!

---

8. Ihne desgleichen!

Ich schlummert' im Grase;
Herauf mir zur Nase
Ragt' eine der duftigsten
Blumen am luftigsten,
Schattigsten Ort.
Wie haucht' ich in fröhlichen
Träumen den seligen
Wohlgeruch dort!
Wie summten die lüsternden
Bienen in flüsternden
Tönen sofort!
In Blumen die Nase,
O schlummer' im Grase!

---

9. Zerstreuung.

Seit Geisblatt und Jasmin
Sich um die Laube ziehn
Und draußen Rosen blühn
In frischem Grasesgrün;
Seit all der würz'ge Duft
Durchdrang die Sonnenluft,

Thut zwar mein Aug', als wollt' es lesen;
Der Geist, umringt von holdem Wesen,
Schwärmt aber, wie im andern Leben
Und du, o Buch, bist aufgegeben!

10. **Die Farben des Traums.**

Azurne Falter, goldne Käfer,
Ein Busch von jungerblühten Rosen!
Nimm ihre Farben mit, o Schäfer,
In deines Traumes stilles Kosen!

11. **Zwischen Rosenhecken.**

Nun die Hecken Rosen tragen,
Duft und Roth entblüht den Hagen,
Macht die Welt zum Garten sich
Und zum Herrn des Gartens mich.

12. **Regenverkündigung.**

Ein Böglein rufet: schütt! schütt! schütt!
Den Regen kündend. Haus und Hütt'
Sind weit entfernt;
Allein es lernt
Im Mai so frohen Sinn der Geist,
Daß er auf grünen Waldeswegen
Sich gerne hingiebt auch dem Regen,
Wie einem Freund, der mit ihm reist.

13. Die Landschaft im Regen.

Der Schönheit Sieg fast mehr gelingt
Dem Reiz, der durch den Regen bringt,
Als wenn die Landschaft wunderhold
Ergrünt in blauem Sonnengold.

14. Der Wachtelkönig.

Kaum bebt das erste Sterngefunkel
Durch das durchwürzte Frühlingsdunkel,
So krächzt mir durch die stille Ruh
Der Wachtelkönig fröhlich zu,
Daß, wie der Tag der Au entschlüpft,
Noch muntres Leben nächtlich hüpft.

15. Blumennacht.

O schnelles Vermissen!
Daß Tulpen, Syringen,
Jacinthen, Narzissen
Den Mai nicht verbringen
Im grünenden Garten,
Mit ihnen zu wellen,
Nicht Rosen erwarten
Und Lilien und Nelken!
Nicht alle zusammen
Mit Duft und mit Farben
Zur Lust uns entflammen
Und Veilchen schon starben!

O rasches Erleben
Und schnelleres Missen,
Was Frühling gegeben,
Vom Frühling entrissen!

——— —

Ueberfließende Liebe.

Schmetterling und Blumenlichter
Färben Busch und Wiese bunt
Und nur fröhliche Gesichter
Geben sich im Dorfe kund.

O Gesichter, seid dem Frohen
Alle brüderlich gegrüßt!
Sey, o Rose, statt des hohen
Weltenrundes mir geküßt!

· · — —

Sehnsucht nach der Ferne.

Des blauen Himmels eine Menge
Liegt zwischen fern und nah
Und sanft erblaut das Farbgemenge,
Je weiter hin ich sah.

Weil so sich himmlische Verklärung
Dem Fernblick mischet bei,
So fühlt das Herz bei sich Entbehrung
Und träumt sich fern nur frei.

Hinaus, hinaus in's ferne Blaue,
Des Himmels niemals satt,
Drängt es nach einer andern Aue,
Ob's dort Genüge hat?

Gewünschter Tausch.

Gib, Schiffer, Meeresrauschen
Zu hören mir einmal!
Will dir dafür vertauschen
Mein Halmenmeer im Thal.

Im Binnenlande lassen
Sollst du dein Herz in Ruh;
Mich soll die Sehnsucht fassen!
Gib mir dein Meer dazu!

Land- und Seewind.

Weißen Wegesstaub
Weht der Sturm in's Laub
Und in gelbe Korneswellen.
Schöner ist sein Wogenschwellen,
Wo der Weltmeerschaum
Peitscht den Klippensaum.

Vorzug.

In ferne Höh' emporgestiegen
Ist jener Berge Blau;
Doch Einer will vor allen siegen
In unumschränkter Schau.

Er ruht als Gipfel über allen,
Zuvor- und nachbesonnt;
Er will zuerst dem Blick gefallen,
Zuletzt am Horizont.

Er sieht sich alle Augen kreuzen
Um sein erhöhtes Haupt,
Ein Glück, genug, den Neid zu reizen,
Das ihm kein König raubt.

Gedankenbilder.

1. Licht und Dunkel.

Bergeswiese, grün besonnt,
Gibt am Wetterhorizont
Wie ein lichtes Herz sich kund
Auf geschwärztem Trübsalsgrund.

2. Ergebung.

Aller Millionen Aehren
Läßt die Sichel kein' im Feld.

Die Geschlechter kann dies lehren,
Still zu schwinden von der Welt.
Schneide, Zeit, ich finke mit
Willig unter deinem Schnitt!

3. Hebungskraft.

Gerne dien' ich dir zum Zeugen:
Nach gesellschaftlichem Beugen,
Hebst du dich, o Korn, im Wind!
Bin ich doch schon lang gesinnt:
Daß nur im Zusammenhalte
Hebungskraft sich neu entfalte.

4. Die Kartoffeln.

Kartoffeln stehen auf dem Tisch;
Ihr Kinder wählt und schälet frisch!
Es fordert des Genusses Kürze,
Daß man zuerst durch Wahl ihn würze
Und daß man habe, nächst dem Wählen,
Ein Hinderniß hinwegzuschälen.

5. Der Habicht.

Blickt nur auf Fäng' und Schnabel hin,
So kennt ihr schon des Habichts Sinn.
Der Mensch allein,
Von glattem Schein,
Ist sanft von Hand und Angesicht,
Ein friedlos Ich der ganze Wicht.

6. Anspielung.

Wie bunt gepreßter Zitz
Scheint mancher Liederwitz.
Zerrbilder, Modelblüten,
Schon recht für's Ladenhüten,
Auch nicht vergleichbar nur
Mit Blumen der Natur.

Aus freier Natur.

1. Naturstille.

Im Gang von Hagebuchen,
Von Eichen überragt,
Will ich die Stille suchen,
Von deren Glück man sagt.

Wohl schläft in Waldeslauben,
Im lauten Gurruku
Versteckter wilder Tauben,
Nicht eben stille Ruh;

Doch such' ich auch nicht Stille,
Getrennt von Lebenskraft;
Natur ersehnt mein Wille,
Die fühlt und lebt und schafft.

2. Das Insekt.

Wie viel, wie mehr ich doch umfasse!
Dein Daseyn treibt auf kurzer Straße.
Ich seh', Insekt, dich blindlings ziehn.
Kurzsichtiges, wo strebst du hin?

„In's All zurück! Doch wohin trachtest
Du, Mensch, mit deinem Fernegeist?
Die Nacht, womit du mich umnachtest,
Legt sich um deinen Weg zumeist!"

3. Wellenlaut.

Die Sonne sank und die Libelle
Ist schlafen in das Laub gegangen;
Noch sitz' und horch' ich, was die Welle
Mit ew'gem Rauschen mag verlangen.
Wie oft mein Herz befragt ich schon:
Was will der ew'ge Unruhton?

4. An die Schönheit.

O Schönheit, die dies Farrenkraut
Und nun beim Ausblick aus dem Wald
Das blaue Ferngebirg gebaut
Und die den süßen Duftgehalt
In's Maienglöckchen hier gelegt,
Die in der Nachtigall dort schlägt,

O möchte jedes Daseyns Hauch,
So wie das Andachtlied der Bienen,
Das rings durchflötet Baum und Strauch,
Dir zur Verherrlichung nur dienen!

Aus Waldes Mitte.

1. Der Waldbrunnen.

Aus einer Teichelrinne
Ein Brunn im Walde quillt,
In Rosen mitten inne
Und wie die Rosen wild.
Dort möcht' ich, wie die Eichen,
Nicht von der Stelle weichen.

2. Lichtzauber.

Ein Schatten erjagte den grünen Wald
Und dunkelt ihn, färbet ihn ernst und kalt.
Doch sieh, schon ruht die Sonnenflamme
Erneut auf weißem Birkenstamme! —
Ja, girre dort nur, wilder Tauber!
Der Wald ist voll von süßem Zauber.

3. Stilles Leben.

O welch ein laubig Waldesdunkel,
Mild angesonnt vom Wiesenplan!

O welche stille Wandelbahn
Für dieses Schmetterlingsgefunkel!
Da schwebt es her, da schwebt es hin
In Frühlingsglück und leichtem Sinn!

---

4. Das rothe Spinnchen.

Spinnchen, roth, wie Cochenille!
Wie mit Pracht der höchste Wille
Diese Waldung hat bedacht,
So ihr kleinstes Kind mit Pracht.

---

5. Wald und Fluß.

Ein Kukuk ob den Wellen!
Es freut den Waldgesellen,
Daß er mit Berg und Wald
Hier an den Fluß gerieth.
Sein Gruß entgegenschallt
Dem neuen Schallgebiet.

---

6. Kukuk und Eichhorn.

Kaum kann ein Blick den Kukuk haschen,
Der neckend durch die Wipfel schwebt.
Dagegen ließ sich überraschen
Das Eichhorn, das dort lauschend lebt,
Bis es den Fremdling satt betrachtet
Und dann entschlüpfend ihn verachtet.

---

7. Die goldene Freiheit.

Hinträumen ob dem Lied, dem holden,
Die Abendwölkchen roth und golden,
Das du, o Drossel, vom Geäst
Des höchsten Wipfels schallen läßt.
In Lüften nur und Baumeskronen
Mag noch die goldne Freiheit wohnen.

Natur und Ländlichkeit.

1. Der Vergessene.

Mit vollem Recht
Der Städter Geschlecht,
Die Welt mich vergißt.
Denn Dorf und Hain
Und blumiger Rain,
Ihr Freundlichen, wißt,
Wie ganz im Scherz
Und Ernst nur dies Herz
Ein ländliches ist!

2. Waldnachbarschaft.

Wo Hahn und Amsel früh sich wecken
Und, springend aus der Schule Haft,
Die Knaben laut den Kukuk necken,
Der ihre Lernbegier entrafft,
Da hab' ich gerne mein Quartier
In Dorf, Gebirg und Waldrevier.

3. Die Dorfkinder.

Dorfkinder, zwischen Hecken
Entflieht ihr mir so schnell.
Wer wollt' euch denn erschrecken?
Blickt nicht mein Auge hell?

Ein unnatürlich Wesen
Der Städter euch erscheint.
Sollt ihr des Wahns genesen?
Habt ihr nicht recht gemeint?

4. Vorbild.

Des Froschfangs, wie es scheint, vergaß
Der Storch und stolzet durch das Gras.
Er setzt mit Luft ein rothes Bein
Um's andere bedächtlich ein
Und lehrt dich durch sein Beispiel nun
Die Kunst, mit Anstand nichts zu thun.

5. Das beneidete Paar.

Mann und Frau sind auf der Wiese,
Jener mähend, rechend diese.
Du gesegnet Paar vom Land,
Darfst dich mühen Hand bei Hand!

6. Der Vater mit dem Kinde.

Landfrau'n, ihr Jüngstes auf dem Arm,
Beschau' ich oft mir als Madonnen.
Doch welch ein Bild, wie liebewarm!
Der Vater läßt das Kind sich sonnen
Und loset es auf straffem Schenkel.
Wohl schwache Greise wiegen Enkel;
Doch seht, ein Starker thut hier lind;
Wie zähmt sein Herz ein schuldlos Kind!

7. Die sichelnde Arme.

Die Arme sichelt, sammelt ein
Des Futters hier am Blumenrain
Und wird daheim mit frohem Muh
Begrüßt von ihrer kleinen Kuh.

Die Frau ward glücklich, daß sie fand
Für's Kühlein Gras am Wegesrand,
Und jedes Glück der Dürftigkeit
Ist werth, daß sich ein Wort ihm weiht.

8. Ländliche Gefühle.

Durch wie manches „Guten Abend!"
Bin ich aus dem Dorf gegangen,
Und durch Wohlgeruch, wie labend!
Ward ich im Gefild empfangen!

Wie hat süße Abendkühle
Den Gerüchen sich verbunden
Und die ländlichsten Gefühle,
Ach, wie hab' ich sie empfunden!

— — —

9. Mond und Dorf.

An diesem Menschenfeierabend
War freundliches Gefallen habend,
An Vesperglock' und Kuß und Sang,
Setzt hier sich ob des Dorfes Hang
Das Mondlicht fest in guter Ruh
Und sieht und hört dem Völkchen zu.

— — — — —

Die Liebeskette.

Großmutter küßt das Enkelein;
Wie gleichen sie sich, groß und klein!
Die Mutter lehnt dort auch nicht weit,
Zulächelnd und voll Aehnlichkeit;
Natur, es bannt mich an die Stätte
Der Anblick deiner Liebeskette!

— — — —

Bedauern.

Mir zum wahren Engel würdest du,
Störte nicht ein Zug mich in der Ruh,
Der aus deinem Unschuldsangesicht,
Knabe, mir von deinem Vater spricht!

Die Besorgniß raunt darum mir zu:
Deine Kindheit eilt, ein süßes Nu.
In des Alters Zukunft hin und dann
Bist dein Vater du als Mann!

Das doppelte Mitleid.

Du sagst, mein Mitleid wohl zu dämpfen,
Es leid' aus eigner Schuld der Mann.
So muß er doppelt Leid bekämpfen
Und spricht mein doppelt Mitleid an.

Dankesschuld.

Du batst um nichts. Doch einen Groschen
Dir, Bild der Armuth, bot ich dar;
Da ward dein Auge, halb erloschen,
Vor Dank und Freude wieder klar.

In dein Gebet mich einzuschließen,
Versprachst du, gute Alte, mir;
Ich soll des Höchsten Huld genießen:
Nimm mehr, wie bin ich Schuldner dir!

An das Schicksal.

Schicksal, du stürmest kalt
Mir in die Flanken wohl;
In mir ist innrer Halt,
Mein Stamm ist noch nicht hohl!

Reiſebilder.

1. Das Dörſchen.

Die Waldung hält im Schooß
Ein Wieſendörflein hier;
Ich eile darauf los;
Zum Lieben reicht ſie's mir.

---

2. Die Ruine.

Regenflor um beine büſtern Zinnen,
Liebſt bu, naßgrau ganz dich einzuſpinnen,
Alte Burg! Was war dein Daſeynszweck,
Wo bu trotzleſt dort am Felſeneck?

Ach, wie traurig blickſt bu mir hernieder!
Muth'ge Kraft hat dort geregt bie Glieder,
Aber nicht für's große Vaterland;
Wie in Reue blickſt bu nun vom Rand!

---

3. Die Waldwohnung.

Die Waldumgebung bunkelt,
Des Herbes Flamme funkelt;
Es hebt ſich blauer Rauch
Aus Waldesabendhauch.

Heraus zur Buchengruppe
Dampft eine Abendſuppe.
Am Eltern=, Kinbertiſch
Iſt alles froh und friſch.

Euch, ſtadtumringte Kinder,
Schmeckt es daheim nicht minder;
Doch fühlt sein Leben recht
Nur solch ein Waldgeschlecht.

4. Verirrung.

Wie feucht ward's schon im Abendwald,
Wie düſter! Kein Gesang erschallt;
Nur wild noch eine Taube girrt:
O Wanderer, du bist verirrt!

Auch ſtaunt die Birke weiß dort drin:
O Wanderer, wohin? wohin?
Und bebend warnt das Espenblatt:
Du irrſt in Finſterniß dich matt!

Und Stamm an Stamm erſteht umher:
Da, Wandrer, iſt kein Ausweg mehr!
Und endlich höhnt die ſchwarze Nacht:
Kein Stern iſt für dich angefacht!

5. Am Ziele.

So manches Rettungsunterpfand,
Der eichne Tisch, die Bank der Wand,
Der Kerze Licht,
Bei Speiſ' und Wein,

Auf freundlich wirthlichem Gesicht
Der trauten Helle Wiederschein,
Nach meines Fußtritts irrem Hall
Der Menschenrede süßer Schall,
Der Gang zu Bette —
Dies in die Wette
Hat nach der Irre Neckerei'n
Mir weggewischt die lange Pein.

Aus würtembergischen Umgebungen.

1. Zur Zeit der Traubenblüte.

All' unsre Luft ist süßer worden;
Sie ist durchhaucht, wie von Reseden.
Die Reben blühn. Ihr Freund' aus Norden,
O kommt, von unsrer Luft zu reden!

Nicht, wenn die hochbedachte Kelter
Am Fuß des Weingebirges krächzt,
Die Traube trieft im Treibbehälter,
Die Winzerschaar nach Häusern lechzt,

Nicht Alles möchte dann euch taugen;
Doch jetzt bereis't den Neckarstrand
Und rufet mit geschlossnen Augen,
Einathmend: welch ein schönes Land!

2. Das Erntelaud.

Gelbe Strecken selbst im Blau
Duftumsloss'nen Landes!
Selbst aus Fernen bringt die Schau
Vollen Erntestandes!

Warum kann ich fort, nicht fort
Mit der Lerche bringen
Und nicht jeden Segensort
Meines Lands besingen?

Meinem Lob zu langsam geht
Dieses Feldburchschreiten.
Wo ein Strich in Ernte steht,
Möcht' es drüber gleiten.

3. Der Wartende.

Mit deinem Schrei voll Lebenslust
Aus straffer, bunter Federbrust
Vertreibst du, Hahn, ein gutes Theil
Von meines Wartens langer Weil!

Und wenn du deiner Henne lockst,
Die besten Bissen vor sie brockst,
So setzt sich mir in besfres Licht
Des Dorfs und Tages trüb Gesicht.

Und wie der Sperling euch umhüpft,
Mit meinem Brosamwurf entschlüpft,
Stellt mir am Bauernfensterlein
Geduld und Kurzweil schon sich ein.

Durch den Sommer streifend.

1. Die Wohlgerüche.

Erwacht ist der Gerüche Leben;
Es blühn ja Rosen, Saat und Reben.
Nicht Blüt' allein, das Welken auch
Des Heues, wird zum Würzehauch.
In Garten, Weinberg, Gras, Getreid'
Entsprüht der Düfte Wonnestreit.

2. Das hinsterbende Gewitter.

Ach, erfrischt von diesem Regen,
Blitz und Donner noch bestaunend,
Der nun hinstirbt, ferner raunend,
Kann ich innern Dank nur hegen!
Das Getreid' mit frischem Duft
Dankt hinaus in Feld und Luft
Und die Lerche kann den Segen
Ueberschaun und nah uns legen.

3. Sommerlärm.

Die Wachtel schlägt, die Grille
Durchschrillt die Abendstille
Der sommerlichen Saat,
Und, wie sich zugetrunken,
Erklagt der Sang der Unken
Dort aus dem Teich am Pfad.

Das Quacken und Koaxen
Der Frösch' auch ist entwachsen
Dem Schooß der nächt'gen Ruh.
Doch, ew'ge Sternenlichter,
Als milde Sangesrichter
Nickt ihr dem Lärme zu!

4. Nach Johannis.

Ach, die Vögel alle schweigen;
Sankt Johannis ist vorbei.
Nur von stiller Träumerei,
Müdentänzen, Falterreigen,
Wie ein Schattenaufenthalt,
Athmet klanglos noch der Wald.
Heißt er doch nun niedersteigen
Auch den Geist in sanftes Schweigen!

5. Zu beklagen.

Wenn die Rosen voll sich zeigen,
Fah'n die Vögel an, zu schweigen.
Ach! im Flug zusammenfallen
Rosen nur mit Nachtigallen.

6. Der Kirschenbaum.

Schon Finger und Daume
Von ragender Leiter

Sich nahten dem Baume
Voll Kirschen, die heiter,
Unendlich an Zahl,
Anlachen das Thal.

Die Amsel im Walde
Und ich, ihr Genosse,
Schau'n hin nach der Halde,
Wie der auf der Sprosse
Entrafft dem Gefild
Sein reizendstes Bild.

7. Sommerhitze.

O Sonn', o Wald, wie sprüht ihr Hitze!
Wie treibt es, daß er öfter sitze,
Nach mattem Flug den Schmetterling,
Dem Ruhe sonst ein fremdes Ding.

Der Schatten, überall entwichen,
Läßt Blum' und Kraut der Sonne Stichen;
Doch, was die Sonne sinnt und thut,
Geht heimlich nur auf Lebensbrut.

8. Der Feldsegen.

O welch ein hoher Feldersegen!
Genug, um ganz mich einzuhegen,
Wenn so ich wandle durch's Getreid'.
Man sieht mir nichts von Leib und Kleid:

Nur meinen Hut noch sieht man waten,
Um daraus auf mich selbst zu rathen;
Sonst wär' entschwunden meine Spur
In unsres Kornes goldner Flur.

Ha, welch ein reizend Ueberwallen
Von diesen schlanken Aehren allen!
Dank dem, der so viel. Fülle gab,
Daß sie mich selber schlingt hinab!

Im Spätjahr.

Aller Vogelflüge
Leeres Himmelszelt.
Unbespannte Pflüge
Ruhn im Ackerfeld.

Still die Waldung zeiget
Nur entlaubtes Reis
Und das Bächlein schweiget,
Ueberrascht von Eis.

Nun, so sey geschwiegen
Von dem Dichter auch,
Bis sich Lerchen wiegen
Ueber Veilchenhauch!

1841.

Frühlingsleben.

1. Bewegung und Ruhe.

Die Heerde wandelt, das Wölkchen geht,
Das Flußgebüsche, das Kirchlein steht,
Und was da ziehet und was da ruht
Im Lenz der Gegend, ist schön und gut.

2. Morgenbitte.

Laßt mir den Flimmer Thau am Gras,
Dazu der Biene Lied!
Ich bin zufrieden, wenn mir das
Ein stiller Tag beschied.

3. Beglückung.

Welch süßer Duft und Blumenflor!
O Vogel, zwitschre mir in's Ohr!
Sonst bleibt es mir unausgedrückt,
Wie Frühling jetzt die Welt beglückt.

4. Sonnenmühe.

Liebe Sonne, schaff' und glüh'!
Blieb dir heute keine Müh',
Als den Thau hinwegzuküssen,
Würdest du dich tummeln müssen!

5. Schmetterlingsart.

1.

Falter, dir zum Eigenthume
Trägst du nur ein schwankes Leben,
Der Bewegung preisgegeben,
Eine abgetrennte Blume!

2.

Wohl ein zart verschämtes Leben!
Immer deine Flügel beben.
Tauschte mit dir, meinest du,
Wohl das Blümlein seine Ruh?

6. Der blühende Apfelbaum.

Apfelbaum, Blumenbaum!
Andre Bäume mögen rühmen,
Was sie wollen;
So mit vollen
Duft'gen Rosen dich beblümen
Kannst nur du, o Blumenbaum!

7. Die offenen Fenster.

Des Dorfes Fenster stehen auf.
Lenzlüfte nehmen ihren Lauf,
Mit leichtem Rosenduft beschwert,
Bis an der Menschen Tisch und Herd!

Des Frühlings Dasehn ist ein Fest,
Und da er gern sich laben läßt,
So hat geöffnet sich mit Hast
Ein jedes Haus dem fremden Gast.

8. Die Stimmefrohen.

Gesang, Gelächter, Kinderlallen
Schallt, wo wir durch die Gärten wallen.
Der Mai hat es im Brauche so;
Er macht die Bien' im Blütenthal,
Den Waldesvogel und zumal
Den guten Menschen stimmefroh.

Verlangen.

O gienge wieder meine Bahn
Durch des Gebirges Enzian!
Kurzstielig schöss' und düfteleer
Mein Lied in Meng' empor wie er,
Doch auch vielleicht mit Farbenkraft,
Wie reine Bergluft sie erschafft.

Der bemooste Baum.

Grünes Moos, o Baum, du greiser,
Schmiegt sich dir um Stamm und Reiser.
Junges Leben dich umgibt,
Den die ganze Landschaft liebt.

Streust du nur noch wenig Schatten,
Heiligst du doch diese Matten
Und die Aue um und um
Feiert still dein Alterthum!

Auf würtembergischen Albwanderungen.

1. Umherirrend.

Das Gebirge, wie ist's hier
Einsam und verödet!
Rabe, ach, wie oft mit dir
Hab' ich schon geredet!

Rabe, Freund dort, rathe mir;
Bin ja ein Verirrter,
Sey kein undankbares Thier! —
Ohne Rath entschwirrt er!

2. Das Wendthal. [1]

Des Angers Mulde trägt verworren
Ein Felsmeer; Birken wehn herein
Und dort von alten Buchenknorren
Zeigt sich umklastert das Gestein.

Wie seltsam hat in diesem Kalke
Ein schöpferischer Geist gespielt,
Wo einsam ihr euch, Fuchs und Falke
In Felsenhorsten stets gefielt!

Welch graues Labyrinth von Steinen,
Wie macht dem Maler es zu thun!
Was mag der Geolog hier meinen?
Der Dichter läßt das Lied hier ruhn.

---

3. Am Gebirgsrande.

Ein Waldpfad, steil und schmal,
Entlang den Felsen lief;
Auf Küh' im grünen Thal
Blickt' ich hinunter tief.

Geglocke fern und klar,
Kennbar der Gaisen Sprung,
Verkleinert Alles war,
So Heerd' als Hirtenjung'.

[1] Unweit von Bartholomä, im würtembergischen Oberamt Gmünd.

Ach, meine Lust war groß,
Rein, wie die Luft, mein Glück,
Und zum Gebirgesschooß
Blickt oft mein Geist zurück.

4. Das Jägerhaus.

Einsam durch das Berggestein
Folgt' ich einem gähen Steig;
Ueber mir hieng traut herein
Ahorn-, Esch- und Buchenzweig.

Wer die Höhe dort erreicht
Auf dem holden Mühepfad,
Gerne nach der Wohnung streicht,
Die ich nun im Wald betrat. —

Rinalbini'n auf dem Tisch,
Den Roman von Vulpius,
Saß die Försterin und frisch
Bot sie mir den Willkommsgruß.

War ihr Gatte auf der Jagd?
Ließ sie stiller Leseluft?
Wandelt durch den Wald die Magd,
Lieb' und Heimweh in der Brust?

Sonntagseinsam, waldesstumm
War's im öden Jägerhaus
Und die Waldung rings herum
Ein Gemisch von Lust und Graus.

An der Herrin Schemel saß
Nur ein Dächslein ihr zum Schutz:
Weggewebelt hatte das
Freundlich bald Gebell und Trutz.

Als mein Stuhl zur Seit' ihr stand,
War's die Stille, war's ihr Blick,
Daß die Zeit dahin mir schwand,
Wie bei ferner Waldmusik? —

Meiner Leselust'gen fehlt
Hier im Wildhaus Neues ganz:
Doch der Einsamen erzählt
Sich Rinaldo noch mit Glanz.

Und Rinaldo und der Hain
Und das holde junge Weib
Zogen mich so sanft hinein
In romant'schen Zeitvertreib.

Vortheil.

Schon auf morgen dengeln heute
Spät im Dorf noch Ackerleute;
Sensen machen sie noch scharf.
Ich, der Mann der Feder, darf
Auf der Abendbank hier sitzen,
Ohne sie voraus zu spitzen.

Bille an die Wolken.

Werdet nicht zu Wolken, Wölkchen!
Denn für heute zieht ein Völkchen
Froher Leut' in Berg und Thal,
Die ein Dach verschmähn zu suchen,
Aber unterm Grün der Buchen
Gerne schwängen den Pokal.

Lösung.

Aus nahem Bienensang
Und fernem Glockenklang
Hat sich im Wald ein Ton gemengt,
In dem sich löset, was mich engt.

Aus dem würtembergischen Unterland.

1. Vaterländischer Anblick.

Es hängt vom Stockbrett manche Nell'
Herunter nach dem Hausgebäll
Und hinterm Birnbaum schimmert vor
Als Fensterschmuck Levkoyenflor.

Milchtöpfe liegen nach der Schnur,
Besonnt die innere Glasur.
Ein Kätzchen ruht und schnurrt dabei,
Der Sonne froh, so warm es sey.

Das Kammerzlaub von Sonne strahlt,
Die sich im Röhrenbrunnen malt.
Das Mädchen singt, der Knabe lärmt,
Die Henne gackst, die Biene schwärmt.

Dank, Vaterland, das mir so mild
Bereitet ländliches Gebild!
Dank, Sonne, die noch holder schmückt,
Was mir den stillen Sinn beglückt!

2. Das Hüttenpförtlein.

Wie schlingen zierlicher Gestalt
Um's Dörflein einen Kranz von Wald
Die heimathlichen Zwetschgenbäume,
Wohin ich mich so gerne träume!
Welschlands Olivenhaine selber
Sind keine schönern Uebertölber
Der halbversunknen Tempelpforte,
Als hier, im trauten Heimathorte,
Das Hüttenpförtlein wird umfaßt
Von Laub und blauer Früchte Last.
Und jetzt — wie frisch der junge Gatte,
Der Winzer, aus der Thüre schlüpfte!
Was Strahlendes sein Auftritt hatte,
Indem er leicht das Käppchen lüpfte.
Wie glänzt, so sprach sein Bild mich an,
Im Zwilche selbst ein freier Mann!

3. Das Grisland.

Es knallt der Schuß, der Schwärmer pufft
Und nichts als Jauchzen trägt die Luft.
Die Zeit erlaubt nicht, still zu seyn;
Wir schneiden Trauben, keltern Wein.

Ein Land, das dieses Glück entbehrt,
Thut wohl, wenn es sich stille nährt.
Ein Land, das Reb' an Rebe baut,
Darf sich erfreuen überlaut.

Das Kind und die Alte.

Wie prunket die Tulipane,
Umgeben von lachendem Grün!
Das Enkelein sieht mit der Ahne
Und schaut auf ihr lustiges Blühn.

Es kehren der Alten helle,
Verblichene Bilder zurück;
Denn Kinde noch fließet die Welle
Von ewigem, farbigem Glück.

Anhänglichkeit.

Vöglein, wenn ich Flügel hätte.
Blieb ich dann an dieser Stätte?
Heimlich ist sie mir und treu,
Aber nie dem Auge neu.

Vöglein, ob ich Flügel hätte,
Hieng' ich doch an dieser Stätte.
Unbeflügelt, wie ich bin,
Wähn' ich, ferne flög' ich hin.

Geburtstagsfeier im Sommer.

Ein blauer Erntetag erstand
Und rief die Welt zum Fleiß;
Uns aber, beine Kinder, mahnt
Er zu der Mutter Preis.

Er brach uns feiertäglich an
Und müßig raften wir
Und unser ganzer Tagesplan
Sey Dank und Glückwunsch dir!

Vergißmeinnicht.

Vergißmeinnicht am Waldesbach!
Ich stehe still, ich sinne nach:
Schon brach mir ach! so manches Herz,
So manches weilt mir fernewärts.
Für welches Herz nun zu mir spricht
Der Blumenruf: Vergißmeinnicht!? —
Mein Auge still herniederweint
Und weiß nicht, welches Herz er meint.

Waldesstimmen.

1. Zuruf.

Wald, sey nicht klangesleer!
Singst du nicht mehr, so schrei
Fortan aus Rab' und Häher
Und aus dem heisern Weih!

2. Der wilde Birnbaum.

Holzbirnen trägt ein alter Baum,
Der sich erhebt am Waldessaum,
Ein Lustsitz für des Forstes Raben,
Die oft das laute Wort hier haben.
Gar gern' ich dran vorübergeh',
Ob ich das Wort auch nicht versteh'.

3. Möve und Rabe.

Was dir die Möv' ist auf der See,
Beseelt von Meeresfreud' und Weh,
Das ist der Rabe mir am Land,
Mit Waldes Lust und Graus bekannt.

Waldwanderung.

1. Durchwandel.

O weiße Wolken ob grünem Wald,
Durch welchen Kukuk und Amsel schallt,

Ihr ziehet langsam nur drüber hin
Und theilt des Wanderers stillen Sinn,
Der langsam, langsam nur immer durchwallt
Den wonnig grünenden, tönenden Wald.

2. Die wilde Weise.

Des Waldes Bäume, die wilden, rauhen,
Erregen gern ein unwirthlich Grauen.
Nur euer Anblick, o Birken, hat,
Blickt ihr entgegen so weiß und glatt,
War eine höfliche, milde Weise
Und lockt mich trauter in Waldesgleise.

3. Jägersinne.

Ich spähe mit des Jägers Sinte
Geräuschlos nach des Waldes Wild,
Doch ohne Pulver, Hund und Flinte,
Weil Sehen mir für Haben gilt.

4. Der Wilderer.

Dem Wilderer am Waldeskrauf
Gerieth ich vor den Flintenlauf.
Da sagt' ich ihm vorübertrabend,
Wie ein Kam'rade: Guten Abend! —
Ein flüchtig Wild, ein wildes Lied
Ist unsrer Neigung Unterschied.

Im Anschauen der Natur.

1. Der schöne Morgen.

Du wölbst empor das Himmelblau,
Wirfst hin des Duftes Silbergrau
Und blitzest Strahlen durch den Thau
Der morgengoldnen Wiesenau.
Der Geist, der nichts als Schönheit trinkt,
In dir, o Schönheit, untersinkt!

2. Der Falter.

O Schmetterling, vorüberjag'
Durch diese Landschaft, diesen Tag!
Kaum merk' ich in dem reichen Bild
Dein wechselnd Nahen und Entschweben,
Und doch mein Staunen dir auch gilt,
Es gilt dem ganzen Schöpfungsleben.

3. Die Taube im Winde.

Wessen Fittig, schöne Taube,
Hat die Obhand? ha, ich glaube,
Nicht der große, nein, der kleine,
Nicht des Windes, nein, der deine!
Denn, so sehr er gegenschaukelt,
Hast du doch den Wind durchgaukelt!

4. Der Weltgeist.

Dein Summen streift mein Ohr vorbei!
Als ob es hohen Inhalts sey,
O Biene, muß ich lauschend stehn:
Von Gott und Welt, Seyn und Vergehn
Treibt doch nicht Kunde durch die Luft:
So sage, welch Geheimniß ruft
Der Weltgeist mir aus dir hervor,
Womit er so beherrscht mein Ohr?

5. Eindruck der Größe.

Bei Tag und Sonnenglanz
Bin ich Bewundrung ganz.
Doch glühn die Sterne neu,
So bin ich nichts, als Scheu.
Sind Gott und Welt so groß,
Wie blieb' ich schreckenlos?

Das Kreuz.

Wie hat dich, Mensch, in deinem Leben
Oft schweres Kreuz geplagt!
Wie leicht ist doch das Kreuz daneben,
Das dir vom Grabe ragt!

Bildliches.

1. Sterne und Morgenroth.

Bald selber grauen Wolken weicht
Aurora, die den Stern dort bleicht.
Ein Schönes ist des andern Feind,
Bis keines mehr am Himmel scheint.

2. Das goldene Dichterland.

Die Wolke hatte goldnen Rand.
Sie donnert nun und saust,
Wie's oft aus goldnem Dichterland
Herüberzürnt und braust.

3. Lerche und Wachtel.

Dem goldnen Feld entsteigt mit Schwung
Die Lerche der Begeisterung;
Durchtrippelt es in Fröhlichkeit
Die Wachtel der Zufriedenheit.

4. Verkümmerung.

Sturmregen warf zu Landmanns Leid
Danieder grünendes Getreid'.
So hingedrückt von Fürstenzorn
Trägt manches Volk verkümmert Korn;
Es strotzte, wenn es aufrecht wäre,
Von Geistesfrüchten, Aehr' an Aehre.

5. Die getödtete Taube.

Zerfiedert, ausgebrochen
Ruhn hier die Flügelknochen
Von einer blut'gen Taube,
Des wilden Stößers Raube.
Vom Loos, das irdschen Dingen fiel,
Wie sagt der Anblick uns so viel!

6. Die entlaubte Eiche.

Eiche, nach gefallnem Laub
Zeigst du Astwerk ohne Zahl;
Deine Laubpracht ward zum Raub
Grimmer Zeit; du stehest kahl.
Doch nun erst in ihrer Blöße
Macht mich staunen deine Größe!

Vater und Sohn.

Es mühen Vater, Sohn
Im Tagwerk hier sich ab:
Wo, Vater, blieb der Lohn,
Den dir das Schicksal gab?

Du hast an Arbeit schwer
Zu tragen schon geglaubt
Und siehst der Ruhe mehr
Vielleicht dem Sohn geraubt.

Und Labung wär' es dir,
Nur ihn erleichtert sehn.
Doch, laß ihm die Begier,
Der Müh' als Mann zu stehn!
Zum Werk der Menschheit hat
Er dann gegriffen ein.
Ein Glück, auch lebensmatt,
Sich dies bewußt zu seyn!

Menschliche Zustände.

Des Menschen Seufzer sagt: es sollte
Gar Vieles, Vieles anders seyn,
Und wenn ein Gott es ändern wollte,
Wie oft doch riefen wir ihm: nein!

Auf Fußwanderungen.
1. Der Baum am Raine.

Den Rain herunter deine Schatten
Wirfst du, o Baum, auf diese Matten,
Und säuselst mir von deinem Bühl:
Komm, Wanderer, zum Ruhepfühl!

2. Mittagsduft.

Gelagert in uralter Reihe,
Umruht vom blauen Mittagsduft,
Wie schimmerst du mir durch die Luft,
Gebirge, Anblick hoher Weihe!

Wie hast entgegen du geblauet
So manchem längst erloschnen Blick!
Wie manchem menschlichen Geschick
In Wieg' und Grab hast du geschauet!

Ach, rührten dich Erinnerungen,
In schwarze Farben trätest du;
Vom Sonnenzwitzern deiner Ruh'
Wird aller Schmerz in mir bezwungen.

3. Morgensausen.

Dem Morgen sanst entgegen
Der grüne Tannenfirst.
Ob du auf Waldeswegen,
Mein Herze, schweigen wirst?

Entsend' auch deine Töne,
Wirf sie in Wald und Wind,
Obwohl es nie so schöne,
Wie die der beiden sind!

4. Das besonnte Kloster.

Waldkloster in des Thales Mitte,
Kaum thal ich steigend noch drei Schritte,
So glänzt von dir nur noch ein Rest
Hellsonnig durch das Waldgeäst.
Nun hast du für mich ausgestrahlt,
Doch dich im Geist mir festgemalt!

5. Das Burgthor.

Der du, o Strauch, dies Thor umrankst,
Der Burgruine du verdankst
Ein Leben schöner Phantasie.
Es rankt, wie du, mein Geist um sie.

6. In einem Hohlwege.

Abhänge ragen steil und schräg,
Um die sich Wurzeln spannen,
Wohl über meinen Wanderweg
Und drüber sausen Tannen. —

Als sie die Hohle gruben hier,
Fern war ich, ungeboren,
Und fast ist es ein Räthsel mir,
Wie ich mich herverloren.

Nun bräut der Weg mir eng und hohl;
Ich finde mich bekommen:
Auch werd' ich heute nimmer wohl
Zu trauten Menschen kommen.

Die Neugier schleppt mit Widerstreit
Mich fort an ihrem Bande
Und all ihr Trauten wohnt mir weit
Von hier im fernen Lande!

7. Die Espe.

Die Bäume sind all in der Ruh.
Wie zitterst, o Espe, nur du!
Ach! hat denn auch fern in dem Wald
Ein Leben zu zärtlichen Hall?

---

8. Grußeswirkung.

Von fernem Peitschenllange schallt
Der einsam lang durchschrittne Wald.
In Hoffnung nahender Gesichter
Wird schnell der Muth des Wandrers lichter
Und allen Wegesüberdruß
Bezwingt ein trauter Menschengruß.

---

9. Die Birke.

Wie diese weiße Birkenruh
Durch's Grüne harrt der schwarzen Nacht!
Die Ruhe wohl beneidest du,
Wenn dir die Seel' in Sorge wacht.

---

10. Das Nachtthal.

Waldeskuppen, schwarz und rund,
Schließen einen engen Bund
Um des tiefen Thales Lichter,
Die dort einzeln und hier dichter

Aus des Städtchens dunkler Nacht,
Eifernd mit der Sternenpracht,
Bei des Flusses lautem Rauschen,
Mit dem Wandrer Grüße tauschen.
Schwarze Kuppen, Flußgetön,
lichtgefunkel, o wie schön!

Aus des Sommers Tagen.

1. Die lauschende Natur.

O Glockenlaut im Morgenduft,
Wie dringst du durch den Glanz der Luft,
Durch's frische Thaugefild heran!
Bringt uns der schöne Sommertag
Nur stilles Blau? Gewitterschlag?
Was klingst du für Geschicke an? —
Sich horchend, schwatzt die Wachtel nur,
Sonst schweigt und horcht dir die Natur.

2. Das blühende Mohnfeld.

Purpurn, weiß und rosenroth
Als Gesellschaft mir sich bot
Eines Mohnfeldes bunte Schaar,
Die des Hügels Zierde war.

Weit durch's grüne Landschaftsbild
War vom Sonntag rings gestillt
Jeder Arbeitslaut im Feld
Und in Feier lag die Welt.

Lagernd ruht' ich nah dem Mohn.
All der bunte Farbenton,
Einheit und doch Unterschied!
Stimmte, wie ein heilig Lied.

3. Sommergefühle.

Störche auf dem Kirchendach,
Tauben auf der Mühle!
Rosen, Lilien, blüht gemach!
Sommrige Gefühle,
Eilet nicht aus meinem Sinn,
Aus der Welt so schnell dahin!

4. Der neckende Baum.

Ein schwanker Rest der Regennacht
Aus eines Baumes Sonnenpracht
Hat plötzlich säuselnd mich begossen.
Was sollen diese Sommerpossen?
Steht unter dir, o stiller Baum,
Nicht sicher mehr ein Sommertraum?

5. Zu frühe.

Du da, meine Augenlust,
Zeitlos? — aber im August!
Frühe, warum kommst du schon
Und entziehst dir selbst den Lohn,
Mich zu stimmen wehmuthlind
Für des Jahrs verlassnes Kind?

Aus den Umgebungen des Hüttenwerks Wasseralfingen.

1. Die kleine Schafheerde.

Von Schäflein eine kleine Zahl
Kam mir vorbei am Eichenanger;
Sie standen stille allzumal,
Als läg' ich für sie hier am Pranger.

Wie sich der Fremdling her verlor,
Das fragten sie mit stierem Schauen,
Queer ausgestreckt war jedes Ohr:
Dann schrillen sie zum Wiederkauen.

Wie ward ihr Anblick herzlich dumm
Und doch für mich zur Augenweide!
Dem Blicke, der mein Eigenthum,
Wird auch das blöde Thier zur Freude.

2. Die Köhlerei.

Harz- und Rußduft, Bienensang,
All den Nadelwald entlang!
Häherschrei und Spechtgehämmer
Klingt aus süßem Waldgedämmer.

Bald wie sonnig grünt das Moos,
Bald wie dunkelt's sonnenlos!
Nirgend eines Fußes Stapfen,
Bunte Schwämm' und Tannenzapfen.

Endlich eine Köhlerei!
Ferneher Musik dabei
So von Thurm-, als Heerdeglocken!
Ach, die armen Worte stocken.

Köhler, dir ist zugedacht
Eine Arbeit, schwarz, wie Nacht;
Doch im Umkreis deiner Wohnung
Ruht die Schönheit zur Belohnung.

3. Auf einem Ruheplatze.

An der Eich' ein Rind sich reibt
Und ein anderes vertreibt
Sich die Mücken mit dem Schweife;
Jenes grast im Sonnenstreife,
Dies in grüner Schattenpracht;
Glockend sich davon gemacht
Hat der Trupp aus meiner Nähe,
Eh' ich es nur übersehe,
Wie sich Schönheit, Zug für Zug,
Meinem Sinn vorübertrug.

4. Mückenflug im Tannenwalde.

Mücken voller Muthwill schwingen
Sich mit sonnenfrohem Singen,
Selber kleinen Sonnen gleich,
Durch des Waldes grünes Reich.
Auf den Schwingen Sonne tragend,
Sich damit in's Dunkle wagend,
Tanzt das muntre Volk im Tann.

Von so zauberhaftem Reigen
Mag ein Freund der Wälder schweigen,
Der zur Anmuth schweigen kann,
Wie ihr glänzend euch verließet,
Wieder dann zusammenschließet,
Mücken, ha, ich beut' es an!

5. Das Petrefact.

Was gelebt hat, einst verwest,
Wenn es nicht, wie durch Erhaschung
Frember Stoff durch Ueberraschung
Und Verhüllung zaubert fest.

Leben einst, nun Petrefact,
Wie, von welcher Macht ergriffen,
Starrst du aus des Steinbruchs Riffen,
Nach Aeonen ausgehackt?

Ha, in deinem Alterthum
War der Mensch noch ungewesen!
Doch kein Denkmal ist für's Lesen
Seinem Muth zu grau und stumm.

Aus den Tagen des Herbstes und Spätjahrs.

1. Zeitlosenblühn.

Zeitlosenblühn
Aus Angergrün!
Doch drüber nichts, als Regenluft
Und an den Bergen feuchter Duft!

Zeitlosenblühn
Aus glattem Grün!
Doch abgestorben Lieb' und Scherz
Und grauer Himmel um mein Herz!

2. Einladung genug.

Zeitlosen, Gras, ein weidend Rind,
Der blaue Herbsttag frisch und lind,
Durchzogen von der Sonne Faden, —
Genug, um mich in's Feld zu laden.

3. Anemone und Zeitlose.

Frühling hat die Anemone,
Herbst die Zeitlos' im Geleit
Und mein Herz ist noch im Streit
Zwischen beider Blumenkrone.

4. Die blaue Luft.

Ein Schatten wirft herab sich kalt
Von Felsenzack' und Buchenwald.
Dazwischen färbt die Herbstzeitlosen
Der Wies' ein Morgenstrahl wie Rosen.
Ich bin von Seligkeit umglänzt,
Ob's heute herbstet oder lenzt.

5. Die freie Blüte.

Die andern Blumen stehn gedrängt,
Aus denen sich die Wiese mengt.
Ihr Blühn erfolgt, als wie aus Pflicht.
Zeitlosenweise ist dies nicht;
Den Menschen nicht, dem Herbst zu lieb
Zeigt sich ihr freier Blütentrieb.

6. Zuthunlichkeit.

Aus der Wiese zugeschickt,
Die ich liebend überblickt,
Fliegend über Herbstzeitlosen,
Sonnenfäden mich umlosen.

Willst du denn, o Herbstnatur,
Das erfreute Herz nicht nur
Durch das Blau des Tags gewinnen,
Sondern gänzlich mich umspinnen?

7. Die Stoppelblümchen.

Rothe, blaue, lila Sternchen,
Aus den kleinsten Samenkernchen
Spät im Ackerfeld geborne,
Unter Stoppeln wie verlorne,
Ackerblumen, winzig klein,
Der Dreifarbenveilchen kleinste,
Der Vergißmeinnichtchen feinste,

Alle zeigt ihr im Verein,
Wie so reizend die Natur
Hier noch malt in Miniatur.

8. Die fallenden Früchte.

Durch das stille Dunkel schallen
Aepfel, die in Zwischenräumen
Von des Weges vollen Bäumen
In die Herbstnacht niederfallen.

Zeit ist's nun der letzten Reife.
Todesstill' umgibt die Schritte
Morgen Nacht schon, wenn in Mitte
Leerer Bäum' ich finster schweife.

9. Spätherbstmorgen.

Der Dörfchen Morgenräuche
Umflammern das Geländ,
Braun stehen die Gesträuche,
Still ruht das Firmament!

Wohl thut der Herbsttagsfriede,
Der diese Höh'n umraucht;
Er sei im kleinen Liede
Dem Morgen nachgehaucht!

Die Winterrosen.

Sollt' ohne Rosen der Winter seyn?
Die Mädchen schaun ja wie Rosen drein.
Aus Kirchenstühlen, von Markt empor
Und Gassen blüht uns ihr Rosenflor.
Anstatt umschlingender Knospenhülle
Umschmiegt der Anzug die Blütenfülle.
Wie schön nach sommerlich regungslosen
Sind diese wandelnden Winterrosen!

1842.

—

Im Winter.

1. Schneegestöber.

Schnee am Himmelszelt,
Schnee im weiten Feld!
Kraft erneuter Windesstöße
Deckt er jede Waldesblöße.

Des Gebirges Joch
Ueberklimm' ich doch
Und den Schneewind selber bitt' ich:
Schlage zu mit deinem Fittich!

2. Frost und Freude.

Hüpfst du vor Frost, vor Munterkeit,
O Rabe, vor mir durch den Schnee?
Auch mir entlüpfen Fuß und Zeh
Gar leicht sich in des Frostes Zeit.
Ich weiß nicht, ob sie durch das Feld
Die Kälte oder Freude schnellt?

327

3. Augenweh.

Mit Augenweh
Durch Sonn' und Schnee
Der Landschaft schreit' ich fröhlich hin!
Es hat der Blick
Nicht das Geschick,
Den Glanz zu fassen, wie der Sinn.

---

4. Im Schlitten.

Der Schnee hat still gelegt
Die weiße Landschaft all.
Was sie von Laut noch hegt,
Ist fern ein Rabenschall.

Doch ihr auch, Glöcklein, schellt
Vor unserm Schlittensitz
Und durch die Schneeluft gellt
Gelächter, Sang und Witz!

---

5. Der Wintertag.

O Wintertag, wie farblos klar
Zeigst du mir jedes Ding so wahr,
Die Luft, den Busch, das Thal, den Berg,
Wie reiner Denker Geisteswerk
Mir jeglichen Begriff erhellt,
Der auftaucht in des Denkers Welt!

---

6. Das belebte Bild.

Die schwarze Erd' ist durchgebrochen
Da, dort aus weißer Landschaft Schnee;
Ein feines Bild, wie stahlgestochen,
Liegt vor mir, Thal und Wald und Höh'.

Schwarz, weiß, in farbenarmer Weise
Begrüßt mich's. — Doch was schlüpft herein?
Ach, eine blau' und gelbe Meise!
Als Leben hüpft sie in den Schein.

Das Kind im Winde.

Halb die Glieder eingezogen,
Strebst du zaghaft durch den Wind?
Alle Locken sind entflogen
Deiner Stirne, liebes Kind,

Bis desselben Windes Streichen
Sie dir wirft in's Auge neu.
Sollst du vorwärts? sollst du weichen?
Weißt du's zwischen Muth und Scheu?

So mir hinter meinen Scheiben
Warbst du schnell in Reim gebracht!
Denn bei allem Kindertreiben,
Hat mir stets das Herz gelacht.

Am Gestade.

Aus dem Steinbruch allenthalben
Schwärmt ihr hin am Fluß, o Schwalben!
Klippen träum' ich, Meereswelle —
Flattert fort an Mövenstelle!

Wanderlust.

1. Reisebeginn.

O Himmelblau
Und Grün der Au!
O Morgenthau!
Nun endlich frei
Von Sorgenblei
Und Müherei,
Schwing' ich den Hut,
Durch Wandermuth
Verjüngt und gut.

2. Der Handwerksbursch.

Froh schreitst du her mit deinem Ränzel,
Dampfst mir entgegen deinen Wenzel!
Wir brauchen uns, du Ohnesorgen,
Nicht erst zu wünschen guten Morgen.

3. Seelenruhe.

Ist Seelenruh' ein Schatz,
So gib sie, Schattenplatz,
Wo ich in Waldgenister
Abschnallte den Tornister!
Die ganze Seele ruht,
Wo's der Tornister thut.

---

4. Gutes Gewissen.

Schleppt, Ameisen, immerzu
Lasten ein und aus!
Meine mit Gewissensruh'
Ließ ich heut' zu Haus.

---

5. Baumesknarren.

Heut' im Walde welches Knarren
Alter Tannen?
Wind, von wannen
Läßt du schlimme Botschaft schnarren?
Bang' ich doch, wie angesteckt,
Was noch werde ausgeheckt?

---

6. Windeslosen.

Wind, dein Zausen,
Wald, dein Sausen
Stellst du heut' einmal nicht ein.

Nun, so sauset,
Sauset und brauset,
Gute Laune singt darein!

7. Das Nägelein.

Schön hinterm Nelkenbret heraus
Sah's Mädchen aus dem Bauernhaus
Und ich mit wahrem Bettlersinn
Warf ihr vom Weg die Worte hin:

„Ein fremder Wandrer bittet fein,
Werft ihm herab ein Nägelein!"
Das Mädchen wählt' und that's mit Lust;
Die Nell' ist noch an meiner Brust.

Reiseepigramme.

1. Die Schönheitslast.

Hier vom Berg die Aussicht faßt
Eine wahre Schönheitslast,
Die ich nicht bewält'gen kann.
Kommt und packt sie selber an!

2. Herbeilassung.

Wie du liefst, bis du mich Alten
Schnellen Schrittes holtest ein!
Lieber Landmann, unterhalten
Vom Erreichten willst du seyn

Und da folgt nun Frag' auf Frage
Um's Woher und um's Wohin? —
Daß man doch nicht ohne Plage
Einsam kann des Weges ziehn!

Doch willkommen, Landsmann, wecke
Menschlicheren Sinn in mir!
Frag' und antwort'! eine Strecke
Ziehn doch wohl als Brüder wir!

3. Volksbildung.

Welch schöner Schloß- und Kirchenbau
Im Styl erneuter Kunst! o schau!
Doch Genien und Karhaliden
Ward hier ein herbes Loos beschieden:
Zerschlagen Hände, Brüst' und Nasen!
Durch welche muß der Bildungsphasen
Das Volk im Lauf der Zeit noch gehn,
Um Schönes ohne Neid zu sehn?

4. Der Kirchweihtanz.

Die Kirchweihgeig' erscholl;
Der Tanz, von Muthwill voll,
Entwickelte Humor.
Und wer noch nicht verlor
Den Sinn für dich, Natur,
Der lächelt ruhig nur
Und hält zu streng Gericht
Bei muntrem Spiele nicht.

5. Die Wirthshäuser.

Ich merke, daß als Schilder
Statt der gewohnten Bilder
Der Wirthe bloße Namen
Bald in die Mode kamen.
Doch, dieser Sitte Tadler,
Vermiss' ich Löwen, Adler,
Lamm, Ochsen, Hirsch und Krone.
Wie prägt sich ein zum Lohne
Doch so ein treues Bild,
Das Durst und Hunger stillt!

6. Die erreichte Ferne.

Entfernten Landes manche Stunden
Hat nun mein Tagmarsch überwunden.
Was wiegt mir vor? Der Ahnung Blau,
In dem mein Morgenblick geschwommen?
Was mir als bunte Abendschau
In scharfer Zeichnung nach gekommen?

7. Wind und Wasserfall.

Es möchte gern der Wasserfall
Die weite Luft durchrasen;
Doch ach, wie wird sein Zornesschall
Auf frischer That zerblasen!

Ergrimmt tritt er zum Abgrund vorn,
Wohl schon das Ohr betäubend?
Der Wind doch wirft beiseit den Zorn,
In Tropfen ihn zerstäubend.

8. Die einsame Burg.

In einen Winkel wie verkrochen
Liegt manche deutsche Burg, gebrochen,
Und steht noch manche unter Dach
In Waldgewind, am Felsenbach.

Hier trauert so ein herverlornes,
Zur tiefsten Einsamkeit erkornes
Altritterschloß. Wie hoch und dick
Trotzt sein Gemäuer dem Geschick,

Als wenn ein feindliches Gemüthe
Dort noch ob wilden Thaten brüte,
Als wenn ein Spiesischer Roman
Dort seinen Schauplatz aufgethan!

9. Das alte Handwerk.

Fabrike an Fabrike!
Vorüber, scheue Blicke!
Das alte Handwerk hält euch fest.
Wie seinen Hammer treffen läßt
Der Schmied da drin, der wackre Mann!
Er heimelt wie ein Freund mich an.

10. Das deutsche Münster.

Die Menge in den Gassen
Drängt sich vorbei an mir.
Zu wem Vertrauen fassen
Soll ich im Volke hier?

Wie? nach verwandter Seele
Siehst du dich, Wandrer, um,
Als ob dir etwas fehle? —
Betritt dies Heiligthum!

Wie tragen diese Hallen
Und der gewölbte Chor
Aus niederm Erdenwallen
Den Geist zum Geist empor!

Dies deutsche Münster baute
Die Stadt in ihrer Kraft.
Was suchst du erst Vertraute
In ihrer Bürgerschaft?

Ihr ganzes Volk umfasse,
Das schaffende, mit Lieb',
Ob dir auch auf der Gasse
Kein Freund darunter blieb!

11. Vor dem Kirchenportal.

Der Münsterthurm, die Prachtrosette
Bereiten dieser heil'gen Stätte
Am Eingang schon die Ehrfurcht vor,
Die drinnen kniet vor dem Chor.

12. Im Dome.

Dom und Hymne! Andachtsleute!
Wenn sie Alle stürben heute,
Möcht' ich nicht der Richter seyn
Ihrer Mängel, groß und klein.
Doch den Gottesgruß Erbarmen
Möcht' ich bieten all den Armen.

13. In einem alten Rococosaale.

Gesuchte Grazie taugt so, so,
Wie dieses Saales Rococo.
Doch hat auch sie ihr Zeitenrecht;
Nachäffen aber steht uns schlecht.

14. Der Gemäldesaal.

Durch den Gemäldesaal gejagt,
Fühl' ich von Sehnsucht mich geplagt.
Ich kam, ich schied: o Genius,
Wie wär' ich satt von solchem Gruß?

15. Die Wirthstafel.

Geeignet war die table d'hôte,
Die müde Wanderkraft zu fristen;
Nur Schade, daß mir sonst nichts bot
Die Doppelreih' von Egoisten.

16. Bekanntschaften.

Daß reisend ich Besuche mache,
Ist keine mir geläuf'ge Sache,
Auch selten, daß ich dafür passe.
Der hat mich tiefer schon berührt,
Zu welchem mich die fremde Gasse,
Die fremde Klink' und Treppe führt.

—

17. Zur Vesperstunde.

Gegrüßt zur Feierstunde
Sei mir die alte Stadt!
Nun macht die Straßenrunde,
Was sich gemühet hat.

Der Tag hat sich geneiget,
Das Handwerk Ruhe pflegt;
Das Klempern, Hämmern schweiget,
Der Zwirn ist weggelegt;

Der Arbeit in Geweben,
In Leder, Holz und Erz
Folgt reges Straßenleben
Und Vesperred' und Scherz.

Mit Stolz ihr aufspazieret!
O wär' er fest und echt,
Der Volkssinn, der euch zieret,
Nur Freiheit, Ehr' und Recht!

Mein Herz euch Bürgern huldigt.
Doch, liebe Bürgerschaft,
Philisterthums beschuldigt,
Gedenk' auch deiner Kraft!

18. Stadt und Feld.

Die Stadt ist mir im Rücken;
Sie war mir herzlich lieb;
Doch, neu mich zu beglücken,
Das treue Feld mir blieb.

In einer Berggegend.

1. Das ruhige Bild.

Nur Bauernhöf' und Tannenhaine;
Manch Trüppchen Vieh dazwischen schweift;
Sonst hat vom gras'gen Bergesraine
Die Schönheit glättend weggestreift,
Was Unruh' brächt' in dieses Bild.
Ein Anblick, der die Seele stillt!

2. Im Abendlichte.

Die Abendsonne sendet schräg
Streiflichter durch's Gebüsch am Weg,
Die drüben noch am Tann zusammen
Verglühen lassen ihre Flammen.
O reizendes Hinüberblühn
Des Tags in Nacht und Dunkelgrün!

Bei Wasseralfingen.

1. In Einsamkeit.

Horch! was war's? — ich lief so weit,
Froh zu seyn der Einsamkeit. —
War's Jemand, der Stimme gab? —
Eicheln raschelten herab.

Nur getrost! Kein menschlich Wort
War hier laut und treibt mich fort;
Stille Ruhe mich beglückt:
Nur der Herbstwind Früchte pflückt!

2. Der seltene Kuß.

Ein Freund — es war der Kerner,
Der Welt war er noch ferner,
Einsam sein Aufenthalt
Auf Welzheims weitem Wald, —

Ist einst mit mir gegangen;
Da küßt' er auf die Wangen
Wohl manches junge Rind,
Die heerdenweis dort sind.

Drum sind mir stets erschienen
So lieb der Rinder Mienen;
Mir war, ich dürfte sehn
Den Freund sie küssen gehn.

3. Malerischer Anblick.

Einen Sack um dich geschlagen,
Braunen Schlapphut auf dem Haupt,
Läßt du deine Ziegen nagen,
Kauernd, von Gesträpp umlaubt.
Hirtenmädchen, wie getrost
Wehrst du ab des Herbstes Frost!

Ach, daß ich der Kunst entbehre!
Zahnvoll blinkt und lacht dein Mund.
Wenn ich ein Murillo wäre,
Mit der Niedrigkeit im Bund,
Die er malt' so warm und wahr,
Dich, o Schelm, dich stellt' ich dar!

An einem Freundestische.

Fliegt Red' und Gegenrede frisch
Von theuern Menschen um den Tisch,
So denk' ich wohl dazwischen bang:
Der Tisch der Liebe steht nicht lang.

Der Tisch des Elternhauses, wo
Vereint er noch die Kinder so?
Sank mit dem Hausfreund nicht hinab
Sein Freundestisch zugleich in's Grab?

Ja, die Erinnrung will nicht ruhn!
Ach, während diese Jüngern nun
So froh mir haben aufgetischt,
Wird still von mir das Aug' gewischt.

Beim Wiedersehen.

Des Pfarrers Glück, des Dorfes Glück,
Ach! waren so aus Einem Stück,
Daß ich es kaum begreifen kann,
Wie ohne jenen werthen Mann,
Der todt ist, noch das Dorf besteht,
Das ihr so freundlich vor euch seht.

—

Das lächelnde Kind.

O Kind, du lächelst; zaubre mir
Doch deine Miene auf's Papier;
Dann sähst du wohl in spätern Tagen
In diesen deinen Blick hinein
Und dir im Herzen würd' es schlagen:
Ach einst, wie selig durft' ich seyn!

—

Beispiel.

Hoch singt es in Begeisterung,
Dann thut es mit dem Weibchen jung,
Verfolgt es in die Ackerbohnen.
Im Himmel und auf Erden wohnen,
Wie's Lerchlein thut, mit ganzem Sinn,
Nimm es von ihm als Beispiel hin!

Schöne Sitte.

Zu Korb im Remsthal ist es Sitte,
Zu pflanzen in der Reben Mitte
Viel weiße Lilien sittsamlich.
Ein schöner Zact der braven Leute:
Der Wein soll, wenn ich richtig deute,
Nie von der Grazie trennen sich.

Der Gartenliebhaber.

Gern öffnete sich meine Brust,
O Bürger, deiner Gartenlust!
Unwissend ganz im Baumbeschnitt,
Genöff' ich doch sie gerne mit.

Du führst bei heitrem Sonnenstand
Am Baum herum die kluge Hand,
Zwickst ab ein Aestlein dort und hier
Am ausgebreiteten Spalier.

Es ist ein einzig Auge kaum,
Das du nicht kennst am ganzen Baum.
Kein Blütlein tritt aus deiner Hut;
Wie kriegst du mit der Raupenbrut!

Dann später in des Jahres Flucht
Brichst du hinweg die goldne Frucht
Und prüfst sie, ob sie wiege schwer
Und labst an Farb' und Duft dich sehr.

Und läßt die Frucht als Ding von Werth
Am Rand des Kastens unverzehrt,
Wo sie mit Fleiß zur Schau gestellt,
Besuchen gleich in's Auge fällt.

Beneideter, der Mühe Dank!
Lacht durch den Winter dir vom Schrank.
Zum Glücke, das du pflegst und lobst,
Wird dir ein ungeschmecktes Obst!

Die Pfarrtochter.

Mag sich ein Park nach Englands Weise
In Baum- und Wegpartien verwickeln;
Hier freun mich schnurgerade Gleise
Durch Buchsrabatten und Aurikeln.

Da ist verzichtet auf Ideen;
Doch niemand drum des Gärtchens spotte!
Zumal wenn gärtelnd dort zu sehen
Des Pfarrers liebenswürd'ge Lotte.

Das Brücklein.

Der Mensch, nachhelfend der Natur,
Wenn nur in ihrem Sinn,
Schafft ihrer grünend freien Flur
Nur reizenden Gewinn.
Wie stimmt zum Erlenbach hier ein
Als Brück' ein unbehau'ner Stein!

Der Bauer.

Ach, dein Geschäft wie grob!
Und du bist auch nicht fein.
Doch Bauer, nimm mein Lob!
Du könntest ärger seyn!

Frühlingspreis.

1. Sturm und Regen.

Sturmregen! doch der Vogelsang
Wetteifert mit dem wilden Klang
Und zwitschert: Lasset ihn nur tosen;
Er räumet auf für Mai und Rosen!

2. Der schöne Glaube.

O welch ein schöner Glaube!
Gesang noch vor dem Laube!
Wie singt der Finke schon so laut,
Weil er der Märzenbotschaft traut!

3. Fort damit!

Fort nun mit übler Laune!
Zum Städtchen frisch hinaus!
Aus jedem alten Zaune
Blickt junges Laub heraus!

4. Der frohe Aufruf.

Blumenwiesen im Gesicht
Und den Wald im Hintergrund,
Schweig' ich oder schweig' ich nicht? —
Heut' entschlüpfe meinem Mund,
Nur ein freudetrunknes Ach!
Das hinabeilt mit dem Bach!

5. Horch!

Das Haupt im Gras,
Du hörest, was?
Geschwätz, Gesums; von wo? von wem?
Vom Imlein? — träumend horche dem!

6. Verschwebung.

Biene summend du erreichst,
Wenn du durch die Lüfte streichst,
Daß das Herz, von Lust belebt,
Mit im Frühlinge verschwebt!

7. Grazie.

Die Grazie muß Flügel schwingen;
Dies sagt das Thun des Vogels mir.
Nur in der Ruh liegt ihr Gelingen:
Dies sagt mir stille Blumenzier.

8. Das Kindervolk.

Hemdig, Kindlein, oder nackt,
Von nichts Engendem geplackt,
Scherzt ihr mir in Dorf und Flur
Seliger die Lenznatur.
Liebes Kindervolk vom Land,
Komm und reiche mir die Hand!

—

9. Die Sperlinge.

Sperlinge, wie seid ihr nieblich!
Schaden habt ihr viel gethan,
Aber hüpft so seelenfrieblich,
Gaukelt noch um Gunst uns an,
Ob nicht Muthwill, Gier und Minne
Uns durch Zierlichkeit gewinne.

—

10. Der jagernde Hase.

Wunderbar
Still und klar
Fesselt goldner Abendschein
Jeden Blick an Wies' und Hain.

Selbst der Hase,
Der dem Grase
Eben vor mir ist entronnen,
Hat sich vorher lang besonnen.

11. Mond und Blütenduft.

Schwerer Käfer wild Geschwärm
Und im Flußbad Knabenlärm!
Doch der Mond, dort aufgestiegen,
Macht demnächst die Stille siegen;
Nur sein Licht und Blütendüfte
Theilen dann sich in die Lüfte.

Die fernen Ruheplätze.

Ach, des Berges Baumgelände
Böten manchen Ruhesitz,
Wo mir glücklich ferne stände
Menschenthorheit, Menschenwitz.

Doch die Blumen droben blühen
Nur für Thau und Sonnenstrahl,
Haben nichts mit meinen Mühen,
Nichts zu thun mit meiner Qual!

O Sommerzeit!

O Sommerzeit, ich will ja nicht,
Daß du im Fliehen stehen bleibest;
Doch, was mir fast das Herze bricht,
Ist, daß du mich vorübertreibest;

Daß ich nicht stehen bleiben soll
Und merken auf dein schnelles Blühen,
Nein, daß du, Tag für Tag, wie toll
Mich reißest in des Lebens Mühen!

— —

Landmannsmuth.

Ein Zwiegespräch mit Winzern, Bauern
Hat oft mir wieder Kraft gegeben,
Nach ihrem Vorbild auszubauern
Und mit Vertrauen fortzuleben.
O hielt' ich stets doch an das Gute
Im Leben mich mit Landmannsmuthe!

— —

Aus der Heimath.

1. Zwischen blühenden Mohnfeldern.

Der Ostwind trägt mir ferne Laute
Sonst überhörter Glocken zu.
Die Heimath frag' ich, meine traute,
Wardst du zur Fremde? bist es du?

Freust du dich dieses Morgentones?
Und all das weiß' und rothe Feld,
Sind es die Aecker unsres Mohnes?
Umwölbt mich unser Himmelszelt?

Der Mohn, durch den die Sonne flimmert,
Erblüht er einer Traumwelt nur? —
Ach, was so klingt und was so schimmert,
Du bist es, süße Heimathflur!

— —

2. Landesfülle.

Welche Füll' an's Herz mir legen
Weingebirge, halb verhüllt
Von des Nebels feuchtem Segen,
Und das Thal, getreiderfüllt!

Dank den Bergen und den Bäumen
Unsrer Heimath! sie umsäumen
Uns so schön dies Müheleben,
Daß wir ihm die Müh' vergeben.

Das gestörte Paar.

Es kosten zwei Böglein am Walde,
Dort, wo er heraustritt zur Halde;
Da schritt ich voran in den Hain
Und flog nun das Eine waldein,
Das Andere, ach, mir zum Graus,
Flog fern in die Weite hinaus.
O Himmel! ich brachte doch nicht
Das Pärchen sich aus dem Gesicht?

Stille! stille!

Ein Eisvogel, blau, in Wonne,
Mustert Fluß und Abendsonne,
Selbst ein Prachtbild, dort vom Zweig. —
Schau, bewundere, doch schweig!
Herz, ein Vogel sitzt dort still,
Der nicht Menschen glänzen will!

Die stillen Grüße.

Seyd auf dem Weg mir Unterhalter,
Ihr bunten Blumen, Sommerfalter,
Gesellen meiner Einsamkeit!
Ihr bietet freundlich mir die Zeit.

Wie Viele euch vorübergehn,
Selbst ohne nach euch umzusehn!
Ach manches Herz hat so die Art:
Ein stiller Gruß ist ihm zu zart.

Mitklang.

Ich sag' es ohne Röthe:
Mir fehlt die Dichterflöte.
Doch Eins hat mir bereitet
Natur: mein Herz besaitet
Zum Mitklang, wenn den Strauch
Durchspielt ein Windeshauch.

Großes und Kleines.

Der Mensch hat Geist und Armeskraft,
Womit er Höchstes an sich rafft;
So diese stolzgewalt'gen Fichten,
Um sie als Masten aufzurichten.
Da scheint ein Träumer wohl sich träg,
Der hinirrt durch das Waldgeheg;

Er scheut sich, Großes zu erringen.
Doch gibt's auch kindliches Gelingen:
Erdbeeren, sieh da, roth, wie Blut!
Die Erd' ist auch dem Träumer gut.

Im Walde.

1. Waldenflug.

Tannenanflug; junges Leben,
Mögst du einen Urwald geben!

2. Verschönerung.

Ein Schuß gefallen
In Waldeshallen!
Der stille Genuß,
Der lärmende Schuß,
Was schweigt und was tönt,
Wird drinnen verschönt.

3. Inbrunst der Erde.

Die Inbrunst will der Erde,
Daß grüne Waldung werde
Und in dem grünen Wald
Erdbeeren, labend kalt,
Doch röther als die röthste Glut,
An Saft und Würze himmlisch gut.

4. Der entbehrende Sinn.

Wie? auch die Espen find' ich still?
Des Schweigens mehr denn, als ich will!
Gelabt, gekühlt, umgrünt, umwürzt,
Das arme Ohr allein verkürzt!

5. Die wilden Tauben.

Wie der Wald von Tauben girrt!
Möcht' ich doch beinahe wähnen,
Daß er sich so grün verwirrt
Nur für trauter Liebe Scenen.

Im Sommer.

1. Storchennest.

Störche hoch im Nest sich sonnen,
Stets bereit zum Flügelschlag.
Wie viel Bilder, wie viel Wonnen,
Spiegelt solch ein blauer Tag!

2. Sensenglänzen.

O welch ein Glanz- und Sonnentag!
Dort blick' hinunter über's Hag!
Wo sich im Thal ein Mäher bückt,
Als Flamme seine Sense zückt.

3. Segensduft.

Flachs, Wiesenklee und Ackerbohnen,
Getreid' und Reben in der Blüte!
O Land und Luft, wer kann euch lohnen
Für all die Spenden eurer Güte!
O Sommerland, o blaue Luft,
Ihr lohnt euch selbst durch Segensduft!

4. Die Sommerblume.

Die Sommerblume strahlt in Wonne
Als wäre selbst sie eine Sonne
Und zu erleuchten nur gemacht
Des Grünen Pracht.

5. Sommerglanz.

Wie ist die Sommerflur so ganz
Getaucht in reinen Sonnenglanz!
Der Mücke Kopf ist augenvoll,
Daß jedes Strahlen sammeln soll.
Für mich mit Einem Augenpaar
Ist fast die Welt zu selig klar.

6. Die gebundene Schönheit.

Zu unendlich und zu lose
Ist des Sommers Schönheit. Ja!
Nur in dir steht sie, o Rose,
Faßlich und gebunden da!

7. Der Sommerschreck.

Nur Frohsinn, reines Himmelblau
Und Stille ruhn auf grüner Au. —
Was schlägt auf Einmal mir an's Ohr?
Die Hummel brummt an mir empor.
Doch wie, du derber Sommerschreck,
Schon trug dich Luft und Leichtsinn weg!

8. Die Durstlosen.

Ach, was zur Labung schmiegt
Sich meiner Zungenqual?
Der Waldbach ist versiegt
Von heißem Sonnenstrahl!
Und ihr seyd guter Dinge,
Durstlose Schmetterlinge?

9. Wiederglanz.

Wie ruh' ich still im Tannenhain!
Die Sonne sucht sich Wiederschein,
Wo niemand es wohl meint.

Ha, wie sie funkelnd scheint
Hoch an dem grünen Zapfen dort,
Der still herabharzt immerfort!

10. Die Ruhestunde.

Dort ein Haus im Sonnenschein
Zieht die grünen Läden ein.
Glücklicher Bewohner du
In des Zimmers kühler Ruh!
Denn vom Sommertag das Beste
Bleibt doch immer die Sieste.

11. Der Ausbruch.

Natur, in deinem Kraftgefühl
Wird es dir oft zu schwer, zu schwül,
So, daß dich wohl ein Zorn durchzückt,
Wie dich die eigne Fülle drückt.
O Schrecken, wie die bange Kraft
Dann im Gewitter Luft sich schafft!

12. Vorüber.

Vorüber, Donner, Sturm und Blitz!
Es sonnt am Himmel wieder Friede!
Der Vogel aus umgrüntem Sitz
Verkündigt ihn in frohem Liede.

Uns freut nun nicht nur Düftenaſchung
In abgekühlter Luft;
Ein Meer von Luſt und Ueberraſchung
Im Nachgewitterduft!

13. Storchenanblick.

Wie der Storch ſo farbenreinlich
Aus der grünen Wieſe blinkt!
Die Erinnrung nur iſt peinlich,
Daß ihm ſchon die Ferne winkt.

14. Sommerſäuſeln.

Sommerſäuſeln, ach, wie bald
Wirſt du Herbſtgeſauſ' und kalt!
Doch, für jetzt noch guter Dinge,
Folg' ich deinem Schmetterlinge,
Der in ſanfter Luft vergißt,
Wie ſo nah der Sturm ihm iſt.

15. Gewohnheit.

Der Käfer tost, die Unke ſingt
Nach goldnem Sonnenuntergang,
Erfreut, daß ihnen neu gelingt,
Was ihnen geſtern ſchon gelang.

Die Mücke am Fenster.

Bis zum Taumeln und Verschmachten
Klopft die Mück' an's Fensterlicht!
Trügend Glas empfängt ihr Trachten,
Lichter Spielraum wird ihr nicht.

Spannt sich denn nicht eine Scheibe,
Menschengeist, auch dir durch's Licht?
Achte die Begrenzung, treibe
Zum Unmöglichen dich nicht!

Im Herbste.

Wie viel doch hat Natur zu thun,
Bis jedes Zweiglein Blätter hat,
Und bis zur Erde abfährt nun
Von jedem Zweige jedes Blatt!

Die Natur.

Du bist nicht Denkerin, Natur,
Und darum soll ich dich verachten?
Gebührt denn Lieb' und Staunen nur
Dem Denkenden, nicht dem Gedachten?

Mensch und Thier.

Des Menschen Fehler ist: dem Thier
Ach, gleicht er oft nur allzusehr.
Das Thier oft aber frommte mir,
Wenn's nur nicht gar so menschlich wär'.

Das Formenjoch.

Lebt nicht die Seele doch
Sehr unterm Formenjoch?
Im Enkel noch Gewalt
Uebt seines Ahns Gestalt,
Der, von dem Jungen ungekannt,
In ihn sein Bild und Wesen bannt.

Das Leid.

Wohl all dein Leid, es wäre keins,
Wenn du mit Gott dich fühltest eins.

Der schöne Sonntag.

O Tag von seltner Sonntagsmiene,
Wer vor dem Antlitz dir erschiene,
Dem es gelänge, ach, so rein,
So unumwölkt, wie du zu seyn!

Terenzens: Humani nihil a me alienum puto.

Ehrt mir den Römer, der dies sprach!
Wie menschlich er mit Menschen fühlt,
Vom Heidenthum nicht abgekühlt!
O stände nie ein Christ ihm nach!

Der Lebemann.

Laß dich doch dem Lebemann,
Nie, o Leben, traurig an!
Düstre Leute traun dir nicht,
Selbst, wenn Hoffnung für dich spricht.
Nur der Lebemann, der Gute,
Gibt sich dir mit Kindermuthe.
Keine Sorg' im Schilde führend,
Dünkt er dir nicht selber rührend?
Nun, so sey ihm dankgesinnt
Und verfahre mit ihm lind!
Andre mögen Noth bestehn,
Die sie ja vorausgesehn!
Er, in seinem Kindermuthe,
Sey damit verschont, der Gute!

Einem Vorübergehenden.

Dem Lebensmuth in deinem Blick,
O Wandrer, trete das Geschick
Mit Liebesfülle noch hinzu!
Wer ist dann glücklicher, als du?

Der Dorfknabe.

Dorfknabe, der du auf den Baum
Geklettert hier, du weißt es kaum.
Daß nie ein König freier ist,
Als du, o Kind, zu dieser Frist!

Verschiedene Abbilder.

Aus einem Herzen blickt die Welt
Als wie ein Zerrbild schier;
Aus eines andern Spiegel fällt
In's Aug' Elysium mir.

Bedingung.

Ach verzeiht, bin ich der Richter,
So ist der mir erst ein Dichter,
Der in's Herz mir also langt,
Daß es auflacht oder bangt!

An die politischen Dichter.

Singt fort für Mündigkeit und Ehre,
Für Einheit deutscher Nation!
Und fordert auf zu gleicher Wehre,
Und Fehde jeden deutschen Ton!

Ihr habet Recht; das Wort wird That,
Wenn's unaufhörlich wiedertönt;
Schon weicht ihm selbst der Fürstenrath,
Der's erst verspottet und verpönt.

1843 bis 1846.

— ·—

Der Eisgang.

Der Eisgang ist in vollem Rollen:
Doch was beflattert seine Schollen?
Bachstelzchen setzen sich darauf
Und gleiten hin mit deren Lauf.
Die Flugesfröhlichen begriffen,
Vergnüglich sei es auch zu schiffen.

— — —

Naturauffassung.

Es träum' ein Gott in der Natur,
Im Menschen sei er aufgewacht!
So freut nicht der Erwachte nur,
Mich freut auch seiner Träume Pracht.

——————

Bei Sonnenschein und Himmelblau.

Das Land liegt rings in Sonnenduft,
Hoch überherrscht von blauer Luft.
Was soll ich thun? sie herrscht es nieder:
Mein Herz ihr weihn durch Luft und Lieder!

——— —

Rath für Traurige.

Nach großem Leid in's Freie nur!
Hinaus in heilende Natur!
In's Herz, es sey auch noch so wund,
Schleicht doch der Trost: sie blieb gesund!

Die Heimkehrenden.

Endlich nimmt die Stadt mich auf.
Bald zum Münster geht mein Lauf,
Das mich immer staunen macht
Mit des Thurmes alter Pracht.

Wasserspeier an ihm bräun,
Adler, Drachen, Stier' und Leu'n; —
Doch, wo sind die Münsterkräh'n,
Die dort droben sonst zu sehn?

Nistet ihre Schaar nicht mehr
Um dies Prachtgebäude her?
Ach, ihr Alterthumsgeschrei
War mir sonst so lieb dabei! —

Ha, indem mein Blick sich hebt,
Findet er: ihr Grauen lebt!
Ja, mein Wunsch hat wieder Ruh':
Eben fliegt ihr laut herzu!

Weg und Ziel.

Wie schönes Loos mir heute fiel!
Indeß die Lerch' am Himmel hängt
Und Hasen, von mir aufgesprengt,
Das weite Saatgefild durchjagen,
Darf ich zum Freund auf's Land mich tragen,
Auf liebem Pfad zu liebem Ziel.

Der Veränderte.

Wenn mich die Waldung rings umfängt,
Um die das braune Herbstlaub hängt,
Ach, ist es da noch jenes Wandern
Bei Amsellied und Kukukswort?
Bin ich's noch selbst? wie einen Andern
Reißt durch den langen Wald mich's fort!

Nach dem Tode meiner Gattin. [1]

1. Nach ihrem Hinscheiden.

Ich will ja nun, geliebtes Herz,
Erdulden meinen, unsern Schmerz,
Verlassen gehn — nach Gottes Rath —
Den froh mit dir gegangnen Pfad.

[1] Der am 1. April 1844 erfolgte.

Doch, die mich drückt, die Frage, heißt:
Geliebte, wo ist nun dein Geist?
War dies der Scheidestunde Sinn,
Daß er für ewig sey dahin? —

Vom Ort des Sehnens schwand er nur
Und fand sich erst die Heimathflur? —
Entschlief er bis zum Auferstehn,
Wacht auf mit uns zum Wiedersehn? —

Ach Wiedersehn? wird's noch bedacht
Von dir dort oben oder facht
Kein Sehnen mehr den Wunsch dir an,
Mit uns zu wandeln Eine Bahn? —

Heißt: „Ewig! Ewig!" nicht das Wort,
Das uns verbindet hier und dort? —
O Theure! welcher Fragenschmerz
Bewegt mir das verlaßne Herz!

2. Wahrnehmung.

Ich nahe, Liebste, dir mit Scheu
Aus meinem tiefen Weh;
Im Himmel, ewig hehr und neu,
Umfängt dich heil'ge Näh'.

Dein Geist, die nahe Gotteswelt,
Wie ziehen sie sich an!
Und deinem Seelenwunsch entfällt
Der ungeweihte Mann! —

O Lieb'! im Leben — zeuge du! —
Quält' Eifersucht mich nie;
Und nun um deine ew'ge Ruh
Mich Armen quälte sie? —

3. Die Lücke.

Ich fühl' es jetzt erst; voll von Glücke
War jedes Plätzchen mir im Haus;
Denn jedes zeigt mir ach! zum Graus
Seit ihrem Hintritt eine Lücke.

4. Unmöglichkeit.

Wenn ich dich wußte ausgegangen
Zur Kirch', in einen Frauenkranz,
So war mein Herz voll von Verlangen,
Ich fühlte mich verlassen ganz,

Mich und die lieben Kinder alle.
Ach, hätte man mir da gesagt,
Daß bald dein Schritt uns ganz entwalle,
Hätt' ich zu leben noch gewagt?

Wohl gilt es nun, sich durchzuschlagen,
Verzichtend auf dein Angesicht.
Doch ihm auf ewig so entsagen,
Dies, Theure, kann und will ich nicht.

5. Veränderung.

Ich blick' heraus in die Natur
Aus meines Hauses Glück;
Sein ruhig Licht floß auf die Flur,
Floß auf die Welt zurück.

Da war die Luft erst himmelblau
Und frisch des Vogels Schall
Und grün die Waldung, bunt die Au
Mit ihrem Blumenschwall.

Mein Glück versank, die Liebste starb
Aus trautem Hausstand hin;
Maitage sonder Schall und Farb'
An mir vorüberziehn!

6. Wunsch.

Geliebte, ja vom Erdenleib
Bist du vergeblich nicht befreit,
Erhöht in schönre Welten!
Wenn gliederrasch, der Erd' entweckt,
In Mailuft glänzet das Inselt,
Was mag für Geister gelten,

Die irdischem Gefild entrückt,
Von reinern Frühlingen entzückt,
Voll Kraftgewinns sich üben? —
Ach! könnt' ich endlich fassen nur,
Erheitern mich auf irb'scher Flur
An deinem Frohseyn drüben!

7. Der ferne Laut.

Ein Lenzlaut ferne draußen ruft:
Kaum ist er noch zu kennen,
Kaum von der blau ergoß'nen Luft,
Kaum mehr vom Nichts zu trennen!

Solch leis Gemisch von Nichts und Ton
Aus deinem ew'gen Frieden,
Wie fern auch, doch beglückend schon,
Wär's deinem Freund hienieden!

Verklärte, doch dein Heiligthum
Läßt keinen Hauch durchbeben.
Verborgen bleibt mir, fern und stumm,
Dein Wohnort und dein Leben!

8. Schreckenserneuerung.

Oft konnt' ich neu mich freuen lernen
An Wiesen, voll von goldnen Sternen,
Von blauen Glocken, rothem Klee;
Beim friedlichen Gesang der Grillen,
Im Hauch der Sommerlüfte stillen
Ein in das Herz gekommnes Weh.

Doch nicht Cicaden, Falterreigen,
Noch Blumen können jetzt mich schweigen,
So gern mein Herz damit verkehrt.
Der Klang: ach! starb nicht meine Liebe?
Ist's, der mit neuem Wundentriebe
Mir immer durch den Frieden fährt.

9. Angelegenheit.

Verzeihung, wenn du mich, Verklärte,
Unedlen Herzens jemals fandst,
Ich je den Schatz von Glück nicht ehrte,
Mit dem du mir von hinnen schwandst! —

Es wäre deiner Ruh' Entweihung,
Wenn ich dich noch bestürmen wollt'.
Der ganze Himmel ist Verzeihung,
Wie wäre nicht dein Herz ihr hold?

10. Bitte an die Glocken.

O Glocken, werdet noch nicht still!
Wenn ich, wie stets, gedenken will
Der heißgeliebten Hingeschwundnen,
So stimmt nur ihr zu dem Empfundnen;
Denn ihr erfüllt mit Erdenschmerz,
Erfüllt mit Ewigkeit mein Herz!

1847. 1848.

Fortsetzung der Trauergedichte.

1. In späterer Zeit.

Noch hab' ich Ruhe nicht erworben,
Bin mit der Trennung nicht vertraut.
Dein Name selbst, seit du gestorben,
Macht mich bestürzt durch seinen Laut.

Durch alles Süße, was er hatte,
Mißtönt dein Tod, der Saitenriß.
Geliebte, dein verlaff'ner Gatte
Steht neu verstört und ungewiß!

Dein Gegenruf erklingt nicht wieder,
Ob ich dich rief auf jedem Stern.
Von neuem rinnt die Thräne nieder;
Du bleibst, du bleibst mir furchtbar fern!

2. Vormals und jetzt.

Wie reine Freude war mir das,
Zu wandeln durch das Blumengras!
Noch scheint das Gras mir blumenleer,
Seit meine Liebe blüht nicht mehr.

3. Einsicht.

Glücklich vor dem Tod zu preisen
Ist kein Mensch, dies fühl' ich nun,
Wenn Gedank' und Sinn des Weisen
Nicht schon hier im Ew'gen ruhn.

4. Freier Gedankenlauf.

Hab' ich in Schranken mich zu halten,
Wenn ich dein Loos mir will gestalten
Als ein genuß= und schönheitsvolles?
Wenn dir dein irb'scher Freund, dein Mann,
Die reinste Freude wünschen kann,
So denk' ich, deinem Gotte soll es
In seiner Lieb' noch lieber seyn,
Glück ohne Maß dir zu verleihn.

5. Rückerinnerungen.

1.

Du sprachst nicht lang vor deinem Tod:
„Ich muß euch, fühl' ich wohl, verlassen."
Doch wir, noch minder bang, vergaßen
Voll Hoffnung die gedrohte Noth.

Die Trennung war auch dir ein „Muß,"
Uns zu verlassen, schuf dir Kummer;
Drum noch aus deinem Friedensschlummer
Trifft mich dies Wort als Schmerzensgruß.

2.

Zum Fenster ließst du noch dich führen
Am Abend, eh' dich rief der Tod;
Denn immer war dein Herz zu rühren
Von Landschaft, Lenz und Abendroth.

Da streifte, theure Sterbenskranke,
Dein Blick noch einmal in's Gefild,
Als wenn er letzte Luft ihm danke;
Dann kehrtest du zum Lager mild.

Der vollen Schönheit dieses Lebens
Bliebst du dir bis zuletzt bewußt;
Doch unsre Sorge war vergebens,
Daß Klag' entschlüpfe deiner Brust.

Wir brauchten nicht dein Leid zu stillen;
Du schiedst von Allem, was dir lieb,
Doch schweigend, weil in Gottes Willen
Dir Licht und Trost auf ewig blieb.

6. Bitte an Sie.

Ich schreibe Lieder dir hinüber
Als Briefe nach der schönern Welt.
Mein Wandel ist ein gar zu trüber,
Wenn mir das Wort mit dir entfällt.

Du kannst, ich weiß ja, nichts erwiedern,
Dem Irb'schen aus dem Himmelsraum.
Für jedes nur von meinen Liedern
Erschein', o Theure, mir im Traum!

7. Leben und Wirklichkeit.

Nicht Wesen, nur Erinn'rung, Traum,
Wär' ach von dir, mein Lieb', erhalten?
Kein Wohnsitz mehr, kein Wirkungsraum
Erblickte mehr dein Thun und Walten?

O nein, du lebst in Wirklichkeit,
Wenn auch nicht mehr in meiner Nähe!
Du lebst! Dies milderte mein Leid,
Selbst, wenn ich nimmermehr dich sähe!

Im Nachblicken.

Zwei Reiter traben durch das Thal,
Auf welchem glüht der Mittagsstrahl.
Mein Auge folgt durch's gelbe Korn.
Treibt jenen nicht der Liebe Sporn?
Und zeigt nicht der, was Freundschaft kann?
Dem heißen Ritt schloß er sich an. —
O Reiter, wie beglückt seyd ihr!
Ich gönn' es euch; was bleibet mir? —
Gar fern ist mir der treue Freund,
Mein Lieb' ist todt und längst beweint!

Beim Wiederfinden.

Ach, sieh da, du beblümtes Kraut!
Als Kind hab' ich dich oft geschaut.
Du hast geblüht an jenem Quell;
Er schien, wie meine Zukunft hell.

Die Zukunft ward Vergangenheit
Und ward getrübt von tiefem Leid.
O sage, Kräutchen, blumenvoll,
Was mir dein Wiederblühen soll?

Vorbedeutung.

Antlißruhe vor dem Tod
Ist wie stilles Abendroth.
Ahn' ich recht, so liegt darin verborgen
Klarer Himmel für den andern Morgen.

Der sterbende Freund.

Der Freund ist sterbend, wie ich sehe.
Tritt er in Wohlseyn nun, in Wehe?
Tritt er hinaus in ödes Nichts? —
Ich wär' ein Kind des sel'gen Lichts,
Wenn mich die Frage nicht berührte,
Wohin uns schwinde der Entführte?

Die Bestattung im Sommer.

Im Sommer zur Beerdigung
Des Freunds war ich gegangen.
Wo blieben da Begeisterung
Für's Jenseits und Verlangen?

Die Erdenschönheit war zu groß
Und herb schien mir des Freundes .
Aus diesen irb'schen Blumen allen,
Wenn auch in's Paradies, zu wallen.

Von nun on.

Edler Todter, schönes Haus!
Ach, nun trägt man ihn hinaus,
Neben seinem Gut und Garten,
Die nun andrer Pfleger warten!
Welch ein Glück, mit Geist genossen,
All von Stund' an nun zerflossen!

In einem Pfarrhause.

Liebes dörfliches Geläute,
Oft vom nahen Thurm gehört,
Gast im Dorfe, bin ich heute
Neu im Pfarrhaus eingekehrt.

Du versetzest mich mit Schmerzen
Heut' in künft'ge Zeit hinaus.
Andre Menschen, andre Herzen
Wohnen dann in diesem Haus.

Festlich mild noch wirst du schallen,
Wie nun jetzt; doch die sind fort,
Die mir all dies Wohlgefallen
Eingeflößt an diesem Ort!

Aufblick.

So jung empfind' ich noch
Und wurde doch ein Greis,
Schon halb im Altersjoch,
So wenig reif und weis'!

Zu jung in jenem Sinn,
Wie Erdenjugend denkt,
Auf ewigen Gewinn
So selten noch gelenkt.

O Schöpfer, der mein Herz
Für diesseits aufgethan,
Verleih' auch himmelwärts
Den Blick mir und die Bahn!

Am Rand eines Erntefeldes.

Feldflasch' und Wämser sieh abseiten,
Die Leute selbst im Erntefeld!
So mahnt uns ein Geräth zu Zeiten,
Ein trautes Kleid, das in der Welt
Als Merkmal ist zurückgeblieben
Von unsern hingeschiednen Lieben
Und uns die Seele still bewegt.
Die Todten haben's weggelegt,
Die drüben nun die Ernte schneiden
Von ihren Thaten, ihren Leiden.

Stille Erwartung.

Ich bin ein Räthsel selber mir;
Doch einsam wandelnd, folg' ich dir,
Du herrlich ruhende Natur!
Auch du bist wohl dir räthselhaft,
Doch, wie dies keine Sorge schafft
Dir, deiner Waldung, deiner Flur,
So, Freundin, wart' ich ab, wie du
Die Lösungszeit in stiller Ruh'!

Begnügung.

Ein Wohnsitz bist du nicht der Engel,
O Welt der Mängel!
Doch Gutes unter Schlimmem finden,
Es warm empfinden,
Ist eines Menschenlebens werth.
Undankbar ist, wer mehr begehrt.

Unterwegs.

1. Der Tannenwald im Winter.

Kein Vogeljubel war erschallt
Zur Winterszeit im Tannenwald;
Doch jubl' ich selbst, wenn so im Schnee
Ich grüne Tannenwaldung seh'
Und zu des Wintermarsches Preis
Ragt mir vom Hut ein Tannenreis.

2. Nahe Hoffnung.

Die Schneeflur steht Gebüsches voll,
Das um die weißen Dörfer zweigt
Und schon in braunem Flechtwerk zeigt,
Wie alles bald hier grünen soll.
O Bach, wie wird dir's Freude bringen,
Dich dann durch Blüt' und Laub zu schlingen!

3. An eine mütterliche Wirthin.

Mütterliche Wirthin, habt
Besten Dank für eure Pflege,
Die auf langem Wanderwege
Euer Bild in's Herz mir grabt!

Habt Ihr, Gute, keinen Sohn,
Der euch in der Fremde wandelt?
So, wie ich, sey er behandelt,
Euch zum schönsten Herzenslohn!

4. Morgens aufgehend.

Fischreiher auf die Morgenspeise
Sind dort am Fluß umsonst bedacht,
Indeß zu meiner Morgenreise
Hat mir Erquickung schon gelacht.

Der Mensch, genießend nach der Uhr,
Beherrscht die folgsame Natur.
Ihr, wilden Wesen, habt zu warten,
Eh' ihr euch letzt im Schöpfungsgarten!

5. Das Mädchen im Felde.

Auf der Schaufel mit dem Fuß
Seh' ich, Mädchen, frisch dich schoren.
Du auch bist zum Augengruß
Mir an meinen Weg beschworen!
Freudig hemm' ich meinen Schritt,
Nehm' im Geist dein Kraftbild mit.

6. An eine Eiche.

Durch deiner Aeste Vielgestalt
Bist, Eiche, du ein Wald im Wald!

7. Beim Aufstehen.

Leb' wohl! Du lieber Schatten hast
Mit trauter Kühlung mich erfrischt!
Wenn ich dir danke süße Rast,
So bleibt mein Dank so unverwischt,
Daß er noch immer, immer währt,
Wenn du schon lang in Nichts verkehrt.

8. Ruhepunkt.

Des Dörfleins Glocke ländlich schellt;
Sanft tönt sie mir aus ferner Welt,
Die in der Unruh dieser Frist
Weit, weit zurückgeblieben ist.
So Manches däucht mir lang entzwei
Und klingt nun wieder mir herbei!

9. Bei der Annäherung.

Ein Dom aus vieler Giebel Rauch
Ragt hochbethürmt hervor,
Und durch des Abends stillen Hauch
Erschallt der Glocken Chor.
Wann grüßt sich Ohr und Auge satt
An einer alten deutschen Stadt?

10. Gesunkene Erwartung.

Ob mir diese Stadt gefalle?
Schon durch all die Glockenhalle,
Die ihr Heer von Thürmen hegt,
Ist sie mir an's Herz gelegt.

Doch das Innre macht mich blöde;
Pläß' und Gassen sind so öde;
Fast mein Herz die Freude reut
An so müßigem Geläut.

Hohe Feierklänge paßten,
Wo es gälte, auszurasten
Von Geräusch und Arbeitslast;
Doch das Volk hier lebt von Rast.

Diese Abendglocken schweben
Ueber müdgewordnem Leben.
Mauerzinnen, Thürm' und Wall
Ueberschritt ein leerer Schall!

11. Das unbewohnte Schloß.

Welch stolzer, mächtiger Koloß!
Wer zählt die Fenster hier im Schloß!
Sind sie des Nachts erleuchtet wohl? —
Sie bleiben finster, öd und hohl! —
Wenn Armuth solche Schlösser haßt,
Wo Uebermuth und Reichthum praßt,
Hier kann sie eine Erblast sehn,
Für Reich und Arm vergeblich flehn. —
Hat Reichthum hier sich todt gebaut?
Welch ödes Menschenthun! mir graut.

12. Die Schuhe am Wege.

Da ruh'n am Fußpfad ein Paar Schuh',
Die Sohlen hin und Riß an Riß
Am Lederwerke! Ja, gewiß
Es kam der Wandrer schwer dazu,
Euch, treues Paar, zurückzulassen,
Barfüßig seine weitern Straßen
Betretend über Thal und Höh'!
Ach mir, den sichre Sohlen tragen
Und der hier schlendert ohne Plagen,
Erweckt ihr Schuhe stilles Weh!

13. Der einsame Hof.

Schon im Sommer steht so traurig
Dieser Hof, so öd im Feld.

Ach, wie denk' ich mir es schaurig,
Wenn auf ihn der Winter fällt;

Wenn der Hof, in Schnee vergraben,
Sieht nur Einsamkeit umher
Und mit keinen Lebensgaben
Irgend weiteren Verkehr!

Doch dann wohut der Sehnsucht Feuer
Unter seinem stillen Dach
Und im einsamen Gemäuer
Hält ihr bunter Traum sich wach.

---

14. Bei der Rückkehr in ein gastliches Haus.

Hat die Trift mich lang erfreut
Und des Walds einsame Muße,
Ach, so wird der Wunsch erneut
Nach der Augen Liebesgrüße,
Der an trautem Freundestisch
Mich erwartet doppelt frisch
Und der Essensstunde Schlag
Wird zur Blüte mir vom Tag.

---

15. Nach einem Abschied.

Von Guten thut der Abschied weh;
Doch wenn ich so von bannen geh',
Ist nicht mein Heimweh bald verstummt,
Wenn neu ein Bienchen mich umsummt?

16. Abendwanderung.

Der Abend legt sich stille
Auf dies entlegne Feld,
Wo kaum noch eine Grille
Das Ohr geschäftig hält.

Viel tausend Schatten weisen
Tief rings in Wäldernacht.
Wohin, verwünschtes Reisen,
Hast du mich spät gebracht!

Frühling und Ländlichkeit.

1. Der Frühlingsmorgen.

Gleich dem Reiher in der Luft
Trink' ich frischen Morgenduft:
Mit dem Kukuk, dort im Wald,
Nehm' ich heut den Aufenthalt,

Wie der süße Frühlingstag
Ueber mich gebieten mag,
Der mit seinem Blumenstrauß
Meinen Schritten geht voraus.

---

2. Hügel und Landschaft.

Der Hügel hier, zur Hälfte Wald,
Zur Hälfte Obsthain, Wies' und Feld,

Worin ein Kirchdorf sich gefällt,
Ist so holdseliger Gestalt,
Daß es kein Ausdruck wieder sagt,
Wie lieb er in die Gründe ragt.
Als Zeugen ruf' ich dich dazu,
Gebirg dort, ausgestreckt in Ruh'!
Was ich nicht schildern kann und will,
Bestätigst du von ferne still.

3. Wandermorgen.

Am gluck, gluck, gluck! der Henne
In ihrer Küchlein Zahl
Mein Schritt vorbei nicht renne
Im jungen Morgenstrahl!

Das Haar noch ungeschlichtet,
Sehn Kinder dort heraus;
Die Hühnchen, stets gerichtet,
Sind flink schon vor dem Haus.

O rosenduft'ger Morgen,
Da steh' ich ohne Ruck
Und schau der Henne Sorgen
Und horche ihrem Gluck!

Umringt von Heimatbildern,
Von holder Kinderzeit,
Vergeß' ich mich im Schildern
Der trauten Ländlichkeit.

4. An ein Landmädchen.

Schaden Sommerflecken, Kind,
Deren viele an dir sind,
Deinem Reiz wohl unabwendlich? —
Herzgewinnend, lieb und ländlich
Zeugen sie nur von der Wonne
Eines Lebens in der Sonne.

5. In gemischter Gesellschaft.

Gelbe Wasserlilien lachen
Aus dem Sumpf am Waldestrauf.
Fräulein hat ein Aug' darauf.
Was, ihr Herrn, ist da zu machen?
Da ist leider nichts zu rathen,
Als galant hineinzuwaten!

Blüten und Blumen.

1. Seidelbast.

Seidelbast betäubt das Haupt,
Blühend, eh' der Wald belaubt,
Mir zum Wunder. Welche Kraft
Muß es seyn, die sich entrafft
Winterlichen Bodens Gruft,
Noch im Schnee, zu Farb' und Duft!

2. Die Palmkätzchen.

Palmkätzchen, süßes Kinderglück!
Als Gerte bracht' ich oft zurück
Euch von des Wiesenbaches Rand.
Ihr thatet wohl dem Strich der Hand,
Zum Sehen sanft, zum Fühlen weich,
Bepelzten jungen Thierchen gleich.
Noch lächelt ihr, wie einst dem Kind,
Dem Manne silberhell und lind!

3. Die Ackerblumen.

Blutströpflein und Rittersporn
Sind dem Landmannsaug' ein Dorn;
Blaue Nelken im Getreib',
Rother Mohn auch thun ihm leid;
Und zumal die gelben Raben
Rechnet er sich stets zum Schaden.
Doch des Unkrauts bunte Pracht
Kindern, Mädchen, Dichtern lacht.

4. Verschiedene Anlage.

Der holden Blumen blickt nicht jede
Mit freiem Haupt in's Sonnenlicht.
Das blaue Glöcklein ach! wie blöde
Senkt es in's Gras sein Angesicht!
Die Blicke muß es niederschlagen,
Die andre in die Glorie wagen.

5. Das freundliche Blümchen.

1.

Vom Frühling in den Sommer hin
Lebt ihr, Vergißmeinnicht,
Damit es dem zu flücht'gen Sinn
An Mahnung nicht gebricht.

Vom fernen Lieb ein Lächeln hängt
An eurem blauen Licht.
Ihr wiederholt — und es verfängt! —
Vergiß — vergiß mein nicht!

2.

Syringen, Ros' und Veilchen,
Sie währen nur ein Weilchen;
Durch Lenz und Sommer aber blüht
Der Blumen freundlichstes Gemüth,
Das Blümchen, das so rührend spricht:
O liebes Herz, vergiß mein nicht!

6. Bedauerniß.

Ach, daß vieler Blumen Namen
Mir so unbekannt!
Viele stehn schon bald in Samen,
Die ich nie genannt,
Und doch möcht' ich all der Lust,
Die entblüht der Erde Brust,
All der Schönheit, unermessen,
Auch im Kleinen nie vergessen.

Natureindrücke.

1. Ernst der Natur.

Waldbäume starren, ein ernstes Geschlecht,
Die Luft darüber ist finster und grau.
Gern wüßt' ich, wem ich mich anvertrau';
Was ist es, das den Muth mir schwächt?
Natur, für heute nicht liebgekost,
Graut strenge mich an, fast wie erbost!

2. Gefühl des Abstands.

Der Mensch sey Gottes Denkgenoß?
Warum will dann im Waldgesproß
Kein heilig schöpferisches Leben
Das Herz im Busen mir durchbeben?
Kommt, messet eures Geistes Macht
Mit Gottes hier in Waldesnacht!

3. Ursprung und Ende.

Gottes Fingerzeig durch's Land,
Als Gebirge festgebannt,
Wird auch einst wohl wieder eben
Durch dasselbe Fingerheben.

An einen Alten.

Rosen wohl in schönern Tagen
Hast du hinterm Ohr getragen,

Mancher Dirn' im Wanderleben
Auch wohl einen Kuß gegeben,
Treu dem Satz: Was sollte wehren
Einen Jugendkuß in Ehren?
Doch ein Alter bleibt gescheidt,
Der sich der Erinnrung freut,
Aber allen Küssensmuth,
Alle Rosen von sich thut.

Der graue Tag.

Wie hängst du, grauer Tag, so schwer
Ob halb ergrautem Haar,
Der du mich fandest sorgenleer,
Als braun die Locke war!

Leben und Schicksal.

1. Zeit.

Wie Wellen ziehn die Stunden her,
Wie sie — auf Nimmerwiederkehr!

2. Der vorausfliegende Falter.

Du schöner, bunter Schmetterling,
Auch Menschenglück ist solch ein Ding,
Fliegt uns, Gefild und Busch entlang,
Voraus auf unserm Sommergang;

Wir laffen gern uns leiten,
Uns gern von euch begleiten:
Doch, Falter! doch, o Glück!
Bald bleibet ihr zurück!

3. Der Blumengarten.

Garten drunten an der Mühle,
Hell von Dahlien und bunt,
Gern durch Farben machst du kund
Des Besitzers Lustgefühle.

Schön und löblich! farbreich blide,
Was da schuf des Glückes Sohn,
Eh' er selbst — ich ahn' es schon —
Heimgefallen dem Geschicke!

4. Frage an das Schicksal.

Was wird mein nächstes Unglück seyn?
Schon stellt die Angst davor sich ein.

5. Schicksalsgenoffen.

Ach, die Schneck' in sicherm Haus
Weicht dem Fußtritt doch nicht aus,
Und der Mensch im stolzen Schloß
Ist ihr Mißgeschicksgenoß.
Beiden ist verwehrt die Flucht
Vor des Schicksals schwerer Wucht.

6. An einen Herabgekommenen.

O Mann mit abgeriſſnem Kleid,
Du trägſt um beſſre Tage Leid!
Erinnerung an ſchöne Tage
Thut weher, als des Tages Plage.

7. Mögliches Ergebniß.

Ein Wunſch, dem ſich die Seele weiht,
Verfällt den Tücken oft der Zeit,
Die an dem ſchönen Wunſche nagt,
Bis er als öde Trümmer ragt.

8. Apathie.

Wie wird der Gang durch's Leben
Uns manchmal doch ſo ſchwer!
Doch, kann das Herz noch ſtreben,
So klag' es nicht zu ſehr!

Wenn aber Wunſch und Streben
Zuletzt auch unterging,
Dann frag' ich dich, o Leben,
Wozu ich dich empfing?

9. Hamlet.

Hamlet! welch ein Trauerſpiel!
Hamlet, eine von den Rollen,

Die im Leben, ach, so viel
Menschenherzen spielen sollen!
Wie so Manchem hat das Leben
Zu viel Handlung aufgegeben!

---

10. Kindermenge.

Allerorten Kindersegen
Nehm' ich wahr auf meinen Wegen,
Klagend um die guten Kleinen:
Denn die Zeiten werden schwerer.
Oder ist dies eitles Meinen?
Wird der Geist ihr Zukunftslehrer?

---

11. Traumesart.

Ja, es ist der Traum
Nur des Lebens Schaum;
Doch der Schaum aus Tiefen schäumt,
Die nur inn wird, wer da träumt.

---

12. Himmel.

Ach, möcht' es einen Himmel geben
Für alles Schöne, was wir leben!

Paul Flemming.

Paul Flemmings Lieder, kaum geboren,
Gehn ihm auf Reis' und Fahrt verloren.
Das Schöne, das damit entschwunden,
Würd' es im Himmel neu gefunden!

Reimsprüche.

1. Gott und Welt.

Gott ist noch seiner Welt gewachsen,
Noch hält er sie in ihren Achsen.
Gott ändre seine Weltgedanken;
Wie wird die Welt zu Ende wanken!

2. Gut und Bös.

Gut und Bös! sie sind geschieden!
Gleicht sie aus der Neuern Spott?
Schafft er zwischen ihnen Frieden?
Dies kann niemand, kann nur Gott.

3. Pantheismus.

Eh' du eiferst, Christ! bemerke
Erst des Pantheisten Stärke,
Frag' im Stillen: Trenn' ich mich
Auch so groß von meinem Ich?

4. Tugendlohn.

An die Pantheisten.

Tugend, lohn- und aussichtslos,
Ist ja wohl erhaben, groß.
Aber, aufgespart zum Danken,
Hat sie darum Grund, zu wanken?

---

5. Abgrenzung.

Ihr setzt den Geistern scharfe Marken
Und doch, was ist's am Ende nun?
Wenn nur die frommen und die starken
Sich einigen in hohem Thun?

---

6. Der Sämann.

Sichrer Wurf und fester Schritt
Thut dem Sämann Noth im Feld.
Uebe Blick und Kraft! damit
Ziehst du Frucht von dieser Welt.

---

7. Todesstrafe.

Hals und Leben abgeschnitten —
Heißt dies Strafe? möcht' ich bitten.

Abschreckung.

Ihr strafet scharf und hart,
Ja selber mit dem Tod.
Laßt sehn, was diese Art
Euch für Erfolge bot!

Glücksspiel gefällt dem Geiz
In mancher Menschenbrust:
Dämon'scher wirkt als Reiz
Der Hab= und Gutverlust.

Ein Spiel, ein Geistesscherz
Ist, was die Seele spannt,
Wenn Glück, wenn Höllenschmerz
Liegt an dem Ruck der Hand.

Natur dem Waghals gab
Den Muth zur schlimmen Bahn.
Drum schrecket ihr nicht ab,
Ihr schrecket nur heran!

Sprüchwörtliches.

1. Das Sprüchwort.

1.

Sprüchwörter mehr oft, als Sentenzen,
Sind geisterfüllte Sprachessenzen.

2.

Es ist kein Sprüchwort gut, es sey
Denn etwas Schelmerei dabei.

3.

Der Witz im Sprüchwort ist ein lecker;
Der es im Mund führt, sey nicht lecker!

4.

Das Sprüchwort geht in grobem Kittel;
Wo's trifft, da trifft es mit dem Knittel.

2. Oft erlebt.

Es ist ein oft erlebter Handel:
Bei süßen eine bittre Mandel!

3. Klugheitsregel.

Kratz' dir gar nicht, lieber Schatz,
Oder nur am rechten Platz!

4. Gewissen.

1.

Wohl manch Gewissen rufen muß:
Die Kraniche des Ibykus!

2.

Das böse Gewissen schreckt Allerlei:
Den heiligen Peter der Hahnenschrei.

Aus der überrheinischen Gegend.

1. Die lächelnden Fräulein. ¹

Zum Lächeln öffnen noch den Mund
Drei Königsfräulein aus Burgund
Zu Worms im Dom an grauer Wand,
Als wäre die Geschichte Tand,
Das Loos, das Stadt und Reich erfuhr,
Dahingeschwunden ohne Spur.
O Königsfräulein, kann es seyn,
Ihr, Seelenkinder, wäret Stein?
Seyd mir noch heut', in spätster Zeit,
Um eure Huld gebenedeit,
Die durch der Stimmung Augenblick
Vergessen macht das Weltgeschick!
Ja, euer süßes Lächeln mag
Sich freuen bis zum jüngsten Tag!

2. Die alte Mühle. ²

Die graue Mühl' ist alterskrank,
Zerfetzt am Giebel, Plank' an Plank',
Durchlöchert Fensterglas und Dach.
Sie zeigt sich sterbend dort am Bach.

¹ Sie hießen: Embebe, Warbebe und Willebebe. Ihr Denkmal ist schon in
früher Zeit aus einer alten, längst zerstörten Wormser Kirche nach dem Dome
verpflanzt worden
² Bei der alten Stadt Otterberg in Rheinbaiern.

Und ihre Scheune steht nur da,
Dem Blei entwichen, einsturznah.
Doch fragend staun' ich hin vom Pfad;
Denn wie? noch treibt das Mühlenrad!

Oertliches.

1. Aus Stuttgart.

Linquenda. Diese Inschrift hat
Ein Haus in Schwabens erster Stadt.
Ach! welche Mahnung liegt im Worte
Horazens über jener Pforte! [1]

2. Die Post zu Beßigheim. [2]

Herrn Nothwangs Wirthschaft schwand; die „Sommerwest'"
Ist uns ihr löstlich werther Rest.

3. Auf ein Städtchen.

Wer hat's dem Städtchen angethan?
Es hegt so manchen Kaliban!

---

[1] Horat. Carm. L. 2. O. 14.
[2] Zu vergl. Eduard Mörike's Gedichte. 2. Aufl. S. 266. „An meinem Vetter."

4. Der große Markt.

Den größten Marktplatz aller hat
Die Stadt am Schwarzwald, Freudenstadt.
Selbst Gärten sind darauf gerathen,
Worin sich regen Hack' und Spaten.

5. Ein Dorf am Neckar.

Zu Gemmrigheim gesehen wird
Ein Weinberg in das Dorf verirrt.
Der Weinbau grünt hier allerwärts;
Ihn hegt sogar des Dorfes Herz.

6. Das Dörfchen in Thalestiefe. [1]

Sicher eingepackt zu seyn
Im Gebirge, mag dir frommen,
Liebes Dörfchen, oder nein?
Mag dir nicht ein Seufzer kommen,
Daß dein Schicksal ist auf Erden,
Niemals ausgepackt zu werden?

7. Namensunglück. [2]

Krähwinkel (dort im hintern Amt),
So rein idyllisch anzusehn,

---

[1] Schlatthof in einem Seitengraben des Lenninger Thals, unweit Kirch-
heim unter Teck.

[2] Im sog. hintern Theile des Oberamts Schorndorf.

Durch die Comödie verdammt,
Als Klatschnest durch die Zeit zu gehn!
Wie gieng es, süßes Dörfchen, zu?
Wie überkam dich Kotzebue?

---

8. Naturgeschichtliche Anmerkung.

Habichte und wilde Tauben
Horsten, möchte man es glauben?
Fast an gleicher Trümmerstell'
Auf der Burg zu Liebenzell.

---

9. Neustadt an der großen Linde.

Ach, Neustadt an der Linden!
Bald wird man's dort nicht finden,
Wenn in nicht allzuferner Frist
Der edle Baum verkommen ist.

Sommer- und Herbstreime.

1. An den Mond eines Sommertages.

O Mond, in weißer Scheibe
Den Sommertag durch bleibe
Und find', o Nachtgeselle,
Im Lichtblau eine Stelle,
Wie oft ein halbvergeßner Traum
Im wachen Geiste findet Raum!

---

2. Gemach!

So still wird es nicht abgemacht.
Die Blum' ist honigvoll. Doch sacht!
Um ihre Süßigkeit erst biene
Durch sanften Blütensang, o Biene!

---

3. Ferner Laut.

Die Wachtel schlägt im Felde froh
Fern draußen; selbst nicht weiß ich, wo?
Fern draußen in der Segensflur,
Wo immer, auf der Freude Spur.

---

4. Erntebildchen.

In weißem Hemd das Knäblein faßt
Den Vater um ein Bein;
Der aber sichelt ohne Rast
Und schneidet Garben ein.
Im Fleiß der Arbeit er vergißt,
Wie glücklich er als Vater ist.

---

5. Zur Erntezeit.

Garbenwagen ziehn herein
Bei der Abendglocken Ton.
Bald wird Ruh' im Felde seyn,
Unter Dach der Arbeit Lohn.

Arbeitlohn,
Glockenton,
Still' und Ruh' im weiten Feld!
Schöner Abend, schöne Welt!

6. Das Hanfspreiten.

Grasige Halden! wie zierlich gereiht
Zeigt sich auf ihnen des Hanfes Gespreit!
Sey mir mit Ehren genannt,
Ordnende weibliche Hand!
Holdestes Bild, wie die rüstige Frau
Emsig durchschaltet die grünende Au!

7. Sonne und Nebel.

Die Morgensonne beutet
Den Nebel reizend aus.
Dort in der Ferne beutet
Sie auf Gebüsch und Haus.
Doch neuer Nebel allerwärts
Verschlingt den holden Morgenscherz.

8. Hoffnung.

Ostwind, Herbstesheiterkeit
Gibt im Feld mir das Geleit.
Laut gefreut hab' ich mich oft,
Doch wie heute nie gehofft.

Treues Blau und sanftes Grün,
All mein Glück wird wieder blühn!

---

9. Glückliche Stunde.

Großes, tiefes Himmelblau,
Gott und ich nur auf der Au!
Jener still in tausend Zeichen,
Ich in Ehrfurcht ohne gleichen —
Wie verlebt in solchem Bunde
Sich so selig diese Stunde!

Ständerlinge.

Es ist der schwäb'sche Ständerling
Ein aller Welt bekanntes Ding.
Denn überall macht Jung und Alt,
Sich kennend und begegnend, Halt;
Man feiert beim Vorübergehn
Im Stillstand kurzes Wiedersehn
Und bald die Zunge, bald das Herz
Ergeht sich traut in Ernst und Scherz.
Doch bleib' ein Ständerling mir fern
Mit manch gewohntem Pflasterherrn,
Wogegen der mit einem Freund
Oft lang mir durch die Seele scheint.

Aus den Erscheinungen des Tages.

1. Zufällige Schönheit.

Wie geschwind bei Seite schob
Jeder das Kaleidoskop!
Schönheit, Beifall nehmen Sitz
Nicht auf lang im Zufallswitz.

——

2. Poesieverminderung.

Ach, ganz Arkadien ist erschüttert,
Seit man das Rind im Stalle füttert.

3. Cölner Dom.

Erhaben stieg empor
Des Cölner Domes Chor.
Das ganze Prachtgestein
Trug eigne Farb' allein;
Der reinen Formen Macht
Verschmähte Farbenpracht. —
Was hat man, Freunde, nun gethan
In guten Glaubens schlimmem Wahn?

Zinnober, Gold und Blau,
Umringt von fettem Grau,
Verdrängt nun jenen Augentrost,
Des Alters ernsten, sanften Rost,

Zerschnitt die große Farbenruh',
Die so der Seele sagte zu. —
Die Kunstgelehrtheit triumphirt:
Der edle Chor ist angeschmiert!

4. Reisemänner.

1.

„Schwager, fahr nun zu!
Schwager, halt!" — im Nu
That's der Gute, wenn wir riefen.
Rufet jetzt Locomotiven!

2.

Es reist nun jeder, wie ein Block,
Auf Eisenbahnen rastlos fortgerissen.
Vom alten Wandern mag sogar nichts wissen
Der Handwerksbursche letzter Schock.

5. Das Abkommende.

Mehr, als nur das Feuerschlagen,
Kommt noch ab in unsern Tagen.

6. Die Elemente.

Das war noch eine gute Zeit im Leben:
Der Elemente hat's nur vier gegeben.
Jetzt, welcher Elementengraus!
Wer kommt daraus?

Trost eines Freundes der Natur und der alten Zeit.

Wo jetzt die letzten Segel schwellen,
Theilt bald der Dampfer nur die Wellen.
Auf vielbereisten Alpensteigen
Herrscht künftig nur verlaßnes Schweigen.

Ein Trost nur! Daran knüpf' ich an:
Das Dampfboot und die Eisenbahn
Sind von der Freiheit nur bestellt
Zu ihrem Einzug in die Welt.

Aus der früheren Zeit des Jahres 1848.

Wohl war uns Deutschland ganz entrückt;
In Herrenländer war's zerstückt;
Vom Rath der Völker war's verbannt.
Wo war des Deutschen Vaterland?

Doch wenn mein Schritt, o Brüder, jetzt
Auch nur zum nächsten Dorf sich setzt,
Mich dort nur meine Mundart grüßt,
Wie wird mir jetzt ihr Ton versüßt!

Nun thut des Vaterlandes Mund
Sich mir aus jeder Sylbe kund;
Es strahlt aus jedem Fleck mit Glanz
Mir Deutschland einig, groß und ganz.

Wie überwältigt ist mein Geist!
Was ist's, das ihn in's Ferne reißt? —
In's Ferne? — nein, die Fern' ist nah,
Das Vaterland ist wieder da!

Neuer Eindruck.

Dies Dörfchen liegt einsiedlerisch
In Bergen, Waldung und Gebüsch.
Doch seit uns Deutschland ist gemeinsam,
Wo ist ein Oertchen drin noch einsam?

Siegeshoffnung.

Weih'n Deutschlands Kirchenglocken alle
In Einer Stund', in Einem Schalle
Bald nun die deutsche Freiheit ein
Und wird das Volk durchdrungen seyn
Vom Vollgefühl befreiter Kraft,
Dann muß es, daß wir uns entrafft,
Gott selbst im Himmel froh erfassen,
Der uns so schwer hat kämpfen lassen.

1849.

Umschlag.[1]

Natur, Natur, Vergessenheit
Haft du mir fonft verliehen.
Zurück foll ich in diefer Zeit
Nun wieder zu dir fliehen,

Vergeffen, daß ich Deutfchlands Flur
Als Ein' und freie wollte,
Und daß in dir uns, o Natur,
Kein Deutfchland werden follte.

Kein Vaterland tritt in die Welt:
Der Traum war zu erhaben!
Es bleibt für uns nur Wald und Feld,
Wie's alle Menfchen haben.

Das freie Deutfchland ftand uns ja
In's tieffte Herz gefchrieben.
Luft, Land und Waffer find noch da,
Die Freiheit ift vertrieben.

[1] Andre Zeitgedichte aus den Jahren 1847—63, fowie die damit verwandten ftummen Gefpräche mit einem Freunde werden fich zur künftigen Bekannt-machung vorbehalten.

Natur, Natur, wohl bin ich nun
Dir wieder zugewendet;
Doch wird das Herz von neuem ruh'n
Im Trost, den du gespendet?

Stilles Grauen.

Weit nieder steigt das Hüttenbach.
Wie blinkt die Ampel drin so schwach!
Und was erhellt ihr matter Schimmer?
Nenn' ich es noch mit Fug ein Zimmer?

In dieser Höhle trübem Licht,
Das kaum den Weg sich zu mir bricht,
Sitzt eine kleine Menschenheerde,
Gebleicht von Armuth und Beschwerde.

Ach, muß ich nicht mit stillem Grau'n
Die armen Darbenden dort schau'n?
Das Wort will, ekel; sie zu schildern,
Kein Spiegel seyn von ihren Bildern.

Ist dieses unsre Brüderwelt,
Von Lieb' und Gleichheit mild erhellt?
Wann endlich, frag' und fleh' ich stille,
Geschieht auf Erden Gottes Wille?

Mitgefühl.

In kaltem Armuthschatten wandern,
Thut weh, wenn man erblickt den Andern

Froh in des Reichthums Sonnenschein.
Man frägt sich: „Muß es denn so seyn?
Des Andern Sonne, streifet sie
An meinen kalten Pfad denn nie?" —
Oft, wenn ich mich in dich verloren,
Hat's, armer Mann, mich selbst gefroren!

Forderung und Leistung.

Ach, Leben, Leben,
Wie viel, — wie viel zu viel von mir
Hast du gefordert, wie wenig dir
Hab' ich geleistet! Ach, Leben, Leben,
Soll ich die Ueberforderung dir,
Wirst du der Leistung Kleinheit mir
Vergeben?

Entscheidung.

O Mensch, wenn du gestorben bist,
So frag' ich: warst du Egoist?
Sagt mir mein Herz: du warst es nicht!
So lebst du mir im ew'gen Licht.

Reue.

O Reue,
Gute, treue,
Die immer freundlich zu mir trat,
So oft ich irgend Unrecht that,

Du fänftigft mir den wilden Muth
Und flüfterft mir, ich fey zu gut
Für das, was ich nicht recht gethan.
So knüpf' ich wieder mit mir an
Und, wenn auch über mich erbost,
In deinem Urtheil find' ich Troft.

Bildchen.

1. Wohlgefallen.

In ew'ger Unruh', einft, wie jetzt,
Rinnt hin der blaue Fluß;
Das Waldgebirg in Ruhe fetzt
Auf's ftille Thal den Fuß,
Und beiden läch!' ich innig zu,
Ein Freund von Unruh' und von Ruh'.

2. Der Unfchläffige.

Der Fluß hat Eile.
Indem ich weile
An feinem grünenden Geftad
Und finne für mein Thun auf Rath,
Sucht fchon der Wellen vordrer Theil
In großer Ferne dort fein Heil:
So, Schickfal, eilft du meinem Sinn
Weit, weit voraus, und ach! wohin?

3. Der gefangene Uhu.

O Schuhu, der im hohlen Kalle
· Hoch in des Berges Fels gehaust;
Dem kühnen Menschen, diesem Schalke,
Hat's vor dem Abgrund nicht gegraust.

Er hat dich frechen Muths entrissen
Dem Klippenhorst und eingesperrt;
Du siehst dich, wie ein bös Gewissen,
An das verhaßte Licht gezerrt!

4. Der Mond im Trüben.

Der Mond, in einen Hof gesteckt,
Durch trüben Anblick Mitleid weckt.
Ich·möchte glauben, daß er weint.
Denn, wie er so in's Wasser scheint,
Das stahlblau Nachts vorüberwallt,
Ist's eine thränende Gestalt.

5. Mondeselnbruch.

Gelehrte schreiben, du, o Mond,
Seyst unbewohnt.
Ach dann verwundern soll mich nicht
Dein Klaggesicht!

6. Pflanzentraum.

O Rosenbusch, o Tannenbaum,
Wie träumt ihr so verschiednen Traum!
Auch stiller Pflanzen Lebenstraum
Läßt inniger Betrachtung Raum.

---

7. Winterart.

Des Winterschnees weißer Grund
Thut mehr es, als der Frühling kund,
Der alles mengt in seinen Schmelz,
Was uns an Bäumen, an Gehölz
Und an den Gegendbildern allen
Beschert ist beim Vorüberwallen.
Wie nie die Sommerflur es war,
Ist er ein Schönheitsinventar,
Wo alles Vorgezählte wir
Befinden, wie auf weiß Papier.

Klage eines Alten.

Ach! mein Gedächtniß wurd' ein Sieb;
Viel Durchgefallnes war mir lieb.

Nach langem Leben.

Mein Loos ist, viel zu überleben,
Und, werd' ich einst vorüberschweben,

So sey der Rückblick mir gepriesen
Auf's Schöne, was mir Gott gewiesen!
Ist dann vorbei der Deutschen Schmach,
So jubl' ich meinem Leben nach.

Am Fenster.

Unter weitem Strohhutschutz
Und in leichtem Frühlingskleide
Gießen meine Jüngsten beide,
Strengem Sonnenstrahl zum Trutz,
Mit den lieben, runden Händchen
Drunten ihre Blumenländchen.

Von euch Kindern angeregt,
Wünsch' ich, daß von höhern Händen,
Die sich gütig zu euch wenden,
Ihr auch werdet so gepflegt,
Wie, gepflegt durch euer Streben,
Sich erhält dies Blumenleben.

Der freundliche Vogel.

Seinen Sitz ein Vogel hat
Dort unweit der Ruhestatt,
So ein kleiner Menschenfreund,
Der es gut mit ihnen meint.

Eine Dirn' hier hat vom Feld
Ihre Graslast abgestellt.
Horch, wie süß das Vöglein pfeift,
Bis sie wieder nach ihr greift!

Auf Wanderwegen.

1. Unerfreulicher Anblick.

Befestigt hängt von roher Hand
Ein Fall', am Hofthor ausgespannt.
Die Luft, die diesen Starken trug,
Vermißt mit Wehmuth seinen Flug.
Mir scheint es, daß sie Kummer fühlt,
Indem sie seinen Flaum durchwühlt.

2. Das alte Kirchlein.

Altes Kirchlein, andachtleer
Wardst du, ohne Wiederkehr!
Wo Gebet und Sang gellungen,
Ist Veröbung eingedrungen,
Des Altares Pracht verwittert
Und der Beichtstuhl bleibt vergittert.
Grüner Moder, Spinneweben,
Puppen an den Wänden kleben.
Bei der Wandgemäld' Erbleichen
Winde durch die Fenster streichen
Und der Tritt erkracht auf Scherben.
Aber der Gefühle Sterben,
Die hier einst so schön geblüht,
Rührt am meisten mein Gemüth.

3. Der Berghof.

Ein Bauerhof, statt Ritterschlosses,
Schmückt nun des Berges grünes Haupt,
Das statt verwilderten Gesprosses
Des Gartens junges Hag umlaubt.

Haus, Hof hat hier erwünschte Stätte;
Doch thut mir's um das Schlößlein leid
Und Alt und Neues, jedes hätte
Hier stehen sollen ohne Neid.

4. Zum Ziele.

Des Dorfes Rauch und Sonnenschein
Lädt mich zu Thal so gastlich ein.
Wohl labte drunten mich im Thal
Des Wirthes Trunk, der Wirthin Mahl.

Doch bin ich nicht nach Speis' und Tran!
Nur nach dem Kuß der Liebe krank,
Will rastlos meiner Wege gehn
Zum Wiedersehn, zum Wiedersehn!

Beim Abendläuten.

Die Vesper läutet mannigfalt
Mit fernen Glocken mich vom Wald
In's heimathliche Haus zurück,
Doch niemals mehr in's alte Glück!

Frühlingsstreifereien.

1. Der zurückgekehrte Storch.

Der Winter zögernd schwindet hin;
Nun prangt der Storch dort beim Kamin.
Schon klappert er von stolzer Höh'
Und steht in seinem Kleid, wie Schnee,
Mit Flügeln, schwarz, wie Ofenruß,
Doch schon auf lenzig rothem Fuß.

---

2. Waldgang im Vorfrühling.

Ach, blüht nicht hier die Anemone,
Ob sie auch frischer Schnee umwohne?
Und horch dem Specht, wie froh er schreit!
Er merkt nicht, daß es wieder schneit.
Schon schlägt sich durch des Frühlings Macht
Und die des Winters wird verlacht.

---

3. Beim Erwachen des Frühlings.

Die Gräser lösen sich von Banden,
Gesellen sich zu jungem Grün,
Die Kräuter schicken sich, zu blühn
Und mit dem Frühling einverstanden
Ist froher Vögel Sang und Scherz
Und, wie vor alter Zeit, mein Herz.

---

4. Der Spaziergänger.

Recht Sonntagsfreude spüren
Mag nur der Handwerksmann.
Die Seinigen spazieren
In Feld und Flur zu führen,
Ach, sieh, wie liegt's dem Wackern an!

In dumpfen Werkstattgrenzen
Gefangen gestern noch,
Wie sieht er nun es lenzen,
Wie thut das Aug' ihm glänzen,
Seit er den Frühling sah und roch!

5. Im Morgennebel.

Aus der Wälder Nebelgrund
Thun sich Kukuksrufe kund.
Nun wohlan! dem Maienklang
Macht das Nebelmeer nicht bang,
Das die Waldung rings umhüllt,
Doch sich schon mit Sonne füllt.

6. Erfrischung.

Ich dringe mit Gewalt
Durch thaubenetzten Wald.
Bald ist das Naß an mir verwischt,
Doch bleibt der Geist mir thauerfrisch.

7. Wald und Amsel.

Waldamsel, deut' es mir doch an,
Wo kommt es her,
Daß mich der grüne Wald so sehr
Bezaubern kann?

Wie klingt die Antwort voll und rund!
Ich weiß es schon,
Das macht der Wald ist, wie dein Ton,
Naturgesund!

8. Frühlingsregister.

Knabenkraut, gefleckt und hell,
Fleisch- und Schmalzblum', Küchenschell',
Erdrauch, ach, wie zart und fein,
Steinbrech und Waldmeisterlein,
Löwenmaul, gelb, roth und weiß,
Katzenäugchen, Ehrenpreis,
Himmelsschlüssel, Guggigauch —
Ach, der Frühling hat im Brauch
Einen ganzen Namenplunder
Für der Schönheit holde Wunder!

9. Auf einem Frühlingsgange.

O Dorf, von jungem Grün umhüllt,
Von Apfelblütenduft erfüllt,
Du scheinst im Mai mir einzig hold.

Doch wie die Landschaft sich entrollt,
So scheint mir's, daß zu dieser Frist
Ein jedes Dorf das schönste ist.

---

10. Maienglück und Maienduft.

O Apfelbaum, dein Blütensegen
Durchbuftet selbst den Frühlingsregen.
Es regnet durch die weiche Luft
Nur Maienglück, nur sel'ger Duft!

---

11. Trieb des Wechsels.

Blüten flockten auf die Erde.
Federleicht, doch zur Beschwerde
Wurden sie dem grünen Baum
Und die Zeit erharrt er kaum,
Um sie in das Gras zu streun
Und des Wechsels sich zu freun.

---

12. Im letzten Sonnenscheine.

Liebes Abendlicht, versink'
Immer drüben hinterm Wald!
Süßer Feldduft mahnt mich: trink',
Bis die Abendglocke hallt!

---

13. Froschconcert.

Der Frosch ist keine Nachtigall;
Und doch gibt er auch einen Schall
Und in der Mehrzahl ein Concert,
Das sich am End' in's Schöne kehrt,
Wenn die Natur in stiller Nacht
Den lecken Chorus singen macht.

14. Maitagsabend.

Der Vollmond steht schon in der Luft,
Indeß der Wald noch Kukuk! ruft:
Der Maitag ist noch zu erregt,
Als daß er still sich niederlegt.

Die schönste Zeit.

O schönste Zeit der Poesie,
Die noch ihr Spiel bewußtlos treibt!
So hold bewahrt sie sich wohl nie,
Wie keine Rose Knospe bleibt.

Die kleine Welt.

Ach, im Trieb des kleinsten Reimes
Liegt so wunderbar Geheimes,
Daß er schon die ganze Welt
Meinem Blick entgegenhält.

Sommerschönheit.

1. Gleicher Eindruck.

Die Lerche, schwebend überm Feld,
Die Grill' im kleinen Erdenzelt,
Sie singen, schrillen beide klar
Von einer schönsten Zeit im Jahr.

2. Im Anblick der Heumad.

Wie gilt es doch, zu heuen
Bei diesem Gräserschwall!
Zu mähen und zu streuen,
Zu rechen überall!

Im weiten Berggelände
Wird Großes jetzt gethan
Und Kraft und Fleiß ohn' Ende
Und Schönheit sonnt mich an.

3. Waldlichter.

Die Lichter sind Geschosse
Im dichten Sommerwald;
Sie zielen, kleine, große,
Aus grünem Hinterhalt.
Dem Waldesdunkel gilt der Zwist,
Das siegreich schon durchbrochen ist.

4. Bei Sonnenuntergang.

Wie goldne Wärme liegt im Feld,
Das lichter Abendstrahl erhellt:
Wie faßt mich im Gebüsche kühl
Hier noch ein süßes Wohlgefühl!
Schön Dank! das ganze Land noch sagt
Dem Tag, der gar so schön getagt.

Herbstruhe.

Das Storchennest ist leer des Kunden,
Der schon seit Wochen ist verschwunden.
Man hört den Hanf nun wieder brechen,
Man sieht gefallne Blätter rechen
Und Rinder in das Gras getrieben,
Das nach dem Grummet stehn geblieben.

Wer nun noch durch die Wiesen wandelt,
Wird nicht mehr strafend abgewandelt.
Manch Feuerchen wird unterhalten,
Umringt von kindlichen Gestalten.
Das ganze Leben wird getragen
Von herbstlich stillen, sanften Tagen.

Dem Leben entnommen.

1. Seufzer eines Juristen.

Der Landmann in dem grünen Feld
Besieht sich seines Fleißes Welt.
Ach, meinem Fleiß entgegenblühn
Will nichts von frischem Farbengrün!

2. Besondere Erfahrung.

Man hat mich viel — weit mehr geschätzt,
Als ich verdient' im Leben;
Doch auf mein Eigenstes zuletzt
Gar wenig Acht gegeben.

3. Der Feind.

Mein Feind gereiche mir zum Freund:
Er lehrt mich, was man von mir meint.

4. Der Schmerz.

Wer ist ein glückserfahrner Mann,
Der es im Ernst bestreiten kann,
Daß ohne Schmerz das Leben würde
Zu einer unwillkommnen Bürde?

Auf ein paar Nachtverse.

Ich habe diese lange Nacht
Gar viel gewacht.
Die alte Freundin Poesie
Trug aber Mitleid; denn, ach sieh!
Ein Sträußlein Verse legt sie frisch
Am Krankenbett mir auf den Tisch!

1850. 1851.

Die getrübte Vorstellung.

Ach, wäre recht das Bild mir blieben
Abwesender und todter Lieben,
So hätte einen Halt das Herz.
Doch fehlt dem Bild die Umrißschärfe,
Dem Blick, nach dem ich Blicke werfe,
Der Blitz des Lebens. Welch ein Schmerz!
Ich seh' auch deinen Trost ermatten,
Erinnrung, in dem Kampf mit Schatten!

Der glückliche Schmerz.

Unsel'ger, hast du noch ein Herz,
Dein Leiden daran auszuweinen,
So wird als Frühlingsdrang dein Schmerz,
Als warme Wolke dir erscheinen,
Die niederthaut in's Grün der Au'n;
Dein Gram zerfließet in Vertrau'n!

Liebe und Gegenliebe.

Lieben, um geliebt zu werden,
Wie vergeblich ist es oft!

Arme Liebe, die auf Erden,
Ihrethalb auf Liebe hofft!
Seltne Lust, nicht zu ergründen,
Wechselsweis sich zu entzünden!

Die drei Freunde.

Drei Freunde dort im Schattengang
Verfolgt mein stiller Blick schon lang.
Viel Glück euch liebenden Genossen!
Die Rosen von des Hages Sprossen
Begleiten euch mit süßem Hauch
Und meine Wünsche thun es auch.

Auf einsiedlerischem Wege.

Einsamer Anger, traulich öde,
Wo mich des Flüßchens Buschwerk schützt,
Frei bin ich hier von fremder Rede,
Die meinem Herzen nicht genützt.

Ich schau' unweit die Häuserreihen
Der gern von mir bewohnten Stadt
Und kann mich doch der Stille weihen,
Die hier so eigne Freistatt hat.

Allein hier mit des Tags Geschicke,
Nicht Denker, Zweifler, noch Ascet,
Empfind' ich mich im Augenblicke
Als Mann, dem viel zu Herzen geht.

Strafjustiz.

Verirrung ist vom Lebensweg
Beim Menschen das Verbrechen.
Zurück zum rechten Weg und Steg
Soll die Justiz ihn sprechen.

Doch, wenn sie mit dem Richtschwert nur
Den Mörder will erreichen,
So ist sie selbst auf falscher Spur
Und scheint ihm fast zu gleichen.

Weil der Unsel'ge nicht mehr paßt
In unsers Staates Richtung,
So macht man frei sich von der Last.
Gemeine, kurze Schlichtung!

Frühlingsgänge.

1. Das Lieblingsthal.

Neulich war ich schon einmal
Hier im kleinen, tiefen Thal,
Wo die blaue Scilla wuchs.
Doch der Mai erblühte flugs
Und ein andres Blauaug' spricht
Hier nun schon: Vergißmeinnicht!

---

2. Morgenschmuck.

O Blumenluft!
O Morgenduft!

O Perlenthau
Und Schmelz der Au'!
Ein Vögelchen dazwischen singt:
Der Erde heut' ihr Putz gelingt!

---

3. Wer hindert mich?

Wie strahlt der nimmermüde Bach,
Von Wasserjungferntanz beseelt!
Ihm lausch' ich, widerwillig wach,
Von Mittagsschläfrigkeit gequält;
Die müden Augen reiß' ich auf
Nach seinem farbumglänzten Lauf.
Entzückt von Schimmer und Getön
Kann ich nur rufen: Ach, wie schön!
Ich würd' hier schlummern guten Muths;
Wer hindert mich? die Schönheit thut's!

---

4. Die bekränzten Dorfkinder.

Wie ruhn euch wulst'ge Kranzgeflechte
Um's frische Angesicht, ihr Kleinen!
Die Rollenblume ist die rechte,
Um sie zum Hauptschmuck zu vereinen.

Mit ihrer Rosen vollem Runde
Ließ sich ein strotzend Kränzlein binden
Und zu den goldenen im Bunde
Die rothe Kukuksblume winden.

Gut, daß von ganzen Blumenmassen
Gefüllt die Wiesengründe waren!
Ihr mochtet alle gern erfassen
Und seyd nicht Freundinnen vom Sparen.

Das duftet, glänzt nun um die Köpfe!
Es hieß hier recht, den Mai verschwenden.
Wohl thut ihr, liebliche Geschöpfe!
Ach, nur zu schnell wird er euch enden!

5. Poesie und Leben.

Ich bin hier nicht im Reich der Träume;
Der Gang durch blüh'nde Apfelbäume
Zeigt mir zur Stelle Poesie.
Es ist die lebenswarme wahre;
Denn dort des Dorfes junge Paare,
Lustwandeln sie wohl ohne sie?

6. Maientag und Maiennacht.

Noch tönt der Wald von seinem Rufer,
Denn Kukuk, während hier am Ufer
Der Wellenschwall schon stärker rauscht
Und goldner still das Mondlicht lauscht.
O Blütentag, o Maiennacht,
Habt Dank! für Wohllaut, Duft und Pracht!

Langsame Auffassung.

Die Amsel höre ich hierneben
Im Käfig ihren Waldlaut geben. —
Sey still, du arme Nachbarin!
Bin noch im Schlaf! o laß mich drin! —

Seit vier Uhr Morgens auf der Gasse
Schwatzt ein Discant mit einem Basse.
Noch steht das Paar auf Einem Platz.
Halb schlafend zürn' ich: „Ei, so schwatz!"

Ach, käm' ich aus des Schlafes Klemme! —
Horch! Pferde waten in der Schwemme.
Wie träufeln ihnen wohl vom Fuß
Die goldnen Tropfen in den Fluß!

Wie würd' ihr Sonnenblitz mir blinken! —
Ich bin gerührt von deinem Winken,
Du edler, goldner Morgenschein!
Doch kann mein Aug' schon sehn? — ach nein! —

Daß sie auch um die Ruh' mich kürze,
Strömt durch das Fenster Morgenwürze.
Auch sie, wie Schall und Sonnenstrahl,
Gereicht mir Trägem nur zur Qual.

Am Ende horch! die Thurmposaunen,
Wie jene des Gerichts mir raunen. —
Nun endlich werd' ich — bin ich wach,
Um aufzustehn mit schwerem Ach!

Außerhalb des Waldes.

Ich sah im Wald an jedem Stamme
Noch glühn die Abendsonnenflamme.
Nun ich heraustrat auf die Au',
Ist das Gebirg schon dunkelgrau.
Gut heiß' ich dies von freien Stücken:
Der Ernst folgt gerne dem Entzücken.

Nachgefühl.

Ich konnte heute nicht genug
Anschaun der Abendwölkchen Zug.
Bald war's das schönste Farbenspiel.
Bald die Gestalt, die mir gefiel.
Ach, sagt mir, wo der Zufall bleibt,
Der solchen Reiz zusammentreibt
Zum Bilde seiner Staffelei?
Man nennt ihn wohl noch blind dabei,
Und Keinem kommt es in den Sinn,
Natur, du seyest Künstlerin.

Katzenart.

Dort zierlich auf dem Rosenhage
Sitzt auf der Pfötchen Unterlage
Ein Kater. Vögelchen, seyd klug!
Der Unschuldweiße sinnt auf Trug.

Er stellt sich schlafend mit Geschick
Und springt, der gute, sammtne Murner,
Auf einmal als gewandter Turner
Euch blöden Sängern auf's Genick.

Gute Art.

Die Blume schwankt den ganzen Tag
In rauhem Wind und Regenschlag,
Behält jedoch ihr froh Gesicht,
Als wie im lieben Sonnenlicht.

Akanthus.

Akanthus stehet hier im Gras.
Kein Laub dünkt edler mir, als das,
Das der korinthsche Säulengang
Sich zierlich um die Häupter schlang.
Stets bleibst du, liebes Blatt, geweiht
Der Mahnung schöner Griechenzeit.

Aus dem Wald und Dichterwald.

Ein Brombeerstrauch, von Blüten weiß,
Doch, wie er's liebt, zu sehr zerfahren,
Ausstreckend rings sein wuchernd Reis!
Wie manche Geister sich nicht sparen,
Die mit Gebilden und Gedanken
Das Maß der Schönheit überrannten.

Die stillen Reime.

„Die schwäb'schen Dichter schweigen."
Wenn ich dies neulich las,
So mag Justinus zeigen,
Ob er sein Lied vergaß?

Die Deutschen mögen sehen,
Ob wo ein andres Herz
Noch also kann zergehen
In süßem Dichterschmerz.

Und wenn man auch nichts wissen
Von meinen Reimen will,
So darf ich doch nicht missen,
Daß sie sich reimen still.

Wohl viele sind geschichtet
Im stillen Liederbuch,
Oft auf die Zeit gerichtet
Mit Liebe, Zorn und Fluch.

In Wald und Flur gedrungen
Ist stets mein freier Geist:
Ich habe fortgesungen,
Ob mich's auch Keiner heißt.

Gesungen? — nein, ich sage
Ja ein paar Reime nur.
Leicht wiegend auf der Wage,
Doch kennt sie die Natur.

Und bin ich nicht dem Orden
Der Sänger beigethan,
Doch bin ich stumm nicht worden,
Das Feld noch hört mich an.

Abendzeit.

1. Nach Haus!

Die Espen stehn in Ruh', Maßholder
Still ausgezackt am Waldesrand.
Der Abend ist ein sanfter, holder
Und nimmt die Dämmrung bei der Hand.
Die lauscht schon lang auf ihn im Walde;
Nun aber tritt sie rasch heraus,
Zieht mit dem Abend durch die Halde
Und spricht in's Ohr mir: Geh nach Haus!

2. Die fleißige Sammlerin.

Schon ist es Dämm'rung: ja;
Ein Bienchen sitzt noch da
Und sammelt Honig ein.
Mich rührt sein später Fleiß,
Der von der Nacht nichts weiß,
Die unversehens bricht herein.

3. Aussichtsende.

Dort streckt ein Dorf in langer Zeile
Vom Waldhang sich in's Thal herein;
Auch sind dem Bild, auf dem ich weile,
Noch ferne Dörfer anzureihn.

Doch während ich den Kreis mir bilde
Und meine Blick' entsende scharf,
Entdeck' ich, daß mit ihrem Schilde
Die Nacht ihr Dunkel drüber warf.

—

Gutmüthiges Andenken.

Da steht es noch, das Plauderbänllein;
Auf dem mein sel'ger Nachbar saß.
Nie gab's mit dem auch nur ein Zänllein,
Daher ich ihn auch nie vergaß.

—

Aus der Sommerzeit.

1. Bei einem Abendgang.

Wie glühte doch der Sommer heute!
Die Gärten sind voll guter Leute
Und Kannen gehen hin und her,
Oft von dem Naß der Quelle schwer.

Durch Gießen jede Pflanze labend,
Vergißt das Volk den Feierabend,
Da fast dem glanzerfüllten Tag
Das Leben der Natur erlag.

Nun freut sie nach des Tages Ende
Sich menschlicher Erquickungsspende
Und an mein Herz spricht froh und mild
Dies abenddämmerliche Bild.

2. Schrecken.

Ich streif' im Abendfeld herum
Bei rings verbreitetem Gebrumm
Von Donnern und vom Käferheer,
Vergesse ganz der Wiederkehr.

Es horcht sich ungewohnt und schön
Dem losgelassnen Luftgetön,
Der schwere Käfer fühlt sich frei;
Frei rollt heran des Donners Blei.

Doch ha! was dies für Schläge sind!
Welch Immerblitzen macht mich blind!
Weh mir! es kommt mit Sturmeshast
Ein Nachtgewitter angerast!

3. Rückwirkung.

Durchschweif' es hin und her.
Das schöne Hoffnungsmeer
Von Millionen Aehren!
Es wird dir Lust gewähren.
Mir wirft es ein Gefühl von Glück
Bei jedem Ueberflug zurück.

4. Im hohen Sommer.

Johannis macht dem Sang ein End':
Es schweigt das Waldgefieder,
Doch die gefangne Amsel kennt
Kein Ziel für ihre Lieder,
Weil ihr die Sehnsucht ungestillt
Fort, immerfort die Kehle schwillt.

Das wechselnde Regiment.

Der Tag hat abgenommen;
Man eilt, nach Haus zu kommen.
Wie bald herein nun wieder bricht's,
Das Regiment des Kerzenlichts!

Im Wandern.

1. Bedeutung.

Der Dorfthurm ist mein Reiseziel,
Der dort aus grünen Bäumen ragt.
Ihr seht! es ist kein hohes Spiel,
Das Phantasie und Wille wagt.
Doch Hohes will es mir bedeuten:
Einkehr im Dorf bei Herzensleuten.

---

2. Während des Reisens.

Ein Tag erst unterwegs entrann;
Die Fremde lugt und klingt mich an. —

Was war dies für ein Glockenklang?
Ich hört' ihn nie, mein Lebenlang.
Ist mir ob diesem einz'gen Ton
Die Heimath nicht vergessen schon?

3. Waldzweifel.

In einer Waldschlucht Klemme
Voll abendrother Stämme
Stieg ich im Abendschein empor,
Bis ich das Tageslicht verlor.

Da ward ich wieder eingeweiht
In dich, o stillste Einsamkeit,
Und mußte mir die Frage stellen:
Ob Lust, ob Schauer aus dir quellen?

Col de Balme.

Laß mich den Alpengang erneuern
Zum Col de Balme von Martigny!
Der Alpenfreund zählt zu den theuern
Den Tag, den er gelebt für sie. —

Die Wolken gehen frisch da droben,
Es ist Bewegung in der Luft.
Wie werd' ich einst die Stunde loben,
Die in's Gebirg mich heute ruft! —

Laß mich die Dranse überschreiten,
Bis bald der Pfad zur Forclaz steigt!

Nuß- und Kastanienbäume streiten,
Wer riesiger gen Himmel zweigt.

O holde Dörfchen, die in Wiesen
Am Abhang dort herumzerstreut,
Wo klare Bäche niederfließen
Und grüner Schatten mich erfreut!

Wie stehn mit Apricosen, Birnen,
Mit Kirschen, Himbeern Kinder hier
Und bieten mit so hellen Stirnen
Des Landes Reiz in Früchten mir!

Doch die Walliserin, die Rhone,
Glänzt mir herauf aus langem Thal;
Zu des Erkletterns erstem Lohne
Erstehn mir Bilder ohne Zahl.

Die Berner Alpen mächtig ragen
In weißer Kette fern empor
Und aus dem Bagnethale tragen
Sich andre Gipfel dort hervor. —

Wie preßt das Steigen mir die Lunge,
Wie träufelt mir die heiße Stirn',
Und lechzt nach Labung mir die Zunge!
Doch schwelgt mein Aug' am ew'gen Firn.

Er hebt sich hoch im reinsten Schimmer,
Seitdem der Paß zur Höhe drängt,
So blank, als wie ein Firn nur immer
Ob einer Gletschermulde hängt.

Nun sinkt in's Thal herab die Halde
Des schönen Gletschers von Trient.
Hinab, hinab vom Tannenwalde
Zum Gletscherstrome, der dort rennt! —

Was seh' ich, schmachtend nach Getränke!
Ist nicht ein Tischchen schon gedeckt
Dort vor der steinern rauhen Schenke? —
Wie ward der Geist hier neu geweckt!

Stets denk' ich jener Erdbeern Frische,
Die mir die Wirthin aufgestellt.
Im Augenblick, am kleinen Tische
Beneidet' ich kein Glück der Welt. —

Dann steiler an dem Zickzacksteige,
Durch Waldestrümmer nun hinan,
Auf einstiger Lawinenneige,
Verfolgt' ich meine wilde Bahn.

Still heil'ge Alp, in sanften Matten
Klimmst du zu manchem Horne hin!
Die Gemsen suchten nur den Schatten,
Sonst schaut' ich dort sie weidend ziehn.

Der Alpenrosen stilles Blühen
Bekleidet noch der Berge Hang
Und nach des Steigens herben Mühen
Ist vor Enttäuschung mir nicht bang;

Denn sanfte Luft und tiefe Bläue
Ist heute himmlisches Gebot

Und daß das Herz sich einzig freue,
Macht sie vergessen jede Noth.

Vorüberlächelt überm Tritte
Des Saumthiers selbst die stolze Miß;
Denn auch in ihre Hochmuthsfritte
Geschah ein holder Freudenriß. —

Doch stille nun von dem Entzücken,
Mit welchem nach erstiegnem Col
Ein Montblanc kann das Herz beglücken! —
O Berg der Berge, lebe wohl!

In Staunen lag ich hingesunken
An kleiner Schenke Steingebäu;
Die Pracht, die dort ich eingetrunken,
Empfind' ich still, in heil'ger Scheu.

Nachtheilige Vergleichung.

Die Aehren sind geröstet
Von heißem Sonnenbrand.
Der Gutsherr schaut getröstet
Auf's reife Erntelant.

Auf ihn in seiner Bluse
Blickt fast mein Auge scheel;
Denn mir mit meiner Muse
Schlägt jede Ernte fehl.

Die Ritterburg im Winter.

Du alte Ritterburg im Schnee,
Wie blickst du einsam von der Höh'!
Schon ehmals warst du unwegsam,
So oft der Winter wiederkam,

Als deinen ungeschlachten Pfad
Noch wohl ein Rossesh uf betrat. —
Beim Ritter lud ein Freund sich ein
Zu Wildbret und zu goldnem Wein.

Frisch zechten sie, die alten Herrn,
Und schwatzten bis zum Abendstern,
Und ward es dann zu spät dem Gast,
So gabst du, Burg, ihm Schutz und Rast. —

Doch nun veröbet von der Zeit,
Bei trübem Himmel eingeschneit,
In tiefem, unburchschrittnem Schnee,
Wie blickst du düster von der Höh'!

1852. 1853.

Das stille Dörfchen.

Ich irre lang durch Feld und Strauch.
Dort zeigt sich eines Dörfchens Rauch.
Ein Menschentrüppchen fand sich hier
Sein weltverborgenes Quartier.

Zu sehn sind hier Landleute blos;
Doch des Geschickes wechselnd Loos
Ist überall erfinderisch,
Auch um des Landmanns Bett und Tisch.

Wo sich erbaut ein Menschenbach,
Ist das Geschick darunter wach;
Bald kreuzt es blind des Menschen Plan,
Bald führt es ihn in Schuld und Wahn.

Auch hier ist mir der Mensch im Spiel
Sammt allem, was zum Loos ihm fiel.
So hält mich still in Fragen fest
Auch dieses kleinste Schicksalsnest.

Vor einem Waldkirchhofe.

Ein altumzäunter Todtengarten,
Wo Juden der Erweckung warten,

Liegt einsam hier, von Wald umgeben.
Mir war dies Völkchen fremd im Leben;
Hebräisch spricht die Grabsteinschaar,
Das stets mir unverständlich war.

Doch diese Einsamkeit, so schaurig,
Der Wald, so dunkelgrün und traurig,
Macht meine Stimmung menschlich weicher,
Mir diese Todten brudergleicher,
Und klagend stimm' ich überein
Mit all dem fremden Klaggestein.

Rückerinnerung.

O Mühle, Mühle, klappre nur
Weit durch die wohlbekannte Flur!
Du hast's in besserer Zeit gethan
Und mahnst in schlechter mich daran.

O Ton, der immer selbst sich gleicht,
Wenn Alles auseinanderweicht,
Sey mir gegrüßt, du hast Bestand
Im Thal, wo mir die Freude schwand!

Vereinsamung.

Du wandelst einsam, bist verlassen
Von Freunden, wie dein Argwohn spricht;
Doch willst du einen Argwohn fassen,
So faß' ihn gegen Freunde nicht!

Sey deines eignen Herzens Späher!
Bist du noch gleich geliebt von dir?
Tritt einmal selbst dir wieder näher!
Warum bist du so einsam hier?

Du bist — doch um dich selbst nur — ärmer!
Von Liebe war zu Gott und Welt
Dein Herz einst, ach! um Vieles wärmer.
Erkaltung ist's, die schwer dir fällt!

Nicht äußre Freunde sind's, die treuen,
Die dir den Rücken zugekehrt.
Laß das Geständniß nicht dich reuen:
Du bist dir selber minder werth!

Viel Liebesfeuer ist verglommen;
Doch wo? — in deinem Herzen nur!
Drum scheinst du einsam und verkommen,
Verlassen dir in Wald und Flur!

Unbiegsamkeit.

Ein harter Stamm aus weichem Stiel
Wuchs endlich durch die Zeit hervor:
Ich lebte lang, ich lebte viel,
Bis ich die Biegsamkeit verlor.

Beim Weggehen.

O kühles Rinnsal durch die Weiden,
Du siehst mich ungern von dir scheiden!

Das Rinnsal meines Lebens gleicht
Dir wenig, das durch Haide schleicht
Und immer mehr vermißt die Frische
Der quellbeschatteten Gebüsche.

***

Bedingter Trost.

Was kann erwünschte Ruh mir geben?
Werd' ich in einem ew'gen Leben
Nachholen alles schnöd Versäumte,
Das Unterlaßne, halb Geträumte?
Dann harrt' ich, unumwöllt von Wehmuth,
Der großen Ewigkeit in Demuth.

Doch ständ' ich also unterm Banne,
Daß ich mit meiner Daseynsspanne
Genügen soll den höchsten Trieben;
Was wäre dann an Trost geblieben,
Wenn, ohne ew'ge Zufluchtstätte,
Mein Geist so viel verabsäumt hätte?

Wenn mir das Jenseits nicht erlaubte,
Zu ruhn am reinen Lebensborne,
Mich der Gelegenheit beraubte,
Die sich hienieden bot zum Sporne;
Wenn ich zurück nicht könnte lenken
Und mich in's ew'ge Gut versenken?

Lohnender Anblick.

Mit feuchtem Glanz, o Morgenthau,
Bedeckst du Wald und Wiesenau.
Das kleinste Pflänzchen strahlt davon.
Was gliche unsrer Blicke Lohn,
Wenn stets sich zeigte dem Gemüthe
So gleich vertheilte Gottesgüte!

Herzensnähe.

Von Allem, was ich sehe,
Kommt mir in Herzensnähe
Nur, was natürlich ist.
Du, Kunst, auch, wenn du's bist
Und der Natur, der Quelle,
Entsprudelst spiegelhelle!

Der einsame Teich.

Wär' ich ein Maler, diesen Teich,
Den hell und dunkeln, würd' ich malen,
Das grüne Baum- und Blätterreich,
Das Naß mit Sonnenblitz durchstrahlen.

Doch wie? die Einsamkeit hier will
Sich eben ja der Welt verstecken.
Aus tiefer Ruhe, grün und still,
Soll selbst der Pinsel sie nicht wecken!

Anarchie.

O großes Reich der Anarchie,
Entlegner, tiefer Ocean!
Kein Gott wohl zählt die Wesen, die
Sich kreuzen dort auf ihrer Bahn.

Endloser Kampf um Seyn und Tod!
Eins nur versöhnt das Herz dabei:
Viel tausend Wesen leiden Noth,
Doch bleibt das Ganze groß und frei.

— — —

Auf Frühlingswanderungen.

1. Preis der Sonne.

Von Sonne glänzt das junge Laub;
Von Sonne blinkt der Wasserstaub,
Der mit dem Bächlein niederschießt,
Von Sonne strahlt, was ruht und fließt.
Ein Spiegel ist derselben Sonne
Des Herzens junge Frühlingswonne.

— — —

2. Maigestalt.

Der Mai sucht überall Gestalt,
In Thier und Pflanz', in Wies' und Wald.
Wohin ich nehme meinen Lauf,
Da taucht der schöne Mai mir auf.
Als Eidechs, grün, wie Gras getuscht,
Ist eben er vorbeigehuscht.

— — —

3. Die vorüberfliegenden Vögel.

Zwei Vögelchen im schnellsten Flug!
Sagt, welcher Ernst dahin sie trug?
Dem Männchen, ihm, ist's Ernst; doch sie,
Entflieht sie ernstlich ihm? — ach nie!

4. Frühlingsregen.

Der Regen zieht in alle Gründe,
Färbt weißlich dort des Waldes Schlünde.
Doch vor mir grünt hier junge Saat,
Durch nichts als Blüten geht der Pfad.

Was singt die Amsel durch den Regen?
Sie jubelt: Hui da! meinetwegen!
Und ich, auch ohne Sonnenschein,
Will mit ihr frühlingsglücklich seyn!

Wanderverse.

1. Bei einer Wanderung im Nebel.

Ich soll heut' ohne Landschaft seyn:
Das ganze Feld hüllt Nebel ein.
Mein Umblick liebt und sucht Gestalt;
Doch, wo ist heute Berg und Wald?
Mein ganzes Auge du dort hast,
O Rab', auf nebelgrauem Ast!

2. Der Morgenwanderer.

Was blickt dort durch das grüne Reis?
Ein Wanderer, hemdärmelweiß!
Sich selbst und jedem Blick gefällt,
So unterm Blau der Gotteswelt,
Der frohe, frische Erdensohn,
Ein Sommermorgen in Person.

3. Kein Bild aus Eden.

Ein beschwingter Räuber schwebt
Ob dem Thal und gilft nach Blut:
Was von jungem Wilde lebt,
Sucht in Angst nach sichrer Hut.

Für ein Eden paßte nicht
Solch ein Bild; es mahnt an Qual;
Doch nicht übel zu Gesicht
Steht es einem Erdenthal.

Herbſttroſt.

Entfiel das Laub schon den Platanen
Und will es herbstvergänglich mahnen,
Uns in uns selbst zurückzuziehn,
So laßt uns nicht dem Wink entfliehn!

Der Sommer ist dahingeflossen;
Doch ist nun jedes Glück genossen?
Hold bleibt der Himmel auch geneigt
Der Lust, die aus dem Geiste zweigt.

Das Thierchen.

Wie stürzt sich in des Lichtes Flammen
Die Mück'! o stelle, Mensch, mit ihr
Den eignen Lichtdrang, dich, zusammen!
Was dünkt bei der Vergleichung dir?

Du nennest geistesblind ihr Streben.
Das Thierchen ahnt doch sonst Gefahr:
Warum nicht hier? sein kleines Leben,
So lichtbeseelt, wie wunderbar!

Im Durchwandel durch ein Musenwohnzimmer.

Ihr Glücklichen im Lesezimmer!
Da feiert ihr bei Lampenschimmer,
Journale um euch aufgeschichtet,
Worin man zeichnet, lehrt und dichtet.

Beneidenswerthe Ruh' der Geister!
In mir ist nur die Unruh Meister.
Ihr freut euch eurer Lebenslänge
Und ich bin immer im Gedränge.

O ihr beleuchteten Gesichter!
Beim Schein der Oel- und Geisteslichter,
Der euch erglänzt, zeigt das Vergnügen,
Sich abgemalt in euren Zügen.

Tragt ihr nach Haus viel Frucht und Habe?
Ach nein! Doch eine holde Gabe
Liegt schon in des Empfangens Stille;
Mich treibt zum Thun ein Unruhwille.

Wo darf ich stillesitzend lernen?
Vielleicht dort oben bei den Sternen? —
Doch, soll ich dort mir selber gleichen,
Wird mir die Ruh' auch dort entweichen.

Lebensregel.

Vor allen Dingen lerne warten,
Wer Früchte sucht im Lebensgarten!

Schicksalsgunst.

Das Schicksal hat mir mehr gewährt,
Als ich an Gutem hab' entbehrt,
Weil es mir keine Schätze bot,
Doch mir erließ des Hungers Noth,
Auch mich von seiner Strenge Wunden
Durch Liebe immer ließ gesunden.

1854.

Lebenseindrücke.

1. Gesichtseindruck.

O Mensch, dir war nicht sanft gebettet:
Doch hast ein Antlitz du gerettet
Aus deines Lebens Wüstenei'n,
Dem ich nicht möchte abhold seyn.
Von mir wird dir nicht widerstrebt,
Wenn ich drin lese: „viel gelebt!"

2. Lebenserfahrung.

O Tod und Schicksal! freudenarm
Habt ihr mich oft gemacht,
Bis Leben und Geschick mich warm
Von neuem angelacht.

Der Himmel selbst es so beschied:
Entflieht das eine Glück,
So tritt ein zweites Glück ins Glied,
Das jetzt noch steht zurück.

O wechselvolle Lebensbahn!
Ist's so nicht wohl bestellt?
Schon schließt die neue sanft sich an
Der alten Herzenswelt!

3. Alte und neue Zeit.

Ein Wandrer, der sich still beschaute
Das Land, als man die Dome baute,
Ging frommen Muths von Stadt zu Stadt;
Die Welt war noch nicht glaubensmatt:
Der Erde und des Himmels Bund
Gab schon sich in der Landschaft kund.

Den Weltsinn nicht durch Dampf und Schienen,
Man wollte Gott durch Münster dienen,
Und wuchs ihr Bau von Stein zu Stein,
So drang das Herz mit himmelein.
Jetzt klammert sich's am Erdrund an
Auf endlos platter Eisenbahn.

Doch was, nach allem Erdumschreiben,
Wird aus dem unruhvollen Treiben?
Dem Herzen bleibt des Himmels Zug;
Erst thut die Kraft sich selbst genug;
Doch an der Grenzmark schaut sie um
Und hebt sich neu zum Heiligthum.

4. Beim Glockenklang.

Kann seyn, daß dich die Andacht reut,
Wenn du zergliederst das Geläut,

Weil, was dir sonst das Herz bezwungen,
Nur tönendem Metall entsprungen.

Doch denke, diese Töne schliefen
Ja doch zuletzt in Gottes Tiefen,
Und laß dein Fühlen dich und Denken
In diesen Tiefen mit versenken!

5. Persönlichkeit.

Ich lebe, zur Person gestaltet;
Doch Er, der segnend für mich waltet,
Soll Gott Person nicht heißen können,
Die unsre Zeit ihm nicht will gönnen?
In's Weltenall soll er zerfließen
Und nie sein göttlich Ich genießen?
Ach, wäre dann das Kind der Leiden,
Der kleine Mensch, nicht zu beneiden? —
Wie? oder in des Aethers Dom
Ist Gottes unbegrenzter Strom
Nur mir so unklar und verborgen,
Daß Gottes Seyn mich setzt in Sorgen?

6. Dankessehnsucht.

Was fühlt mein Herz? — es fühlt nur Dank
Für Gaben und Geschicke.
Ein Herz ist oft von Liebe krank,
Lechzt nach geliebtem Blicke;

So quälte mich die Dankbarkeit,
Die ich nicht könnte zeigen.
Was wär' es für ein Widerstreit,
Zu fühlen und zu schweigen!

Mein Herz will Wesen und Person,
Wohin sich's dankend trage,
Es will sich geben Gott zum Lohn.
Wer mäße seine Klage,

Wenn's hinter all der großen Welt
Nicht eine Gottheit fände,
Der es hingöße unentstellt,
Was es von Dank empfände!

Ja, Gott, mir sagt's mein volles Herz:
Du mußt, du mußt bestehen;
Mein Herz ja müßt' im tiefsten Schmerz
So ohne Dank vergehen!

Herzensgeltung.

Ein Herz für sich — was gilt es? nichts.
In unsern Lebenstagen,
Im Kampf der Freiheit, wie des Lichts,
Soll's nur für diese schlagen!

Epilog.

Mein Leben liegt in diesen Versen.
Wohl liegt's darin in guter Rast.

Ein jeder trägt auf seinen Ferſen
Sich ſelten gern mit fremder Laſt. —
So ſchrieb' ich denn in Tag hinein?
Dem Wind, der Nacht, dem Sonnenſchein!

Gewünſchter Erſatz.

Ach Wiederſehn im Frühlingsgrün,
Es war uns nicht beſchieden!
Geduld, wo Hoffnungen verblühn,
Schenk' du uns deinen Frieden!

Die verlorene Gabe.

Am Hage blühen Roſen,
Im Graſe Scabioſen,
Im Felde rother Klee
Und Blumen voller Sterne,
Gelb leuchtend in die Ferne,
Doch farblos meinem Weh.

Mein Weh iſt, daß ich habe
Nicht mehr die frohe Gabe,
Den Frühling zu verſtehn,
Und muß den Flor der Triften,
Wie unverſtandne Schriften,
Mit fremdem Auge ſehn!

Verschiedenheit.

Ein fahrend Lied, die Biene schwebt·
In's Maiengrün hinaus.
Wenn mir ein Lied im Busen lebt,
So drängt es auch heraus;
Doch, Mai im Mai, so zu verschweben,
Ist keinem Menschenlied gegeben.

———

Am Lebensabend.

Abends schließen ihre Kelche
Viele Blumen. Fragt ihr, welche?
Kann ich sie so schnell nicht nennen,
Auch kein Vorbild drin erkennen;
Denn mein Geist soll offen stehn,
Auch der Nacht in's Auge sehn!

———

Sommeranblick.

Heut' dient zur Augenweide
Der Wind mir im Getreide.
Es wogt und schwanket um mich her
Das Korn, ein trocknes, stummes Meer.

Hier sinkt, dort hebt es sich vom Fall;
Hier hell, dort dunkel ist sein Schwall.
Im weiten Segensqualme
Welch Sommerspiel der Halme!

——

Erinnerung an die Ostsee. [1]

Nach sanftem Steigen steh' ich oben!
Was ragt denn dort so steil erhoben?
Wie blaut dort fern — doch so gerade? —
Ein lang Gebirg vor meinem Pfade!

Gebirg? die Augen muß ich reiben:
Wie soll den Anblick ich beschreiben?
Nicht Berge sind's, wovon ich spreche;
Nie sah ich diese Pracht von Fläche.

Die hohe See! Des Wortes Wahrheit
Dringt mir an's Herz mit lichter Klarheit.
Das Meer, das blaue, still besonnte,
Rafft mich empor zum Horizonte.

Die beiderlei Fernen.

Die rechte Fern' ist jene blaue,
Die ich von hohem Gipfel schaue,
Wo über Fluß- und Landesstrecken
Die Berg' in zartem Duft sich recken.

Die andre Fern' hat Thalesbreite
Und ist nur eine mäßig weite.
Da seh' ich Mensch und Thier noch wandeln
Und fern im Sonnenstrahle handeln.

[1] Auf dem Weg nach Travemünde.

Da weilt die Sonn' auf rothen Stieren
Und ihrem Lenker; Farben zieren
In buntem Lichte die Figuren,
Auftauchend noch am Rand der Fluren.

Wie traut ist alles da geblieben!
Ich darf den Menschenfleiß noch lieben,
Den ich so fern sich rühren sehe.
Die Fern' entzückt mich halb als Nähe.

Wohl wird die b l a u e Fern' erregen
Mehr Sehnsucht, größern Zauber hegen;
Doch meine kleine Fern' hat immer
Mir einen trautern Liebesschimmer.

Natur und Einsamkeit.

1. Genossenschaft.

O Wasserglanz in Weidenschatten,
O sanftgeschwellte Ufermatten,
Laßt eine Stunde hier mich weilen,
Mein Leben mit dem euren theilen!
Die duft'ge Ferne sieht darein
Und will wohl mit im Bunde seyn.

Ich und die Landschaft ruhn in Frieden,
Natur und ich ununterschieden.
Bald eine Stund' ist schon verflossen,
Wie von zwei Glücklichen genossen.
Natur für sich so schön und rein,
Schloß in ihr Leben ganz mich ein.

2. Das stille Plätzchen.

Wie still ist's hier! ach ich erschrecke,
Wenn ich nur denke, daß ein Schall
Mich aus dem Schweigen ringsum wecke.
Und wär' es eines Blättchens Fall,
Es könnte irren hier der Geist,
Dem sich die Flur so still erweist. —
Neigt eine Seele sich zur Flucht,
Hier ist die Stille, die sie sucht!

3. Im Heimgehen.

Die Schatten werden blauer
An dem Gebirge dort;
Ein leichter Windesschauer
Pflanzt sich im Laube fort.

Die letzten Sonnenlichter
Im Forste glühen aus.
Zufrieden zieht der Dichter
Mit einem Lied nach Haus.

Dort wird es seinem Heftchen
Mit Sorgfalt einverleibt,
Obgleich von dem Geschäftchen
Kein Nutzen übrig bleibt.

Antwort auf eine Recenfion.

Wohl meint der gute Recenfent,
Ich habe blos für ihn geschrieben,
Und sein gerechter Zorn entbrennt,
Daß ich nicht bin zu Haus geblieben.

Ich kaunte wissen, daß der Mann
Uns Dichter sämmtlich lesen solle.
Da ist er übel, übel dran;
Denn so viel Lesen geht in's Tolle.

Doch sprech' ich: Lieber Kritikus,
Von mir wird nicht für dich gedichtet,
Der alle Reime lesen muß
Und oft auch ungelesne richtet.

Es hat mein Lied des Unkrauts Art
Und sorgt für sich nur, daß es blühe,
Brumm' auch der Bauer in den Bart,
Daß ihm entstand des Jätens Mühe."

Genügsamkeit.

Der Bildersprache einst beflissen,
Will ich im Alter gern sie missen
Und froh seyn, wenn für's Herz ich habe
Nur noch die reine Redegabe,
Nur noch ein Sterbenswörtchen finde
Für das, was ich noch jetzt empfinde.

Oefters vorkommend.

Frisch hat mir manchesmal gedäucht
Und lachend, was ich aufgeschrieben,
So lang des Verses Tinte feucht.
Doch ist es mir lebendig blieben?
Ich fühl' es manchmal still erschrocken:
Das Lied wird mit der Tinte trocken.

Innres Genügen.

Gedichte, sind sie nicht
Wie kleine, gute Thaten?
Ich kann der Welt entrathen
Für That und für Gedicht.

Wenn dies mir je gelang,
Soll gleich die Welt es wissen?
Und kann ich sie nicht missen
Für innern Herzensklang?

Eine Aehnlichkeit.

Die reine Sonne im Gesichte
Macht unsre Sehkraft ganz zunichte.
So blendete die volle Wahrheit
Und sanften Schirm erheischt die Klarheit.
Dient uns nicht so die Offenbarung
Zugleich als Schirm und Augenwahrung?

Der Alte als Wanderer.

1. Der Wind und der Wanderer.

O Wind, warum entgegenwehst
Du meinen raschen Schritten?
Bin ich, da du so stark dich blähst,
Nicht gern von dir gelitten?
Ach nein, wir sind beim Wiedersehn
Ja Freunde, die sich längst verstehn;
Ich schüttelte gewiß am Ende,
Wenn du sie hättest, dir die Hände!

2. Der Wanderer und die Wolke.

Windgejagt und mir entgegen
Ziehst du, Wolk', auf meinen Wegen.
Jag' mit dir, ich bitte dich,
All mein Sorgen hinter mich!

3. Der geförderte Fußwanderer.

Ist bis dorthin zu jenem Stein
Mein Wanderschritt gedrungen,
So ist voran, nicht allzuklein,
Ein Fortschritt mir gelungen.

Von jenem Stein an setz' ich dann
Ein ähnlich Ziel den Blicken.
So mag mich guten Wandersmann
Ein Punkt zum andern schicken.

Dem ähnlich muß im Lebensspiel
Ich Stein für Stein erreichen;
Dann endlich werd' ich stehn am Ziel
Nach überwundnen Zeichen.

Aus der Schweiz.

1. Das Alpenglühen.

Die Mittelhöh'n, der See, die Matten
Sind schon versenkt in Dämmrungsschatten;
Doch dein Gebirg, erhabne Schweiz,
Ist nun umgossen erst von Reiz.

Ein rosenschimmernd Feuerglühen
Sieht man an seinem Schnee entsprühen;
Die Sonn', uns längst verglommen schon,
Steigt dort noch lange nicht vom Thron.

Wer kann des Bildes Pracht ermessen?
Wer, der es sah, kann es vergessen?
Entzücken übermannt das Herz. —
Der Zauber schwindet, uns zum Schmerz.

Was wird aus Schnee- und Rosenfarben,
Wie sie allmählig nun erstarben?
Ein geisterhafter Leichenschein,
Bleich, grünlich scheint er fast zu seyn.

Das Herz wird fast berührt von Schauer,
Doch ist auch dieser nicht von Dauer.
Wer kann es glauben: noch einmal
Scheint das Gebirge roth zu Thal.

Ein Nachglühn wollt' es uns noch geben;
Nun schließt des Tages hohes Leben.
Der graue Vorhang niederfällt
Um deine Pracht, o Alpenwelt!

2. Beim Scheiden.

Du schönheitsvolles Land,
So soll ich dich verlassen?
Den letzten Baum am Rand
Des Tannenthals umfassen?

Das Bergschloß soll mir nicht
Im Sonnenstrahl mehr glänzen?
Der Alpen Firnenlicht
Die Au'n nicht mehr bekränzen?

Die Schönheit selbst gebot,
Daß nichts dem Aug' hier fehle,
Und Schönheitsheimweh droht
Daheim nun meiner Seele.

Herbstgedichte.

1. Herbstempfindung.

Für wen, o Luftblau, du dich wölbst?
Wen feierst du, Natur? dich selbst?
Was ruht für warmes Lichtgefunkel
Dort auf der Waldung grünem Dunkel?

Ist es denn wirklich Werktag heut',
Indeß sich rings ein Fest mir beut?
Der Schöpfung erster Ruhtagsschimmer
Hat er geglänzt in rein'rem Flimmer?

Wohlan denn, schöner Erdenherbst,
Der du dies Licht vom Himmel erbst,
Trag' den befreiten Geist, o trage
Ihn in der Urzeit Unschuldstage!

2. Die schöne Ordnung.

Die Wälder lagern sich schon braun
Entlang den sanften Wiesenau'n,
Wo nicht mehr bunte Blumenpracht,
Doch noch die Zeitlos' herbstlich lacht.

Was freut mich heut' im Herbstgefild?
Die schöne Ordnung, fest und mild.
Sanft setzt ein Ende sie dem Grün
Und mahnt die Blumen, zu verblühn.

Es endet jedes Seyn und Ding.
Wohl jedem, der sein End' empfing
Zur angemessnen Stunde nur
Von der allwaltenden Natur!

3. Abendfeuer.

Feuerflämmchen dort und hier
Sind im Feld zu sehn
Und Vergnügen macht es mir,
Wie die Rauche wehn.

Das umpflügte Herbstgefild,
Berg und Thal und Wald,
Grüßt mich kaum so traut und mild,
Mahnt mich so zum Halt,

Als bei rauher Witterung
Solch ein Feuerlein,
Das dem Menschen Sänftigung
Gibt durch Glut und Schein.

4. Die Spätjahrssonne.

Ein schwacher Schein der Spätjahrssonne
Dringt durch das Baumgezweig.
Ich bringe nicht Begeistrungswonne
Mit mir von Feld und Steig,

Ich bringe nur Entsagungsfrieden
Von meinem Gang nach Haus,
Und nur mit solchem langt hienieden
Das Herz des Menschen aus.

5. Zuflucht im Sommer.

Soll ich innre Trauer hegen,
O so laßt den Gram mich pflegen,
Wo die Bäume laublos stehn
Und mich rauhe Wind' umwehn.

Dann wird sanfter mir zu Muthe,
Gleich, als wenn Natur, die Gute,
Mit mir wollte traurig sehn,
Tragen hälfe meine Pein.

Dann des Himmels graue Hülle
Kommt mir vor, wie Liebesfülle;
Freundschaft, Mitleid, Trost entquillt
Dem entfärbten Herbstgefild.

1855.

Nach dem Abschied.

Im Abschied wird die Lieb' erst Liebe.
Wenn Brust an Brust so ruhen bliebe,
Wie sie sich an einander preßt,
Wo Scheidende sich halten fest; —
Es wäre aller Himmel Glück!
Doch ach! das Schicksal ruft: zurück!

Vergessenseyn.

Wie mancher Geber starb,
Eh' man ihn dankbar pries;
Nicht immer Dank erwarb,
Was Andern er erwies.

Es that ihm freilich leid;
Vergessenseyn macht arm.
Doch legt' er es beiseit
Und blieb im Herzen warm.

Er weiß, wie man den Dank
Nur gar zu gern vergißt.
Doch ist's ein bittrer Trank,
Wenn man vergessen ist.

Der langsame Leser.

Ein Leser, welcher fühlt und denkt,
Sucht gern im Lesen zu verweilen,
Erst, um des Dichters Sinn zu theilen,
Dann in sich selbst zurückversenkt.

Der versäumte Brief.

Ich bin zum Freund gekommen:
Doch wünscht' ich fast es nicht,
Denn minder kann mir frommen,
Was er zu flüchtig spricht.

Wär' ich zu Haus geblieben,
So schrieb er einen Brief,
Und, was er mir geschrieben,
Traf stets mein Herz so tief.

Der Warmherzige.

Es gibt so manchen Kalten;
Dort lehr', Empfindung, ein; .
Mich aber laß, mich Alten,
Doch kühlern Herzens seyn!

An den Wind.

Du wehrst dem Regen, aufzuthun
Die Knospen alle, die noch ruhn.
O Wind, sey nicht so dürr und wild
Nach menschlichem Despotenbild!

Bei des Frühlings Wiederkehr.

1. Frühlingsaufforderung.

Die Lüftchen wehn,
Die Quellen fließen,
Die Stauden stehn
In vollem Sprießen.
Was weht, was sproßt, was fließt,
Es ruft uns zu: genießt
Den jungen Lebenshauch,
Weckt euch zum Leben auch!
Was sonst sich lang besinnt,
Das thue nach dem Wind,
Das lüpfe Geist und Fuß
Und setze sich in Fluß
Und trei' aus sich heraus
Und schlag' in Sprossen aus!

2. Auf der Wiese.

Campanula,
Da nickst du ja
Mir neu der Pflanze Frieden zu,

Den Frieden eurer Wiesenruh',
Der so von Anmuth ist getränkt,
Daß sich das Herz in ihn versenkt
Und daß es nirgend ruhet linder,
Als unter euch, ihr Frühlingskinder!

3. Mai und Sprache.

Wenn ich, o Mai, dich preisen will,
So mahnt das Wort mich: sey nur still!
Das Wort dann seiner Armuth grollt,
Wo Alles unaussprechlich hold.

4. Licht und Schatten.

Den Schatten in den Weg herein
Wirft mir der grüne Wald.
Ach, wie gewinnt im Sonnenschein
Sein Dickicht sich Gestalt!
Wie reizend geht sich's so im Lenze
Durch Schatten längs des Schimmers Grenze!

5. Dank dem Kukuk.

Wo doch, Kukuk, wo im Forst
Magst du seßhaft seyn?
Nach dem waldgeheimsten Horst
Spornst du mich hinein!

Hier aus jenem Schopf nun dort
Ruft dein Muthwill' mir
Und verknüpft mir Ort für Ort,
Fernes Dort und Hier.

Du erst in Zusammenhang
Bringest Wald und Feld,
Fassest keck in deinen Klang
Meine Frühlingswelt!

6. Der eilende Fluß.

Eilst du, Fluß, was eilst du so
Aus der Stauden Blütenkranz?
Glaubst du denn, du bleibst so froh,
Mündend in des Meeres Glanz?

7. Maienglück und Maienwunsch.

Nicht nur hier im Schatten liegen,
Oder durch die Wiesen streichen,
Schwimmen möcht' ich, möchte fliegen —
Ach, was möcht' ich nicht erreichen,
Wenn ich nur so wünschen könnte
Und der Mai Gewährung gönnte!
Selig schlöss' ich in mir ein
Aller Wesen Frühlingsseyn!

K. Der wahre Mai.

Wenn die Syringen welken,
So kommen duft'ge Nelken
Und Rosen süß herangeblüht.
Doch schon zerstreut ist mein Gemüth;
Denn der voll blauen Holders hing,
Der rechte Mai, ach! schon verging!

Die Glücklichen.

Droben schwebt ein Weihenpaar,
Wiegt sich sanft im blauen Klar.
Ihnen ward ein freudig Loos;
Doch auch mir im Gräserschooß.
Beide sehn wir, hell und munter,
Ich hinauf und sie herunter.

Wald und Waldesnähe.

1. Die Schläge der Waldart.

Fast metallisch thun die Schläge
Fern am Waldholz mir sich kund.
Ach, des Tones Klaggepräge
Steht mit Waldesleid im Bund.

Sterben, im Begriff zu grünen,
Wie es nun das Waldholz thut,
Ist mir stets als Leid erschienen,
Fliegt mir störend durch den Muth.

2. In stiller Luft.

Mückchen geigen auf und nieder
Ihre leisen Sommerlieder
Und der Wasserspinnentanz
Kräuselt still des Teiches Glanz.
Amsel, ohne deinen Schlag
Wäre überstill der Tag!

3. Im Tannenwalde.

Durchsichtig ganz von Sonnenschein,
Stehn Weidenröschen hier am Rain,
Rubinen, die aus dunklem Grün
Der Tannen doppelt feurig glühn,
Kleinode leuchtender Natur,
Juwelen holder Abendflur!

Die bewegte Landschaft.

Ein gar zu ruhig Schauen
Auf weite Landschaftauen
Könnt' endlich mich ermatten.
Drum Dank dem Wolkenschatten,
Der schnell das Land verdunkelt,
Daß danu es lichter funkelt,
Der Wechsel in die Ruhe trägt,
Ja, mir die Landschaft selbst bewegt.

Sommerleben.

1. Lob des Sommers.

O Sommer, du bist so durchdrungen
Von Fülle, Kraft und süßer Macht,
Daß es noch keinem Mund gelungen,
Zu schildern deine Segenspracht!

Den besten Ausdruck dir gegeben
Hat dort am Baum ein liebend Paar.
Im Kuß der Innigkeit so eben
Stellt es des Sommers Reife dar.

Auch jener, der dort vor mir gehend,
Den Arm um Freundes Nacken schlang,
Weist hin auf Freundschaft, still bestehend,
Die sommerlich hervor nun drang.

Mag ich umher vereinsamt streifen,
So fühl' ich doch das Leben mit
Und kann des Sommers Macht begreifen,
Das Herz ihm weihn auf jedem Schritt.

2. Allgemeiner Eindruck.

Was Jeder denkt an diesem Tag,
Gewiß, es ist von Einem Schlag:
Durch Himmelblau und Wiesenmahen
Zieht sich zu dieser Jahresfrist
Alleinzig der Gedankenfaden,
Wie jetzt die Welt so prächtig ist.

3. O Licht!

O Licht, nicht überschütte
Die ganze Landschaft heut'!
Sonst lob' ich Haus und Hütte,
Wo sich mir Schatten beut.
Dem Licht mein Herz entgegeneilt,
Das mit dem Schatten freundlich theilt.

4. Stille Bewegung.

Heuschrecken, wie sie zahllos springen,
Und welche Schaar von Schmetterlingen!
Wie kreuzt in jenen und in diesen
Sich stilles Leben in den Wiesen!
Das Leben der Natur wird still;
Weil es demnächst entschlummern will.

Hinweisung.

Durch die Natur nur hinzugehn,
Sich da um Bilder umzusehn,
Scheint euch mein Sinn allein und Trachten;
Darauf jedoch will niemand achten,
Daß doch durch diesen Bilderkram
Des Lebens viel zu Tage kam
Und daß durch all dies Bildertresen
Mir in der Seele sey zu lesen.

Die kurze Gunst.

Wie steht der Dichter so allein
Mit seiner Lieblingskunst!
„Laß deiner Lieder wenig seyn!"
So räth ihm selbst die Gunst.

Statt daß er jedes sieht begrüßt
Mit traugewohnter Huld,
So hat er längst schon eingebüßt
Durch ihrer Menge Schuld.

Die Natur im Herbste.

O Natur, von deinem Segen
Räumt die Hand das weite Feld.
Schon nicht mehr auf allen Wegen
Wird das Herz davon geschwellt.

Spende, spende deine Gaben,
Gute Mutter, o Natur!
Wenn wir sie gesammelt haben,
Gib zur Ruh dich, süße Flur!

Oft alsdann noch will ich wanken
Hin zu deiner Ruhestatt,
Wo mein Herz so viel zu danken,
Viel sich zu erinnern hat.

Dank, ja dank den eingeflößten
Tröstungen im Lebensstreit,
Holden Winken, die mich trösten,
Wie von jeher, so auch heut!

Das todte Feldhuhn.

Körner finden tief im Schnee
Für des Hungers scharfes Weh,
Thierchen, war für dich zu schwer.
Ach, da trat ein Jäger her,
Nahm dein Leben sich auf's Korn,
Stillte deines Hungers Zorn.
Aermstes, deine Lebensnoth
Söhnt mich aus mit deinem Tod!

1856.

Im Wandern.

Still ist's genug in der Natur,
Von einem Laute keine Spur!
Und doch es sollte mir zum Frommen
Ein Wahrheitslaut entgegenkommen.

Wohl horcht der Mensch nach ihrem Ton
Seit manchen tausend Jahren schon.
Manchmal auch schallet dem Geschlechte
Ein Laut von oben. War's der rechte?

Klar ist als Antwort mir nur dies:
Ein Theil der Wahrheit war's gewiß.
Doch noch entrückt ist uns das Ganze
In überird'schem Ton und Glanze.

Auf neuen Fußwanderungen.

1. Feldbildchen.

Kein trüber Nebel stört die Liebe,
Ihr ist der Himmel ewig blau.

Wie herzig bringen dies zur Schau
Zwei Lerchlein, dort in süßem Triebe
Sich jagend durch das Nebelgrau!

2. Windeswirkung.

Wie schmiegt der Wind, der Zeitvertreiber,
Die Kleider heute an die Leiber!
Schon bin ich mancher Wohlgestalt
Verlegner Mädchen, junger Weiber
Mit kurzem Blick vorbeigewallt,
Nicht ohne ein so derbes Fächeln
Der Luft im Stillen zu belächeln.

3. Der Vielgegrüßte.

Wenn ich, ein alter Wandrer, walle,
So grüßen mich so freundlich alle!
Woher wohl diese Sympathie
Der guten Leute? Denken sie:
Der kennt wohl auch des Lebens Noth;
Der hat nicht weit mehr bis zum Tod?

4. Bergreise.

Gestein und Sumpf am Berggehänge!
Wie ich mich dort hinübersprenge,
Erscheint vorerst mir räthselhaft.

Das fordert wohl Geschick und Kraft.
Doch darin, Freunde, liegt es eben:
Bergreifen sind ein Bild für's Leben.

—

5. Mitgefühl.

Wie liegt der prächt'ge Eichbaum hier,
Vom Beile jüngst geschlagen!
Wie gern er lebte, konnt' er dir,
Stumm, wie er war, nicht sagen.

Ich nur muß überall den Pfad,
Wo Schönes hinsinkt, finden
Und, wo man es zu Boden trat,
Den Tod mit ihm empfinden!

Die Uferwüste.

Kräuterwildniß, Baldrian,
Seifenkraut, Reseď' und Dill,
An's Vergangne mahnt ihr still!
Was des Flusses Wuth gethan,
Der zerstört des Landmanns Mühen,
Zeigt mir euer wildes Blühen.
Kurzen Sommers Lufthauch trug
Hieher euren Samenflug
Und auf sonst bebauter Flur
Herrscht nun Willkür der Natur.

Verhalten zur Natur.

Ich sehe täglich die Natur.
Doch an beglücktem Tage nur
Wirft sie von ihrem holden Seyn
In's Herz mir einen Wiederschein.
Wer sie besieht mit Herzensöde,
Dem bleibt sie stumm und kalt und spröde.

Das Feld der Geschichte.

Der Pflug hat aufgeschnitten
Das dunkle Ackerfeld.
Ich stehe still inmitten
Und find' es wohlbestellt.

Es läßt mich Früchte ahnen,
Wie sie uns bringt das Jahr.
Den Weg soll ihnen bahnen
Des Pfluges scharfe Schar. —

Das Feld auch der Geschichte
Zeigt tiefen Furchenschnitt;
Doch, Trauer im Gesichte,
Hemm' ich dabei den Schritt.

Weil schneidende Geschicke
Mir ruhn im Kreis des Blicks
Und sich noch birgt dem Blicke
Die Frucht des Weltgeschicks,

Vermeß' ich mich, zu klagen,
Vom Acker unbelehrt,
Der einst in spätern Tagen
Sein Korn gen Himmel kehrt.

Ergebniß.

Wie ich nun auch verflochten bin
Nach meinem ganzen Wesen
Zu Gut und Schlimm; ich nehm' es hin
Mit Dank und bin erlesen,
Viel doch zu fühlen in der Welt,
Was Manchem sie verborgen hält.

Was ist zu thun?

Ach, es begegnet uns so oft:
Das Glück, von dem es sich gehandelt,
Auf das wir lange schon gehofft,
Wird schnell in Unglück umgewandelt.
Was ist zu thun? geschehn zu lassen,
Doch auch zugleich ein Herz zu fassen;
Für's neue Schicksal, neue Leben
Uns neue Haltung zu erstreben.

Haltung.

Lebe, Mensch, dem Augenblick!
Leb' ihm, doch mit innrer Kraft,

Daß nicht Glück, nicht Mißgeschick
Edler Haltung dich entrafft! —
Leben für ein ew'ges Leben,
Wird auch für den Augenblick
Dir die rechte Haltung geben.

Einsamkeit mit Unterschied.

Stille, einsame Natur
Lieb' ich in der wilden Flur,
Wenn mein Herz das Schweigen bricht,
Lebhaft mit sich selber spricht.

Hat das Herz sich nichts zu sagen,
Fühlt sich's leid= und freudenleer,
Dann, in solchen trüben Tagen,
Fällt das Einsamsein ihm schwer.

Aus der Westschweiz.

1. Bei Payerne.

O Bertha, Burgunds Königin!
Du spannst mit volksgemäßem Sinn;
Daher du heut' noch hören kannst
Aus deiner heil'gen Himmelsferne,
Wie du in deiner Stadt Payerne
Lob und Gedächtniß dir erspannst!

2. Augenweide. Bei Reuchatel.

Der See ist wild und schiffeleer,
Ein silbern düstergrünes Meer,
Durchzogen weiß von Wellenschäumen
Die überschlagend stets sich bäumen.

Die Alpenhöhn sind unsichtbar,
Die hier sich spiegeln sonst so klar;
Doch so auch, welche Augenweide
Auf dieser weiten Wellenheide!

3. Bei regnerischem Wetter.

Weichen Regens Wolken betten
Sich um des Gebirges Ketten
Und der See ist matt gestreift,
Den mein Auge lang durchschweift,
Bis vermehrte, größre Tropfen
Zu gebieterisch und barsch
Ihren lauten Zuruf: „Marsch!"
Mir auf Haupt und Schultern klopfen.

4. Bei unruhigem See.

Wie stürmt der See! Die Wäscherin
Schafft im Geschäume mitteninn,
Das, wie es ankämpft, wie es spritzt,
Dem hübschen Weibchen gerne nützt.

Der Schaum nimmt sie wie liebewarm
Am kraftbewegten, runden Arm
Und klimmt hinan mit leckem Kuß
Am angestemmten nackten Fuß;

Spricht selber ihrer Arbeit zu
Und läßt dem Linnen keine Ruh.
Obgleich gewaschen und geklopft,
Wird's immer noch von ihm betropft.

Auch dies ein See- und Lebensbild,
Dem ein Gedächtnißblättchen gilt!
Doch still von all der Bilderzahl
Des Sees in Sturm und Sonnenstrahl!

---

5. Bilderwahl.

Der Schwan, der Pfeil, der Jura rennen,
Und wie die Boote sonst sich nennen,
Alltäglich, dampfend, durch den See,
An dem ich gerne schauend steh.
Da will des Wassers Spiegelklar,
Gebirge, schneevoll immerdar,
Und selbst der Segel weißes Linnen
Ein preisend Wort mir abgewinnen.
Der Dampf, gesandt vom Weltgeschicke,
Liegt noch zu ernst vor meinem Blicke.
Ich lobe mir als treuer Hüter
Noch meiner Jugend Lebensgüter,

Noch meiner Jugend Bilderglück
Und führ' es liebend mir zurück,
Ob es auch nur als Fischerkahn
Sich schaukle durch den Wellenplan.

6. Nach verschwundenem Nebel.

In Nebel lag der ganze See;
Doch schnell entwich das graue Weh.
Die Wasser wieder farbig blühn
Und Alpenhörner drüber glühn. —
Daß so doch alles Nebelhafte
Einst Ueberraschungen uns schaffte!

7. Morgen!

Der Alpen Ruh, des Seees Ruh,
Im Ulmenkreis die Ruhebank,
Wie theilen sie mir Ruhe zu
Und stimmen mich zu sanftem Dank!
Doch morgen reis' ich und dahin
Ist der geträumte Ruhgewinn!

8. Im Zwielicht.

Bald ruht die Nacht auf weitem See.
Wie Feier von der Erde Weh
Ist Abendruhe ausgegossen. —
Die letzte Thrän', ist sie zerflossen?

Der letzte Menschenschmerz, entschlief er?
O See, du glatter, stiller, tiefer,
Zu welchem Wahn lädst du mich ein
Mit deinem nachtumflorten Schein!

9. Im Seeland.

Schweizerland, wohin ich seh',
Ist es schön, auch im „Marais"!
Fern hinaus begegnen mir
Zwar nur falbe Gräser hier;
Doch dies Land kann es nicht lassen,
Sich mit Hügeln zu umfassen,
Schöner Builly, die, wie du,
Anmuth lächeln in die Ruh,
Und auf die dann Alpenhöhn
Ewig stolz herübersehn.

10. Auf einen Hirtenknaben.

Als wie von kecker Alpenhöh'
Johlt hier ein Knabe im Marais.
Mit gutem Grund. Die Heerde traut,
Riedgräser, gleich dem Alpenkraut,
Erfreuen ihn auf reiner Spur
Der stets beglückenden Natur.

11. Der Telegraph.

Der Telegraph leis in der Luft
Gleich einer Aeolsharfe ruft.
Ich wußte nicht, daß ihm dies eigen.
Dem Freund des Schönen will er zeigen,
Daß er, der Börse preisgegeben,
Sich noch bewahrt dies Sonderleben.

12. Der Muriner See.

Leb wohl, du silbernster der Seen,
Von beines sanften Buillys Reben,
Vom mildesten Gelänb umgeben!
Du siehst mich ungern von dir gehn.

Wo ehmals stand das Beinerhaus,
Liegt eine Walbau im Gesichte,
Auf die ich lang die Blicke richte;
Als Cap tritt reizenb sie hinaus.

Mit ihrer Wipfel buntem Laub
Belächelt sie des Seees Fläche.
Doch schwand auch sie, indem ich spreche,
Und warb dem Wanderschritt zum Raub.

13. Eigene Erscheinung.

Herbstfrostige Oktobernacht,
Doch rings Johanniswürmchensprach,
Die aus dem Gras mir gegenglänzt!
Nie hat's im Herbst mir so gelenzt!

Zufälliges Glück.

Daß man es rein in Verse kriegt,
Was man gedacht, was man empfunden,
Ist Zufallsglück. Das Meiste liegt
Abseits, dem Nebel unentwunden.

1857.

Wind und Zeit.

O Wind, nicht nur von dir umweht,
Ich bin es von der Zeit!
Was hälfe, wenn im Flug sie geht,
Mir aller Widerstreit?

Jedoch, was klag' ich, Zeit und Wind,
Wenn alles doch vergeht?
Mit Lust und Schmerz, ach, wie geschwind
Bin ich doch selbst entweht!

Ein Vorbild.

O Erde, aufgepflügt und braun,
Wie läßt du so bereit dich schaun,
Des Guten Samen zu empfangen,
Als trügst du selbst danach Verlangen!
Fruchtbare Erde, mürb und mild,
Ich grüß' in dir ein Tugendbild!

Frühlingsgrüße.

1. Frühlingswehen.

Es blüht das Gras, es blühn die Bäume
Und Lüfte wehn mir zu, wie Träume.
Was mich berührt so hold und frisch,
Ach, wie verweht es träumerisch!
Ist es — ich unterscheide kaum —
Des Frühlings Traum? des Lebens Traum?

2. Ohneruh.

Laubschatten hier und Sonnenschein
Umtanzen froh mich im Verein,
Von holdem Windhauch aufgeweht,
Der schaukelnd auf- und niedergeht,
Ein angenehmes Ohneruh,
Dem ich in Ruhe schaue zu.

3. Waldwohlgeruch.

Wie Patscholi riecht's hier im Wald,
Ein Duft von schmeichelnder Gewalt,
Der sonst von einem Putztisch kommt
Und holdem Damenschmucke frommt,
Hier aber, wenn ich recht versteh',
Ausgehen muß von einer Fee.

4. Schmetterlingsweide.

Welch bunte Falterweide,
Auf dieses Gipfels Heide.
Gilt etwa ihr Bemühn
Bergblümchen, die hier blühn?

Nicht Blümchen gilt ihr Schweben
Und keinem Ruheleben.
Ach sieh, wie sie nicht ruhn
Von süßem Liebesthun!

5. Frühling und Regenluft.

Der Kukuk dennoch heute ruft
Durch all die graue Regenluft,
Und ich desgleichen sage: nein!
Der Lenz liegt nicht im Sonnenschein.
Der Frühling liegt schon im Gemüth,
Wenn Alles treibt und grünt und blüht.

6. Zusatz.

Mit Recht gewiß fügst du hinzu:
Es kläng' uns nüchtern dies Kuku,
Wenn nicht des grünen Frühlings Seele
Mitklänge aus des Vogels Kehle.

Der alte Dichter.

Maienwies' und Maienwald
Waren einst mein Aufenthalt;
Doch die alten Leute sterben
Und der Dichtkunst junge Erben
Haben Anderes zu thun,
Als in Wies' und Wald zu ruhn.

Rathsames Verhalten.

Die Hand im zugeknöpften Rock,
Begegn' ich froher Menschen Schock
Und bände gern mit ihnen an;
Doch schweigt mein Mund, als wenn daran
Ein Schloß sich hätte festgesetzt.
Was war das Schloß? ich weiß es jetzt:
Ich habe bald im Geist gedacht:
Auf einen, der Gedichte macht, —
(Und eben macht' ich ein Gedicht,)
Sind wenig Menschen nur erpicht.
So in mir schweigend, ging ich hin
Und ließ die Leute weiter ziehn
Und unbehelligt blieben sie,
Vom Andrang meiner Sympathie.

Die Mühle.

O Mühle dort im Blumenthal,
So gerne wandl' ich noch einmal
Wo eine Mühl' in Wiesen steht
Und rasch ihr Rad am Bache dreht.

Denkt mir vielleicht der alte Sinn
An Goethe's schöne Müllerin?
Ich weiß es nicht; was ist es wohl?
Ein Mühlrad klingt mir niemals hohl.

Die Lieblingsdichter.

1.

Kommt Einer mir zur Thür' herein,
So prüft mein Aug': wer mag es seyn?
Gleichgültig nehm' ich den in Acht,
Wenn mir das Herz beim Andern lacht,
Der, noch die Hand am Thürenschloß,
Schon Lieb' und Freude in mich goß.

Erscheint gedruckt mir ein Gedicht,
So steht es gleich mir im Gesicht,
Ob mir's von liebem Dichter kommt,
Von dem der Name schon mir frommt.
Mein Herz ist dann schon froh erregt,
Noch eh' es wird vom Lied bewegt.

2.

Das rege Laub erhält sich kaum
Mit schwanken Stielen dort am Baum,

Und bebt hinaus mit in die Luft,
Sobald des Frühlings Hauch ihm ruft.

So wehet auch in mich hinein
Mit einem Hauch von Luft und Pein
Und reißt mir fast die Sinne fort
Geliebter Dichter edles Wort.

Der Spaziergänger.

1. Was ist beglückender?

Beschlossen war Spazierengehn;
Doch lange zweifelnd blieb ich stehn:
Bald mocht' ich nach dem Thalgrund ziehn,
Nun drängt mich's nach dem Berge hin.
Bald lockte mich das Flußgestad,
Bald durch's Gefild der Ackerpfad;
Das Herz will: auch in kleinen Dingen,
Soll ihm das beste Glück gelingen.

---

2. Das Liebste im Wald.

Was ist im Wald
Mein liebster Halt?
Dies luftbewegte Laubgewimmel,
Das Blick und Ausgang mir benimmt?
Am Ende doch der blaue Himmel,
Der überirdisch droben glimmt!

---

3. Der Schlagschatten.

Noch sitz' ich hell im Sonnenlicht;
Doch schwarzen Schattens Vollgewicht
Hat dort sich in die Schlucht gelegt,
Vor dem mein Herz fast Schauer hegt.

Soll abendschön das Bergland seyn,
Muß Schatten fallen dort hinein.
Ich weiß von keiner schönen Welt,
In welche nicht auch Schatten fällt.

4. Reizender Gang.

Wo Erlenbüsch' am Bache stehn,
Da ist nicht leicht vorübergehn,
Weil so viel Reiz verlockend ist
Und man im Grünen sich vergißt
Und bei dem malerischen Thun
Des Buschwerks nichts, als möchte ruhn.

5. Waldeseindruck.

Wohl bleibt der edle Wald mir fremd;
Mein Alltagsleben wird gehemmt,
Sobald ich ihn betrete nur.
Ich bin da ganz auf andrer Spur.
Wenn Gott durch Menschen schaffen will
In Feld und Flur, hier, mein' ich still,
Schafft er noch selbst und stellt sich klar
Als Bildner eigenhändig dar.

Begegnung.

Zusammen liefen ich und er,
Ein Wandersmann, weiß nicht, woher?
Wohl eine gute Wegesstreck',
Durch offnes Thal, durch Waldversteck.

Wir haben sonst uns nie geschaut,
Doch unterwegs uns gern vertraut.
Ich möchte wohl, ich sähe ihn
Noch öfter meines Weges ziehn.

Doch ach, das Leben, Stück für Stück,
Legt jeder nur für sich zurück.
Ein Gruß, ein Lebewohl im Flug —
Dies, sagt das Schicksal, war genug!

Auf Hohenneuffen.

Welch erhabne Mauerzinnen!
Und auf welchem festen Grund!
Doch von außen und von innen
Alles in Zerfall und wund!

Dach und Fach in Schutt zerschlagen,
Keller aufgesprengt dem Licht,
Das mit unterird'schem Tagen
In die Nacht der Hallen bricht!

Hat nicht eigene Zerstörung
Hier das eigne Werk verheert,
Wie ein Wunsch nach der Erhörung
Sich in Ueberdruß verkehrt? —

Ihr gewaltigen Ruinen,
Mit dem Felsen ganz wie eins,
Müßt auch ihr zum Denkmal dienen
Eitlen Menschenthums und Seyns? —

Doch ich kam mit dem Erwarten,
Daß mir auf der Gipfelwacht,
Hoch im „Commandantengarten,“
Alte traute Aussicht lacht;

Und der Landschaft Sonnenmilde
Mit dem Treiben mich versöhnt,
Das sich im Zerstörungsbilde
Dieses Schlosses selbst verhöhnt!

Schuf man Trümmer auch hier oben,
Doch der Tiefe zugewandt,
Darf ich Bleibendes noch loben:
Unten blieb mein schönes Land!

Ruhe.

Wenn ich und sanft der Abendwind
Am Rand des Walds beisammen sind
Und nun das Abendroth verglüht,
Des ersten Sternes Licht entsprüht,
Ist dann nicht Ruhe in der Welt
Und ruhig auch das Herz bestellt? —
Die Welt hat dann der Ruhe Schein;
Doch wird die Ruhe Täuschung seyn.
Des Sternleins Flackern ist nicht Ruh'
Und du, o Herz, wann ruhest du?

Unheitere Betrachtungen.

1. Herbstseufzer.

Der Blätter Fall und herbstlich Wehn,
Sie deuten beide auf's Vergehn;
Der Eindruck ist ein trüber:
Hinunter und vorüber!

2. Bedenken.

Ich gehe immer noch
Und frage oft mich doch:
Nach was denn geht mein Gang?
Da wird mir's manchmal bang;
Denn immer noch aus jeder Ecke
Verhöhnen mich verschiedne Zwecke,
Nach denen früher ich gegangen,
Und blieb mit Ernst an keinem hangen.

3. Das mitleidige Herz.

Wohl hab' ich ein mitleidig Herz,
So sehr, daß oft der eigne Schmerz
Mich wie ein frember übernimmt
Und eine Thrän' im Aug' mir schwimmt,
Daß von dem mir gegönnten Glück
Sich mählig löste Stück für Stück.

4. Der Mond als Freund.

Ich bin es schon an dir gewohnt,
Du bist ein solcher Freund, o Mond,
Der tief hinab in's Herz mir blickt,
Doch ohne, daß er Trost mir schickt.

In später Lebenszeit.

Was ist das Gute, das ich lebte?
Und wo das Ganze, fest Erstrebte?
Muß nicht die Frage mich erschrecken,
Wenn ich nur Stückwerk kann entdecken?

Nur dies kann mich das Leben lehren:
Ich kann der Hilfe nicht entbehren;
Gott ist's allein, der zum Gelingen
Mir helfen kann in Herzensdingen.

1858.

Frühlingsfreude.

1. Auf einer Aprilwanderung.

Wetteifer ist nun rings im Feld.
Kaum geht das Landvolk mehr nach Haus,
Eh' dort es jeden Fleck bestellt,
Und grünes Wachsthum bringt heraus
Schon neben all den fleiß'gen Händen.
Wenn jetzt nicht, ach, wann soll sich wenden
Der todte, winterliche Gram,
Der meine Seele überkam?
O Herz erneure Trieb und Kraft!
O sey der Trägheit, Geist, entrafft,
Daß wieder Frühling in euch werde,
Wie auf der ewig schönen Erde!

2. Verwandlung.

Verwandelt bist du schönes Land,
Von warmem Lichtblau überspannt,
Dem grünes Laub entgegenkeimt,
Wozu der Amsel Lied sich reimt.

Du bist nicht mehr das alte Land,
Wo Farb' und Wohllaut war verbannt,
Wie stumm und braun es vor mir lag:
Du huldigst laut dem Frühlingstag!

Belebt sich deine Scholl', o Land,
Und ist mein Herz dies nicht im Stand? —
Mein Herz ach! wäre mir zur Last,
Von der Verwandlung nicht erfaßt.

O klare Luft, o grünes Land!
Es löst sich mir des Geistes Band;
Des Herzens Ernst entschwebt mir auch
In Frühlings Licht und Ton und Hauch!

3. Malerwille.

Mai, nicht müßig laß mich gehen,
Aber mit der Muse gehen;
Meldend, wie das Herz ihr lacht
Ueber deiner Götterpracht!

4. Sonnenregen.

Kann auch ein Herz gleichgültig seyn
Für Regen bei der Sonne Schein?
Das meinige muß Liebe hegen
Für Saatengrün im Sonnenregen!
O strahlendes Zusammenblühn
In süßem Sonnenregengrün!

5. Auf einer Ruhebank.

Welch ein süßer Stundenraub!
Schatten spielen mir von Laub,
Windgefächelt, auf der Bank.
Wie mein Herz hier Ruhe trank
Bei dem Spiel von Frühlingswinden
Mit des Schattens Seyn und Schwinden,
Werd' ich lange nachempfinden.

6. Zwischen Wäldern.

Dir ruht ein eigenes Metall,
O Kukuk, in der Kehle!
Drum liebt den Laut, wie Glockenschall,
Die horchsam stille Seele.

Wie der aus heil'ger Kirche bringt
In unsres Herzens Tiefe,
So mir dein Ruf aus Grünem klingt,
Wie wenn der Wald ihn riefe.

7. Waldschatten.

Nichts kann die Lust am Grün mir schärfen,
Wie dieses dunkle Schattenwerfen
Vom Wald herab auf Wies' und Staub',
Auf die die Sonne niederschaut.
Da blüht mir auf mein ganz Gemüth,
Wie der Hollunderbusch dort blüht.

506

H. Betroffenheit.

Ich seh's und bin darob erschrocken:
Ringsum mit weißen Blütenflocken
Ist schon bestreut der ganze Weg;
Obschon man noch auf Weg und Steg
Sich um das Eine nur bemüht,
Zu sehn, zu athmen, wie es blüht.

O holder Mai, so schnell vergeude
Noch nicht die arme Menschenfreude!
Kaum erst war unsres Herzens Hall
Der wonnereiche Blütenwald.
Lang eh' wir sind der Schönheit satt,
Zerstreust du nun sie Balt für Blatt!

Die sanfte Erheiterung.

In schwarzem Trauerkleid, o Frau,
Trägst du herein aus grüner Au
Hold blühenden Springenstrauß,
Erheiternd sanft dein Trauerhaus!

Vorempfindung.

Weißgedeckte Güterwagen
Seh' ich fern durch Bäume ragen;
Fuhrmannsblusen, Hund und Pferde
Heben ab sich von der Erde
Und der Anblick freut mein Herz.

Nicht erwäg' ich ohne Schmerz,
Daß die künft'ge Eisenbahn
Bald dies traute Bild verwischt.
Doch, wie manches nach dem Plan
Menschlichen Geschicks erlischt,
Dessen immer neue Welt
Sich im Bildertausch gefällt!

Die Unterhaltung.

Wir waren voll von Anekdoten,
Die Unterhaltung stockte nicht.
Und doch — sie zählte zu den todten.
Wer nicht aus eigner Seele spricht,
Der unterhält uns nur mit Schatten,
Die unsre Sehnsucht bald ermatten.
Dem Quell nur eigener Ideen
Wird unsre Liebe nie entstehen.

Das Entgegengehen.

Wie freut uns das Entgegengehn
Beim Selbergehn und Kommensehn!
Begegnung durch des Zufalls Spiel
Ist oft uns lieber, als das Ziel.
Doch seine Lieben sich bestellen
Auf einen festbestimmten Pfad,
Wird schon mit Lust das Herz uns schwellen,
Noch eh' der Fuß den Weg betrat.

Am Gartenzaune.

Ich gehe hin am Blütengarten
Des Mannes, der unlängst verschied.
Dem Tod zur Maienzeit, dem harten,
Sinnt nach mein mitleidvolles Lied.

Doch, Herz, wo bleibt dein Jugendglaube?
Daß unser Freund verloren sey,
Wer sagt es dir? mein Herz, o raube
Dir nicht den Trost: der Mann ist frei,

Kraftvoll, erneut, im Geist genesen,
Schon oder bald, von allem Wahn,
Und glücklicher, als er gewesen,
Griff er sein neues Tagwerk an.

Sind nicht verwechselt schon die Rollen?
Mitleid wird uns von unsrem Freund. —
Ach wohl! zu glauben, neigt mein Wollen,
Doch mein umdämmert Auge weint!

Die sichere Antwort.

Was ist die Welt? wie ward die Welt?
Ist Einer Gott im Himmelszelt?
Ist Gott das All?
Gott überall? —
Ward Antwort uns im Schooß der Zeit?
Gibt Ruhe die Unendlichkeit? —

O Menschenkind, mit welchen Fragen
Hast du im Leben dich zu tragen!
Doch frage nur: was ist mir Pflicht?
Gewiß die Antwort fehlt dir nicht!

Wanderblätter.

1. Das bleibende Bild.

Fluß und Mühle, Morgenschein
Und ein holdes Enkelein,
Das vom Arm der Alten lacht
Und dem Wanderer schon weiht
Süße Mädchenfreundlichkeit,
Alle seyd ihr wie gemacht,
Wenn Erinn'rungen nicht ruhn,
Mir auf immer wohlzuthun!

2. An ein Städtchen.

O Städtchen drüben überm Fluß,
Auf beinen trauten Glockengruß
Antwort' ich dir mit Wanderlust,
Antwort' ich dir aus deutscher Brust!

Ich denke immer hoffnungsvoll,
Was noch aus Deutschland werden soll.
Dann fühl' ich schon voraus von dir,
Auch du gereichst ihm einst zur Zier.

So manches Dorf und Städtchen lacht
Noch einst im Schutz von Deutschlands Macht.
Dann, dann bei weggehobnem Druck,
Erscheinst auch du dort doppelt schmuck!

3. In froher Stimmung.

Wer gern von Dorf zu Dorfe geht,
Vom Wind in Wipfeln überweht,
Bei jedem Rosenstock verweilt,
An Schönen nicht vorübereilt,
Wem ich erwärmt die Seele seh'
Für weite Fern' und traute Näh',
Wer gern ein kühles Schöpplein trinkt
Und Abends müd in Schlummer sinkt,
Der soll — ich lad' ihn hiemit ein —
Mein lieber Reis'kamerade seyn!

4. Auf der Eisenbahn.

Für diesmal weist mein Reiseplan
Mich in den Zwang der Eisenbahn;
Doch Morgenduft und Morgenthau
Erglänzen so auf weiter Au,
Daß Schmelz und Perlenglanz und Schein
In meine Wände bringt herein
Und dieses Morgenzaubers Pracht
Auch den Gefangnen glücklich macht.

Auf einem Morgengange.

1. Im Thau des Morgens.

Jeder Halm hat doch sein Tröpflein
Vom gesammten Morgenthau
Und ein jedes Blumenköpflein
Hebt sich frisch in Wald und Au.

Wär' auch nichts von Gott ersonnen,
Als dies stille Segensspiel,
Dankt' ich doch dem Freudenbronnen,
Der so leis zur Erde fiel.

2. Morgenbaul.

Welche Lust war mir erkoren,
Daß ich heute neugeboren
Wie der goldne Morgen war,
Horchsam, wie er selbst, und klar!

Der Lustwandler.

Der Weg ist geschlängelt,
Durch welchen gegängelt
Die Schritte mir gehn
Und ringsum zu sehn
Ist grünes Gelände;
Wohin ich mich wende,
Lacht Schönheit mich an.

Drum mach' ich den Plan,
Zu wandeln, nicht länger
Als denkender Gänger:
Ich schlendre nur mit
Und lenke den Schritt
Durch Krumm und Gerade
Anmuthender Pfade.

Der abendliche Mond.

Dort ruht auf abendrothem Gipfel
Der Mond und blickt durch grüne Wipfel
Dank dir, o Glanzgestirn der Nacht,
Das schon den Abend goldner macht!

Die Gegenwart.

Die Gegenwart, so flücht'ger Art,
Ist vom Gefangnen nur erkannt:
Ihm steht sie still; den Andern ward
Sie immer schon im Nu entwandt.

Bei endlichem Regen.

O Natur im Regenflor,
Bisher trocken, kommst mir vor,
Wie, entfremdet fremdem Schmerz,
Ein zuletzt erweichtes Herz.

An einen Nichtleser meiner Gedichte.

Du sagst mit Recht: genug der Plage,
Die ich vom Wetter selber trage.
Wer plagte sich noch durch Gedichte,
Die sich befassen immer nur
Mit jedem Wechsel der Natur;
Les' euch ein Andrer! ich verzichte!

Das gegenwärtige Schöne.

Ich müßte Ewigkeiten haben,
An allem Schönen mich zu laben.
Was nützte alles Herzverlangen
Nach Schönem, welches untergangen?
Nach Schönem, welches, mir entrückt,
Entfernte Geister nur beglückt?
Warum nicht meinem Geist genügt,
Was heut und hier mich so vergnügt?
Es wär' ein Undank, kaum zu fassen,
Den Dank dafür zu unterlassen.

Sommerlust.

1. Sommerempfindung.

Sumsen und Flimmer
Füllet den Himmel;
Fliegengewimmel
Tanzet im Schimmer.

Waldiges Dunkel
Schwimmt in Gefunkel.
Glühendes Weben
Zittert durch's Leben.
Sommer und Glanz
Herrschen nun ganz
Und mein Gesicht
Schließt sich vor Licht.

2. Der Sommerwanderer.

Weiß' und rothe kleine Winden,
Die gedrängt am Rand sich finden
Meiner sonnenheißen Bahn,
Lächeln, wie verwandt, mich an,
Daß ich mich, wie einst, noch immer,
Umtreib' in der Sonne Schimmer.

3. Des Sommers Macht.

Noch immer hab' ich gern belauscht,
Den Sommer, wo ein Wasser rauscht.
Dadurch wird Sommers Uebermacht
Auf schönes Maß zurückgebracht.

4. Der Blumenstrauß.

Ein Strauß! er zeigt sich wacker
Als Bild des Sommers; denn
Er ist gesucht in Acker,

In Wies' und Wald und wenn
Nicht auch in einem Garten,
So werdet ihr's erwarten,
Daß euch ein Freund der Flur
Beschenkt aus jenen nur.

Abendliche Sehnsucht.

Schweigt nur, abendliche Glocken,
Sink' hinunter, Abendsonne!
Was ihr könnt der Brust entlocken,
Nenn' ich Sehnsucht mehr, als Wonne.

Abspannung.

Wenn schwer auf mir das Leben liegt,
In Hoffnungen mich nichts mehr wiegt,
Da klingt mir auch die Antwort hohl,
Die sonst Natur mir gönnte wohl;
Es ist nicht mehr der Lüfte Wehn,
Vor dem die Sorgen mir vergehn;
Die Lerche steigt und singt im Licht,
Für mich doch singt und steigt sie nicht.
Erschien mir doch ein Augenblick,
Wo mich ermüdet mein Geschick.
Da kommt der Seele bir's nur gut,
Daß sie gelassen harrt und ruht,
Bis sie, in kurze Rast versenkt,
Ihr Leben neu mit Leben tränkt.

Aus Payerne im Waadtland.

Der blaue Jura blickt herein
Zum offnen Fenster, goldner Schein
Bestrahlt die Bäum' und grüne Flur.
O theure Töchter, spielet nur
Und singet neue Lieder mir
Hinaus in's Freie am Klavier! —
Zur Schwemme reitet mancher Knab'
Am Garten hin; zum Pferd herab
Steigt ihm der schöne Morgensang,
Dem er nun horcht den Weg entlang.
Ein Mädchen in des Gartens Raum
Denkt der Johannisbeeren kaum,
Pflückt lässig sie und lauscht empor
Zum Wohllaut, der entzückt sein Ohr.
Ein reiner Sonntagsmorgen, wie
Verstreicht er mir in Harmonie! —
Ehrwürdiges Geläute ruft
Doch jetzt vom Thurme durch die Luft,
Wie Bertha von Burgund wohl schon
Vernommen seinen ernsten Ton,
Und vor dem alten Klange nun
Mag leichtgesinnte Freude ruhn!

Die Lebenskunst.

Man frägt: an dieser Erdenstätte
Soll ich den Lebensrest vollbringen?
Vielleicht an einer andern hätte
Mein Werk des Lebens mehr Gelingen?

Doch, Schicksal, zeige dich dem Blicke
In minder düsterer Gestaltung!
Im Ort nicht, Zufall und Geschicke,
Das Leben liegt in Form und Haltung.

Erwartung.

Mit stillem Wachsthum, Pflanzenwelt,
Regst du Erwartung an;
Ein wartend Streben, das gefällt
Und Seelen trösten kann!

Beruhigung.

Laut hör' ich lachen, höre scherzen,
Mit heller Stimme, nicht zu ferne.
Mein Trübsinn widerstrebte gerne,
Die Welt ist ihm zu voll von Schmerzen.

Er meint, die Lust sey ihr entkommen,
Nur Unmuth darin eingezogen.
Doch, daß er wieder mich belogen,
Hab' ich so eben laut vernommen.

Zur Verständigung.

Für meine Dichtung war erlesen
Ein Allgemeines, die Natur;
Warum verließ ich ihre Spur,
Sprach oft von mir, von meinem Wesen?

Mein Büchlein ward dadurch Erzähler
Von Vielem, was mein Herz bewegt,
Und so sind in ihm dargelegt
Auch meines selben Herzens Fehler.

Doch zweifl' ich kaum: das Allgemeine
Wird auch noch so von mir berührt
Und still aus meinem Ich geführt
Ein trauter Leser in das seine.

1859.

Morgens auf der Wanderung.

Der Nebel auf der Wiese dämmert,
Durch den schon süße Sonne bringt.
Die Luft ist fern vom Specht durchhämmert,
Der aus dem Wald herüberklingt.
Ich nenne wenig, o Natur,
Vom Eindruck deiner Morgenflur,
Und doch, du darfst dein Worte trauen,
Ich schweig' im Frieden deiner Auen!

Wandern und Leben.

Das Wandern gleicht dem Lebenslauf.
Am Himmel steigen Wolken auf;
Bald sehn wir uns davon durchnäßt.
Ob uns das Leben trocken läßt?
Komm Einer, sey es auch der Beste,
Und sag', er sey der Undurchnäßte!

Was war es?

Wie manchen Schritt hab' ich gesetzt
In meinem langen Leben!
Der Schritte Werk, was war's zuletzt?
Wenn's viel ist, war es Streben.

Neuer Frühling.

1. Bestärkung.

Wie die Welt so grün doch ward,
Eh' ich recht nur aufgemerkt!
Eilen ist des Frühlings Art
Und ich werde drin bestärkt:
Keine Stunde soll's verschieben,
Wer ihn sehen will und lieben!

---

2. Das Grün der Hoffnung.

Man spricht mit Recht von Hoffnungsgrün.
Kein Grünes, das ich kennen lernte,
Weiß also farbenfrisch zu blühn,
Als Saat, die Hoffnung goldner Ernte.

---

3. Maienrath.

Geh, wenn dir ist zu rathen,
Durch Wiesen, Wald und Saaten
In dieser schönen Frühlingszeit!

Wird da nicht aller Lebensstreit
Dir weggegrünt und weggeblüht,
O Freund, so bist du lebensmüd!

Naturleben.

Verschlungnes Thier= und Pflanzenleben!
Es schreit der Frosch, von Schilf umgeben;
Es singt ein ganzer Fröschechor;
Ein ganzes Röhricht wuchs empor.
Ich einsam menschliche Natur
Verliere fast der Menschheit Spur,
Wenn sich mein Sinn hier so versenkt
In Wesen, deren keines denkt.

Der Wolkenberg.

Die Sonne hat sich schnell verborgen
In einem Wolkenberg bis morgen.

Dem Berge gleicht oft auch mein Sorgen:
Neu taucht mein Geist daraus am Morgen.

In einem Curorte.

Einer jugendlichen Zimmernachbarin.

Bald mit dem schönen Aufenthalt,
Mit dem Genuß von Thal und Wald

Hat mir die Zeit auch hingerafft,
Verehrte, deine Nachbarschaft.
Sie lebt mir, fühl' ich, unverklungen,
In künftigen Erinnerungen.

Allnächtlich fiel ein Strahl von Licht
In mein Gemach. Ich weiß es nicht:
Brach durch die Zwischenthür' herein
Nur deiner stillen Kerze Schein? —
Das Herz vergaß der Jahre Zahl
Und hielt sich munter bei dem Strahl.

Du denkst: dein Nachbar sey nicht klug,
Doch nur dein Glück im Sinn er trug.
Und, wünscht er bald dir eignen Herd
Mit dem, der deiner Liebe werth,
So glaub', der Wunsch hat Lebenskraft
Und ward erweckt — durch Nachbarschaft.

Gefühl des Contrasts.

Stille ruht auf deiner Flur!
Wünsch' ich Stille, o Natur,
Wenn das Herz sich will gefallen
Täglich noch im Ueberwallen?

Wohl empfindet sich die Last:
Alles um mich her in Rast!
Ich nur lerne nicht mich neigen,
Stille Flur, zu deinem Schweigen!

Das Symbol.

In meiner Lebenszeit ist's spat;
Doch lieb' ich noch den Wanderpfad.
Noch wird es meinem Leben wohl
Beim Wandern, seines Laufs Symbol.

Das alte Gesicht.

Ein alt Gesicht spricht lehrend an.
Man frägt wohl still, was hat der Mann
Jahr aus, Jahr ein erleben müssen,
Um unser Auge so zu grüßen,
Daß es nur zweifelnd auf ihm weilt
Und unser Herz den Zweifel theilt?
Ein Jugendantlitz hat gesiegt
Oft schon, wenn es vorüberfliegt.
Was edle Nase, tiefe Augen,
Was sanfter Mund, bedeutend Kinn
In jüngerer Erscheinung taugen,
Dient ihm zum schleunigen Gewinn.
In alte Mien' uns einzuleben,
Ist uns so plötzlich nicht gegeben.
Was sie Erlebtes in sich hegt,
Ist nicht so bald zurechtgelegt.

Aufrichtung.

Einsam ist es um mich her,
Meine Stimmung auch ist schwer,
Gleich, als wär' es meine Sache,
Daß mein Denken klar sich mache,
Was als Dunkel mich umgibt
Und in's Herz mir Zweifel schiebt.

Wer mich für die Erde schuf,
Stellte fest mir den Beruf.
Soll mich stärkres Licht bewegen,
Als mein Geist vermag zu pflegen?
Fühlest du, mein Geist, dich schwach,
Drückt dich dies als Ungemach?

Wie so wenig Gott vergaß
Dich durch jenes Lichtes Maß,
Das er dir aus sich gegeben!
Pfleg' es! dank' ihm durch dein Leben!
Halt' an dem nur, unverwirrt,
Was von Gott dir ward und wird!

Die Spinnenwebe.

Flößt dir Morgensonnenschein
Nicht die gute Meinung ein:
Wo es dir so wohl gefällt,
Sey die schönste, beste Welt?

Blick umher! gefällt dir auch
Das Geweb' am Blütenstrauch,
Wo das Mückchen, todbedrängt,
In dem Spinnennetze hängt?

Ach, es schmückt des Morgens Gunst
Auch dies Machwerk arger Kunst
Und, wie all die Morgenau,
Perlt es mit im reinsten Thau!

Ueber Tag.

Des Morgens trägt die große Straße
Des Lands oft meinen frohen Schritt.
Kein Gruß, den ohne Dank ich lasse,
Und Viele geben mir ihn mit.

Ich denke mir der Menschen Zwecke,
Wie manches auf den Weg sie treibt:
Ich fühl' auf solcher Wegesstrecke
Der Menschheit froh mich einverleibt.

Des Abends kann es anders werden;
Da ist ein Tag mit ihr durchlebt;
Der stillste Winkel ist's auf Erden,
Den dann vielleicht mein Schritt erstrebt.

Zum Schillersfeste.

1859.

Sonst weiht der Alte sich Erinnerungen,
Nicht dem Geräusch belebter Gegenwart.
Erinnrung noch hat eben mich bezwungen,
Wie Schillers Tod der Welt zum Schrecken ward.
Wie war des Jünglings Brust von Schmerz durchdrungen!
Nun fühlt der Greis sich froh verjüngter Art:
Der Tod hat ausgeschmerzt und die Entbehrung,
Der Dichter lebt, er lebt uns in Verklärung. —

Oft unsre Blicke, deutsche Brüder, sinken,
Beirrt von Zwiespalt, Gram und Ungemach:
Wenn aber Schiller uns und Goethe winken,
Dann drängt sich Alles unter Einem Dach:
Dann sehn wir Rührung uns im Auge blinken,
Wir rufen uns aus stummen Sorgen wach
Und fühlen stolz: durch diese Freundesgeister
Sind wir der andern Völker hohe Meister!

Doch, wem gebührt der Kranz in diesen Tagen,
Wo edles Pathos längst verschwunden schien?
Kein Geist, wie Schiller, hat in sich getragen,
So hohen Ernst; wir sehn mit Dank auf ihn;
Wir wissen, wie das Herz ihm nur geschlagen,
Um uns für Würd' und Freiheit zu erziehn,
Und wenn dies Ringen ging der Welt verloren,
Im Schillersfeste sey es neugeboren!

1860. 1861.

—

Wiederſehn.

Wenn ich zur beſſern Welt gelangte,
Die mir von tauſend Wundern prangte, —
Ich wanderte durch ſie von Ort zu Ort,
Doch nirgend, nirgend, Liebſte, fänd' ich dort
Den holden Anblick beines Angeſichts,
Wie würde Sehnſucht, Hoffnung mir zu nichts!

Mein Loos, wie blieb es ein verhülltes,
Mein Herz ein ſtets unausgefülltes!
Wie fehlt' es mir an meinem Pol! —
O ſtill von einem ew'gen Wohl,
Wenn Wunſch und Liebe ſo vergehn,
Daß ſie nicht flehn um Wiederſehn!

———————

Rechter Glaube.

Gute Seele, darf ich glauben,
Daß du meiner noch gedenkſt?
Ach, ich laß es mir nicht rauben,
Daß du noch mir Liebe ſchenkſt,
Und es mag das wahre Wiſſen
Rechter Glaube wohl vermiſſen.

———————

Dank der Mutter Natur.

Wenn auch zum Ohr kein Lüftchen trug
Ein Wort, Natur, aus deinem Mund;
Doch ist dein stiller Sinn genug
Und thut als Frage mir sich kund.

Du, gute Mutter, mein' ich, frägst,
Was schweren Sinn mir lösen kann?
Der Heilung Hand du damit legst
Schon an das kranke Herz mir an.

O Mutter, die den Schmerz mir kühlt!
Die Heilung schon damit beginnt,
Daß ich mich wieder neu gefühlt
Als dein dir angehörig Kind.

Die lebendige Natur.

Ach, wie still die Saaten sprießen!
Deren Frucht wir bald genießen!
Jeder Augenblick belebt
Keime, deren Wuchs sich hebt.

Heimlich reifende Gestalten
Birgt der Kräfte rastlos Walten.
Nur mein Blick verliert die Spur,
Ich nur feire, nicht die Flur.

An die Einsamkeit.

O Freundin Einsamkeit, wie traut
War unterwegs einst deine Rede!
Ich liebte dich, wie eine Braut;
Nun scheint mit dir die Welt mir öde.
Wie ich mit dir das Land durchschlendre,
So fühl' ich, wie sich Alles ändre.

Als ich noch nicht geworden alt,
Wie waren wir für uns erkoren!
Nun wärest du mir stumm und kalt?
Warum hab' ich dein Herz verloren?
Ach, soll man nur in jungen Jahren
So schöne Lieb' an sich erfahren?

Das ganze Glück.

Der der Gedank' ist und die Kraft
Und der im Denken schon erschafft,
O Gott, was ist mein ganzes Glück?
Daß ich mich denk' in dich zurück,
Als ich noch dein Gedanke war.
Da wird es mir auf einmal klar:
Das Wesen, das du einst erdacht,
Wird auch im Aug' von dir behalten
Und, welche Hinderniß auch walten,
Von dir an's rechte Ziel gebracht.

Im Nebel.

Ach Nebel, der das Land umgibt,
Durchhaucht von frischem Morgenduft,
Nicht minder bist du mir geliebt,
Als schönen Morgens blaue Luft.
Denn die Natur hat solche Fülle
Und solchen Segen für das Herz,
Daß mir oft lieb ist ihre Hülle:
Nichts, als Beglückung, grenzt an Schmerz.

Der beneidete Landmann.

Der Landmann kann's nicht missen,
Er kann nicht anders ruhn:
Am Morgen muß er wissen:
„Was hab' ich heut' zu thun?"

Da gibt ihm täglich Lehre
Die wechselnde Gestalt
Des Felds; das Gras, die Aehre
Entwachsen ohne Halt.

Kaum mäht' er ab die Wiese,
So führt er Garben ein;
Viel Arbeit! mehr als diese,
Schafft ihm der edle Wein.

Dir, Landmann, den ich neide,
Schreibt Tag für Tag sich vor.
Wer zeigt nun — frag' uns Beide! —
Sich seltener als Thor?

Wer lebt in Phantasieen
Und lebt zufrieden stets?
O Landmann, könnt' ich fliehen
In dein Geschäft, ich thät's!

Die alte Burg.

Das Schloß dort über wald'ger Schlucht
Umsonst nach alten Zeiten sucht.
Ich will nicht deren Wiederkehr,
Und dir, o Burg, verzeih' ich's sehr,
Blickst du nun kleinlaut, fremd und kalt
Herab von deinem Fels und Wald,
Aus deiner Zeit der wilden Faust
In Tage, wo der Fleiß nur haust.
Wie, denkst du, ward die Zeit so mild,
Und ich noch stelle mich so wild,
Und diene nun der Welt zum Hohn!
Ach, wär' ich doch verschwunden schon!

Was iß's?

Der Wartthurm dort und die Kapelle
Behaupten traut noch ihre Stelle.
Doch fehlt dem Thurme längst der Zweck;
Und der Kapelle? — kommt sie weg,
Was ist's? vielleicht ein Wandrer schilt:
„Ach, bot sie nicht ein hübsches Bild?"

Auf dem Kirchhofe.

Sie sind gestorben alle wacker,
Die hier uns nennt der Gottesacker.
Da ist zu finden Keiner mehr,
Dem noch das Sterben würde schwer.

Ihr Ende haben sie gefunden,
Doch eben dadurch überwunden.
Wir stehen noch vor jener Schlacht,
Wo nur das Sterben siegen macht. —

Schlaft wohl, ihr still Dahingestreckten!
Wohl wünsch' ich euch, als Auferweckten,
Erneutes Leben sonst einmal;
Heut' ruht mir von des Sterbens Qual!

Vom „Sterben" ist nicht mehr die Rede
Inmitten dieser Gräber-Oede,
Wo jeder schon den Schritt vollbracht,
Zu treten in des Todes Nacht.

Ich brauche Glaubens nicht, noch Wahnes;
Nur Ueberstandnes, Abgethanes,
Ist, was mich hier als Ordnung grüßt
Und mir die Trauer still versüßt.

Wer weiß?

O Zeit, mir zugezählt,
Ich fühl' es nur zu sehr,
Von Tag zu Tage quält
Mich deine Kürze mehr.

533

Vor mir stehn Welt und Gott;
Kunst lockt mich und Natur;
Der Endlichkeit zum Spott
Endlose Fragen nur!

Wie viel zu lernen war
In enger Lebensfrist,
Wird mit dem Traum mir klar,
Der im Verschwinden ist.

Doch, Zeit und Ewigkeit,
Verschmelzt ihr nicht in Eins?
Was hält mir noch bereit
Das Füllhorn ew'gen Seyns?

Jung und dankbar bleibend.

Ach, wenn so mancher Alte jammert,
Daß Jugend ihn verlassen hat,
An meine Jugend noch geklammert,
Wann fühl' ich doch mich lebensmatt?

Den Arm um ihren Hals geschlagen,
Als wäre sie noch mein Cumpan,
Bin ich halb schreitend, halb getragen,
Mit ihrem Muth noch angethan.

Und ruf ihr Hellauf! mir noch immer
In's Herz und zieh' mit ihr in's Feld,
Und geht es nun am Ende nimmer,
Gut Nacht dann ihr! gut Nacht der Welt!

Immer noch.

Jüngst hab' ich eine Hand gedrückt,
Die ich schon einst in meiner hatte,
Und war die Lieb' auch eine matte,
Die mir dabei im Herzen zückt':
So war doch die Erinnerung
An jugendlicher Tage Schwung
Ein Etwas, das mich noch beglückt.

Alte Liebe.

„Alte Liebe rostet nicht."
Dieses Sprüchlein hat am Stahl
Meines Sinnes manchesmal
Sich bewährt in blankem Licht. —
Fragt ihr wohl mit wie viel Frauen
Stand der Mann denn im Vertrauen? —
Laßt mich euch entgegenkommen!
Frauen sind nicht ausgenommen;
Doch wer sagt denn: euer Freund
Hab' nur Freundinnen gemeint?
Jedes sieht es mir wohl an,
Freund und Freundin, Weib und Mann,
Wenn mein Inneres zu ihm spricht:
„Alte Liebe rostet nicht."

Frühlingserneuerung.

1. Vorgefühl.

Die Luft ist heute grau und kühl;
Doch Lerchen schütten Lenzgefühl
In Sängen nieder auf die Flur.
Gewiß versteht sie die Natur.

2. Des Frühlings Macht.

Der Wald ist nun schon grün gesprenkelt;
Heut' wird vom Frühling noch geplänkelt,
Dem morgen unser Herz, besiegt,
Mit allen Sinnen schon erliegt.

3. Sonnenzauber.

Ach Blumengold!
Das Blut mir roll
Von neuem voller Wonne,
Wenn ich die alte Sonne
Den neuen Schmelz verbraten seh',
Der wieder glänzt aus Gras und Klee!

4. Frühlingsheiterkeit.

Die Luft ist heut' so blau und rein;
Nicht reiner, blauer kann sie seyn.

Das Wenigste, was sie begehrt,
Ist, daß ich sey der Reinheit werth.
Drum bin ich heut', o Frühlingshauch,
Der reine Frohsinn selber auch.

5. Der fehlende Gast.

Ach, der Storch blieb heuer aus
Und vom First des Kirchenhaus
Trauert leer herab sein Nest.
Waren wir doch so gewöhnt
Dessen, der den Lenz verschönt!
Ist der Frühling nicht ein Fest
Und vom Herzen uns gerissen
Jeder Festgast, den wir missen?

6. Hinausgerissen.

Wenn du, von der Sonn' erweckt,
Wie ein Pfeil die Luft durchpfeifft
Und, o schwebendes Insekt,
Derb mir an die Schläfe streiffst,
Stößt ein Heimweh mich auch weit
In der Luft Unendlichkeit.

7. Suchen und Finden.

Es ist ein schönes Suchen
Im Hain ergrünter Buchen;

Es ist ein freudig Finden
Im Dufte blüh'nder Linden,
Wenn sich die Frühlingszeit verflicht
Dir wie von selber zum Gedicht.
Dein Suchen und dein Finden
Ist frohestes Empfinden,
Wie Gottes überreiche Welt
Zum Dienst sich deinem Geiste stellt.

Die neue Ansiedlung.

Dort lehnen neue Hütten traut
Sich an den Wald, noch kaum gebaut
Und wirbeln seh' ich jungen Rauch
Zuerst empor nach Wald und Strauch.

Habt Dank, ihr lieben Siedler dort,
Still her vom neuerbachten Ort
Ruft ihr zum Mitgefühl mich auf
Für euern neuen Lebenslauf!

Mir wird zu Muth, als wenn er sich
Zugleich entwickelte für mich,
Und bin versetzt zu euch als wie
Zu eigner kleiner Kolonie!

Bei einem Gang über Feld.

Holdes Weib, zu einer Taufe
Gingst du als Gevatterin.

Lässiger in meinem Laufe,
Hielt ich gern mit Eilen inn,
Und wir schwatzten eine Strecke,
Schwatzten bis zur Scheidewegsecke.

Eine gute Wahl ersonnen
Hat das wackre Elternpaar,
Das zur Pathin dich gewonnen,
Dies ist, wie der Tag, mir klar.
Fühlt' ich deine treue Weise
Doch sogleich auf unsrer Reise!

Veränderter Anblick.

Wie bewegten Qualm
Zeigt mir Busch und Halm!
Wilder Windhauch überfährt
Alles, was dem Sommer werth.

Wie, du lichtes Sommerthal,
Fällst du anders auf einmal,
Wie entstellt, mir in's Gesicht,
Seit Gewitter mit dir spricht!

Ausbruch.

In aufrührischem Gewimmel,
Das auf einmal droben haust,
Hängen nieder dort vom Himmel
Schwarze Wolken, wild zerzaust.

Könnten Wünsche Frieden stiften,
Wünscht' ich Schonung unsern Triften;
Doch unzähliges Geschoß
Bricht dawider hagelnd los!

Auf Waldgängen.

1. Der Habicht.

All dies Laub- und Blumensprossen
Wird erst innig nachgenossen,
Wenn man still im Walde ruht.
Ja es wird uns dann so gut,
Thiere selbst heranzuziehen,
Die die Menschenstimme fliehen,
Doch bei Stillen gerne rasten,
Wie ich dort den Ast belasten
Einen großen Habicht seh',
Den nicht quält des Hungers Weh.
Wie getrost nahm er Quartier
Ueber, ja fast neben mir!
Vor dem Stillen ohne Sorgen
Hält er sich voraus geborgen.
Wie er friedlich Umschau hält,
Gleich als wär' er nur bestellt,
Auf dem Schaukelast zu schwanken
In zerstreuten Waldgedanken!
Denn in Waldesnacht und Licht
Niemals es daran gebricht.

2. Warnung.

Hier ist Waldverborgenheit
Und das letzte Licht der Schlucht
Hat ergriffen scheue Flucht.
Ließ mich stehn in innrem Streit.
Scheidend warnt es: laß es seyn!
Dringe nicht in Waldnacht ein!

2. Kein Ausweg.

Wie kommt es, daß wir unsre Klagen
So gern in Waldesdickicht tragen?
Den Ausweg scheint's für Gram und Leiden
Im Waldgewirr uns abzuschneiden.
Kein Ausweg! dies gefällt der Klage,
Die grollend ich in Wälder trage.

Flucht des Schönen.

Die Vergänglichkeit des Schönen
Zeigt sich mir in diesen Tönen.
Volksgesang zog vor mir her!
Macht er nicht das Herz mir schwer?

Denn wie schnell hat ausgeklungen,
Was zum Herzen mir gesungen!
Ach zu bald die Zeit bereut,
Was ein Stündchen mich gefreut!

Mitleidsliebe.

Thier' und Pflanzen, arme Wesen,
Denen der Gedanke fehlt!
Nur der Mensch ist auserlesen
Und durch Geisteskraft beseelt.

Wie aus eignem Glück vertrieben,
Fühl' ich, welches Loos euch blieb.
Schöpfungsbrüder, laßt mich lieben
Euch mit tiefem Mitleidstrieb!

In den Wind hinaus.

Wo beginnst, wo hörst du auf,
Wind, in deinem schnellen Lauf?
Ohne Ziel und Ursprungsstätte,
Bist du nur ein Glied der Kette,
Die sich schon seit ew'ger Zeit
Streckt durch die Unendlichkeit?
Was ist Anfang? was ist Ende?
Schufen, schaffen Gottes Hände?
War ohn' Anbeginn die Welt
Und auf nichts, als sich, gestellt? —
Ach, wie bald dem Hirn entranken
Unzufassende Gedanken!

Herbstgang.

Herbst, in Farben mannigfalt,
Mit dir streif' ich durch den Wald!
Mein Gefühl ist auch nicht frei
Von der Farbenmengerei,
Welcher Beides, Well und Grün,
Tod und Leben, gleich entblühn.

Unerreichbar.

Ein stilles Uebertragen
Des Hauches der Natur
In meines Liebes Klagen,
Ach, gönnte sie es nur!

Was sagt das Wort, das scharfe?
Ihm fehlt der Saite Klang,
Der Hauch der Aeolsharfe,
Ein Ton, wie Bienensang!

Unbestand der Empfindung.]

Manchmal tritt aus seiner Hülle
Gott mit seiner Liebesfülle.
Doch Gewölk ist neu im Kommen,
Reiner Blick auf's neu benommen,
Neu verwaist ist unser Thun.
Vater, Gott, wo bleibst du nun?

1862.

Wald und Frühling.

1. Der Spiegel.

O Wasser, dichterisches Naß,
Wie spiegelst du ohn' Unterlaß
Die Schöpfung um dein Ufer her!
Des Dichters Geist, was will er mehr,
Als daß die Welt ihm wiederglänze
Aus seines Spiegels irb'scher Grenze?

2. Es ist nur gut.

Die Sonne übt sich heut' in Brut.
Bei all der Glut
Ist es nur gut,
Was drüben rühmt des Kukuks Ruf,
Daß Gott auch Waldesschatten schuf.

3. Die rechte Mitte.

Waldung rechts und Wald zur Linken,
Wälder grabaus, die mir winken!

Von des Waldes Da und Dort
Spricht zugleich des Kukuks Wort.
Wo ist da die rechte Mitte,
Daß sie suchen meine Schritte?

4. Das nahende Vergnügen.

Dort macht die Sonn' auf Farben Halt,
Die sich, nach unbestimmter Schau,
Zu einer weiblichen Gestalt,
Zum Lichtbild einer schlanken Frau,
Im Waldgang fern zusammenfügen.
Nun deutlich nahendes Vergnügen!
Wie froh macht das Entgegengehn,
Wenn immer Holderes zu sehn
Und auf dem allerliebsten Pfad
Ein schönes Weib dem Wandrer naht!

5. Wasserglanz.

So schön du überwölbst
Den Glanz des Baches selbst,
O blütentragendes Gebüsch,
Die ganze Seele wird nur frisch,
Der Zauber wird nur voll und ganz,
Senkt sich mein Aug' auf Wasserglanz.

6. Bei Fallen der Blütenblätter.

Zum Boden streut sich Blatt für Blatt
Vom Blütenschmuck am Baume.
Der Frühling ist schon blühenssatt.
Berauscht vom eignen Traume,
Legt er zu Füßen Lust und Kranz;
Nicht lange mehr, so schwand er ganz!

7. Flüchtiger Reiz.

Diese Rosen mahnen heute:
Pflück' uns heute!
Nimm das Heute froh zur Beute!
Denn du wirst schon morgen sehn
Uns vergehn
Und dabei betroffen stehn!

Seufzend im Vorübergehn.

Am Baum, in schwüler Mittagszeit,
Entschlief, ein Bild von Dürftigkeit,
Ein bärt'ger Mann; in seiner Hand
Ist eine Scheere ausgespannt.
Die schwarze Schnauz' auf seinem Knie,
Frägt sich ein Pudel selber: wie?
Des Meisters Scheer' auf einmal ruht?
Die Pause dünkt dem Hunde gut.
Manch abgeschorner Wolle los,
Verweilt er auf des Mannes Schooß,

Im Schatten lieblich sich erkühlend;
Ich, ganz mich in den Schläfer fühlend,
Bedachte, auf wie kurze Zeit
In Schlummer sank des Armen Leid.
Erwacht nicht mit dem Mann der Scheere
Auch wieder seines Magens Leere?

Natur und Schönheit.

1. Nichts als Schönheit.

Wahr ist's, daß ein blauer Tag
Allzuschön mir dünken mag,
Um ihm Ausdruck zu verleihn;
Schweigend muß ich Dank ihm weihn.

Doch nun Wind und Regenfall
Auf des Waldes Blätterschwall!
Welch ein üppiges Getön!
Ist nicht dies auch allzuschön?

2. Beim Spiel der Luft.

In des Schattens Ueberhang
Wandl' ich hin am Lindengang.
Auch der Schatten ist bewegt,
Sanft von Lüftchen aufgeregt;
Aus dem Schattenriß auch taucht
Jener schmeichlerische West,

Der das Urbild hold umhaucht,
Spielend in dem Laubgeäst.
Oben, unten läßt im Gehn
Holder Lüfte Tanz sich sehn.

3. Immerfort.

Neben golden grünen Linden
Muß ich's um so schöner finden,
Wie dort silbern sich bewegt
Weidenlaub, vom Wind erregt.
So von Anblicks-Kostbarkeiten
Laß ich jeden Schritt mich leiten.

4. Gefühl des Schönen.

Blick' ich auf zum Lindenbom,
Tief hinab zum blauen Strom!
Machte mir nicht Ehrfurcht bang,
Ach, wie müßt' ich dann mich sehnen
Nach den Gottesblicken, denen
Solcher Schönheit Werk entsprang!

5. Dank dem Leben.

Ach, kein Schlummer würde sinken
Auf mein Aug', es bliebe hell,
Wenn ich ewig müßte trinken
Aus der Schönheit Götterquell!

Selber muß ich widerstreben,
Wenn mein Herz zu tief sie fühlt,
Und ich danke dir, o Leben,
Das mir oft die Sehnsucht kühlt!

6. Wart und Pflege.

Einen Garten nie besaß ich;
Doch, o Freunde, nie vergaß ich,
Daß die Welt der Garten ist,
Der von dem zu warten ist,
Welchen Gott der schönen Welt
Mit zum Gärtner hat bestellt.
Denn des Schönen Welt zu hegen
Hat der Dichter und zu pflegen.

Erneuter Waldeindruck.

1. Im Hochwald.

Stets wird der Wald gedrängter,
Das Herz dadurch beengter.
Verwund'rung hat mich hingerafft
All dieser hohen Pflanzenkraft.
Mach' mich zu einem dieser Stämme,
Natur, daß ich mein Staunen hemme!

2. Gut Nacht dem Wald.

Draußen ist noch Abendlicht
In der freien Welt,
Hier im Wald schon Licht und Sicht
Ueberall verstellt.

Wiederkehr zum Licht, o Wald,
Ist nun mein Begehr!
Menschenholder Aufenthalt
Bist du mir nicht mehr.

3. Waldnacht.

Was ist denn in dem Wald da drinnen,
Auf den die Nacht sich niederläßt?
Wie da doch Schauer Raum gewinnen,
Entschlüpfend ihrem schwarzen Nest!

Liebe zum Neuen.

Ich fühle wohl: auch Neugebornes
Hat meine Gunst, wie längst Erkornes.
O Eisenbahn, dein Rauchesstreifen
Zieht mir so neu am Wald dahin!
Kaum kann ein Bild mich so ergreifen,
Mit dem ich groß gewachsen bin!

Freiheit.

Pflanzt nur der Freiheit Laubengang!
Sein schönes Wachsthum zögert lang;
Doch sicher, sicher kommt die Zeit,
Wo ihr der kühlen Hall' euch freut.

Heimath und Ferne.

1. Der willkommene Regen.

Im Regenbufte hingestreut,
Manch Dörfchen nah und fern mich freut.
Sie sind jetzt alle regenfroh;
Es regnet Heu und Frucht und Stroh.
Dies hält auch mich Umgoßnen wacker,
Obgleich mir mangeln Wies' und Acker.

2. Würdiger Anblick.

O Storch, dein Philosophenschnabel
Dient doch nicht zur Begriffesgabel
Dir steifbebeinten Forschungsmann!
Gewürm ist's was er dir gewann:
Doch gibt er dir der Weisheit Air;
Zeigt der Professor denn oft mehr?

3. Bild und Rahmen.

Dich umrahmt ein Kranz von Aehren,
Von der Luft gefächelt,
Die die Anmuth noch vermehren,
Welche dich umlächelt.
Liebes Dorf, sie auszubrücken,
— Diese Anmuth, — muß mißglücken!
Blaue Nell' und rother Mohn
Flocht sich in den Rahmen schon,
Und wie viel noch führt dein Bild
Reizendes für mich im Schild!

4. Die Dorfglocke.

Nicht, wie aus nächstem Dorfe schallt
Dies alte Glockenläuten.
Hätt' es denn sonst so viel Gewalt
Und ein so tief Bedeuten?

Warum nicht? ist denn nicht auch hier
Ein Mittelpunct der Welten?
Und sollen Sehnsuchtstöne mir
Nicht aller Orten gelten?

Auch aus dem engsten Glockenhaus
In's unerreichbar Weite,
Unendliche, trägt sich hinaus
Das heilige Geläute.

5. Der Benelbete.

Dort zieht ein ferner Wandrer hin.
Ich wollt', ich hätte seinen Sinn,
In meinem Kopfe seinen Plan
Und setzte meine Kraft daran;
Die Welt wär' lachend von Gesicht —
Mir aber lacht sie heute nicht.

6. Schwankendes Sehnen.

Wiesen hab' ich, Berg und Wald,
Wasser, Reben, Ackerflur,
Alles reich an Wohlgestalt;
Doch es ist die Heimath nur
Und mein Herz ist nur auf Reisen,
Um dann jene, deren Bild
Heute mir so wenig gilt,
Fern als einzig hold zu preisen.

7. Eigenart.

Ach, keine Ruhe, keine Rast!
Ist meines Wesens Lust und Last!

Voraussicht.

Zartumwollte Samen fliegen
Rings hier um die Rasenbank.

Wenn auch einer niederfank,
Läßt die Luft wohl kaum ihn liegen.
Wurzel faffen foll er nicht;
Neu entschwebt der leichte Wicht.

Zarte Wünsche, Lieblingspläne,
Flattern durch das Leben hin:
Ach, was ist wohl ihr Gewinn?
Anzuwachsen? nein! ich ahne:
Sie auch treiben fich nur matt
Ohne irb'sche Ruheftatt!

An eine Ruhebank.

Ruhebank! für meine Schritte
Könnt ich füglich dich entbehren;
Dennoch hab' ich eine Bitte
Und du wirft fie mir gewähren.

In des Gehens rüft'gem Drange,
Find' ich dichtend oft nicht Worte;
Doch ich ruh' auf dir nicht lange,
Stehn im Geift fie vor der Pforte.

Darum, wenn ich auf dir rafte,
Möcht' ich dich um Worte bitten
Für Gedanken, die ich faßte,
Während ich das Thal durchschritten!

Die Art der Natur.

Sieh, da ein Brennnesselbusch!
Wer ihn anrührt, ach, wie husch!
Fährt er mit der Hand zurück!
Nicht nur schmeichelnd und empfindsam
Ist ja die Natur zum Glück,
Die nichts seyn will, als — erfindsam!

Das Böse.

Ist Böses in der Welt zu missen?
Ach, überlasset, dies zu wissen
Dem, der den Schatten hat bestellt
In dieser Licht- und Schattenwelt!

' Ich und unser Echo.

Ihr wisset, wie wir jedesmal
Durchrufen unser Echothal.
Heut ließt ihr mich verlassen gehn;
Doch blieb ich bei dem Echo stehn,
Kam aber mit ihm überein
In Schweigen und in Traurigseyn.

Die Lichtseite.

Ein einsam Wandernder — wie oft
Bin ich es einst gewesen!
Ich hab' gefürchtet und gehofft —
Gewußt hat es kein Wesen.

Auch dies hat eine Seite Licht.
Man macht der Welt nicht Grillen
Und, während sie nicht widerspricht,
Befolgt man seinen Willen!

Am Grabe Ludwig Uhlands,

den 13. November 1862.

Noch war beglänzt vor wenig Tagen
Von goldner Leier Uhlands Haus; [1]
Sie drückte ihm mit stillem Klagen
Der Vaterstadt Empfindung aus.

Denn oben litt der edle Kranke,
Der still den stillen Gruß empfing.
Kein Wort erscholl; Herz und Gedanke
Nur an dem theuern Leben hing.

[1] Als während Uhlands letzter Krankheit, im October 1862, eine Feier wegen Einführung der Gasbeleuchtung in Tübingen stattfand, brannte vor Uhlands Haus eine prächtige, aus Hunderten von Gasflämmchen zusammengesetzte Leier.

Die Angst um dieses ist entschwunden;
Des Besten Leben schwand dahin;
Sein edles Selbst ist uns entwunden
Und Deutschland schmerzt uns ohne ihn.

Doch stille! Deutschland lebt nicht ohne
Erhabner Todten Herz und Geist
Und, Uhlands großem Sinn zum Lohne,
Lebt's fort mit ihm, mit ihm zumeist.

Und fließen heut' auch unsre Thränen —
Es ist der Augenblick, der weint,
Und überstrahlt wird Schmerz und Sehnen
Von Uhlands Stern, der ewig scheint!

Druckfehler. [1]

Seite 19 Zeile 5 statt Wie leicht lies: Wie licht
„ 76 „ 9 st. Luft l. Luft
„ 78 „ 10 von unten st. flieget l. fliehet
„ 145 „ 9 st. Liebeshoffnung l. Liebeshoffnung.
„ 227 „ 9 v. u. st. das l. des
„ 284 „ 1 v. u. st. Ist l. Ihr
„ 321 „ 5 st. zusammenschließet l. zusammenschießet,
„ 322 „ 6 st. Zeitlosen, Gras l. Zeitlosengras,
„ 338 „ 6 v. u. st. nach l. nah
„ 374 „ 2 st. Freundes l. Freundes Loos,
„ 479 „ 1 st. ja dant l. ja Dank.

[1] Mit Uebergehung mehrerer fehlenden, überflüssigen oder unrichtigen Distinctionen, die vom geneigten Leser selbst werden richtig gestellt werden.

www.ingramcontent.com/pod-product-compliance
Lightning Source LLC
Chambersburg PA
CBHW021935110726
47901CB00003B/847